中公文庫

源氏供養 (上)

新版

橋本 治

中央公論新社

目次

下巻目次

源氏供養　上巻

その一

1　現代の源氏物語

私が自分の手で源氏物語を現代語化してみようと思ったのは、昭和が終わったばかりの一九八九年一月のことでした。瀬戸内寂聴尼の著作『女人源氏物語』の巻末に収録される対談のために訪れた嵯峨野の寂庵からの帰りの新幹線の中で、一人になった私は不思議なひとりごとに閉じ込められていました。

「ああかな……、こうかな……、でも、それともやっぱり……」と、なんの思案をしていたのかというと、「源氏物語の舞台を現代に移して小説にするとどうなるだろう」ということを考えていたのです。

瀬戸内さんとの対談で、「源氏物語を現代小説でやった人」などということを話し合っていると、どうしても「三島由紀夫」というところへ行ってしまいます。私も瀬戸内さんも、『豊饒の海』がなんらかの形で源氏物語にインスパイアされた作品であることに間違いはないという結論に達しました。新幹線の中のひとりごとというのは、そのことを引きずっています。

「そうなんだ、どうして近代の作家は源氏物語を翻案して現代小説にするということをしなかったんだろう？『好色一代男』だって『修紫田舎源氏』だって、みんなその当時の〝現代版源氏物語〟なのに、そういう発想を忘れてるのはつまらないな。自分だって作家なんだから、やっぱりそういうことを考えてみてもいいんだ。今なんてまともな恋愛小説がない時代なんだから、これがやれたらすごいことになるぞ……」という〝野心〟が、その不思議な情熱の正体でした。

それでは、現代で〝源氏物語〟が出来るのでしょうか？

私の答は〝NO〟でした。それをやったとしても、中途半端なものにしかならない、と――。

最大の問題は、現代では女が家の中にじっと閉じ込められているということがありえないからです。一人ぐらいはそういう女性が作中人物として登場するのは構わないだろうけれども、全部が全部そんな女性ばっかりだったら、「なにこれ?」と言われてしまうのがオチです。現代はそういう時代ですから。

少し前まで、女性は「女性」というイメージの中に閉じ込められていました。広大な邸の奥に簾を懸けた一角を作り、その向こうに几帳を立てて、めったに他人に顔を見せるということさえない。じっと男の訪れを待って、外出ということさえもあまり考えない。こうした平安時代の女性像は、その後の歴史の中でかなり変わりましたが、しかしその間の女性の変化は、ここ十年二十年ばかりの変わりように比べれば、なにほどのものでもありません。

現代女性は、もう家の中になんか閉じ込められてはいません。旧来の「女」というイメージにさえ閉じ込められてはいないのです。そこで「男の訪れ」がなんの意味をもつのだろう? 「男に頼らない」ということを前提にしてしまった女性達にとって、光源氏のような男はどんな意味をもつのだろう?

多分、なんの意味ももちません。複数の女の間を平然と行き来している「だらしない男」ならともかく、時代の美意識を背負って「理想」とまで呼ばれるような男を現代で書くのなら、「まずこの〝女に対するだらしなさ〟を排除しろ」というようなものです。へたをすれば逆に、複数の男の間を行き来するヒロインの方が〝現代の源氏物語〟にはふさわしいのかもしれません。ただ、その時の私は、「源氏物語を男でやりたい」と思っていたので、それを〝恋多き女の物語〟にするという方針は却下しました。なぜ〝男〟なのかという話は、後でします。

男が敢然と胸を張って複数の恋愛を演じる物語というのは、実はとんでもないところに先例が一つありました。男色家の美青年を主人公にした三島由紀夫の長編小説『禁色』がそれです。

女に裏切られ続けた老年の作家が、女に関心を示さない絶世の美青年を使って復讐を企む——。そう、もちろん光源氏には、「絶世の美男」という条件もあったんですね。

現代小説の主人公というのは、どうも所帯じみていて、こういうとんでもない条件を背負った主人公がいなくてつまらないということも、私の〝現代版源氏物語〟の計画の中にはありました。やはり男というものは、もっとスケールの大きいものであってもいいはずなのですから。

した。

「三島由紀夫の『禁色』が……」という発想の中には、「どうして現代で〝男と女の恋愛〟ということになると、話のスケールが小さくなっちゃうんだろう？」という疑問もありました。

三島由紀夫の『禁色』では、複数の女と複数の男を相手にして、絶世の美男の主人公が、様々な色模様を繰り広げます。「ひょっとしてあれが〝夕顔〟か？　こっちが〝葵の上〟で、あれが〝六条の御息所〟？」というヘンな相似はかなりあるように思いますが、ここでその話をするのはやめます。一方の筋が「老作家の女に対する復讐」ではあっても、主人公がその女達を全部憎んでいるわけではない――復讐を前提にした感情が不思議な〝恋愛〟にもなるというところがこの話のおもしろいところで、「復讐」という要素がこの小説のスケールを大きくしています。

そう「復讐」です。今ではあまり言いませんが、恋愛というものの中には「復讐」という要素がないわけじゃない。こう言われただけでハッと胸に手を当てた方は大勢いらっしゃると思いますが、実は私は、この『禁色』という作品の中で大きな位置を占める「復讐」というキー・モチーフが少なからず気になったのです。

「紫式部の源氏物語にだって〝それ〟があったんじゃないか……？」

かすかにそんな匂いがしました。そしてその時、私は〝自分の源氏物語〟の中に、足を一歩踏み入れていたのです。

2　空洞としての光源氏

「復讐」という奇異なモチーフの話からいたします。

私は実はそのずっと以前に、別のところで「源氏物語を訳さないか？」「やってもいいよ」という話をしていました。それから『枕草子』の現代語訳に手を出して、「ああ、源氏物語はもういいや」と思っていたのです。

なぜかと言いますと、それは現代女性の変貌ということと関わってくるのですが、同じ時代にいた二人の〝才女〟清少納言と紫式部とを比べてみればよいのです。〝人となり〟ではありません、その書いた作品です。一方は「自分を主人公にしたノン・フィクションの明るい随筆」、一方は「暗いフィクションの小説」です。

紫式部の書く女性達は、皆「女」という運命の中に閉じ込められている。しかしその一方で、同時代の清少納言の書く「自分」は、まったく別の「現代女性」です。「千年前から私達みたいな女がいたのねェ！」という、典型的な現代のキャリア・ウーマンは私の周りに一杯いました。別に女が家の中に閉じ込められていなくちゃならないわけはない。千年前から「自分の職業を持った自由な女」はいたのですから、「いつまでも女が〝自分の運命〟なんてものに泣いている必要なんかないじゃないか」と、そう思いました。だから私は、「源氏物語はもういいや」と思い、「関心ない」と公言して来ました。

それがどうして変わったのかというと、実は「復讐」に関係があります。

たぶん、「清少納言は自由な女だった」と言ってもよいでしょう。それなら「じゃ紫式部は自由な女ではなかったのか？」ということだってあります。暗い運命に閉じ込められた女ばかりを自分の作品に登場させた紫式部は、でもやはり、清少納言と同じように「自由な女」でもあったはずです。

一方は中宮定子（ていし）、一方は皇后彰子（しょうし）と、二人の后が並び立った一条天皇の宮廷で、二人は同じように宮仕えに出ていたんですから、紫式部だって清少納言のように明るかったはずです。

紫式部が清少納言よりも内省的に見えるのは、「性格」というものでしょうが、しかし、紫式部も清少納言も、平安時代の女として持っていた前提条件は同じだろうと思います。紫式部だって清少納言のように明るい女だったし、清少納言だって紫式部のように暗い内省的な部分を持っていた。それが「時代」というものだと思います。

「私は分かってるからそっちは見ないの！」と言う女もいれば、「私はどうしてもそっちが気になっちゃうのよね」と言う女もいる。どちらも同じ時代に生を享けた人間のセリフですね。やはり「そうならざるをえない」という時代の限界はある。千年前にだって、千年後にだって。

私が改めて源氏物語に目を向けたのは、瀬戸内寂聴尼と対談をすることになって、瀬戸内さんの『女人源氏物語』を読んだ時です。この〝瀬戸内源氏〟の特徴は、各帖毎に語り手が変わって、それがみんな女性であるということです。色々な女性がこの物語を語り、光源氏という男性と関わりを持たされてしまった女性の運命を語ります。ある時は自分自身の話であり、ある時は自身が仕える女主人の話になる。それを読んだ時、自分の中にあった一つの疑問が解けたように思いました。

〝瀬戸内源氏〟では、光源氏という男性を中心にして、それを取り囲む同心円のように語り手の女性達がいます。それぞれに光源氏との距離を取ってぐるりと取り巻くこの構造を見た時、「そうか、源氏物語がなんだかもう一つピンと来なかったのは、光源氏という男がどういう男かさっぱり分からなかったからだ！」と私は思いました。

こういうことを言うのはなんですが、光源氏に感情移入の出来る男性というのは、現代ではそうそういないと思います。「源氏物語を読んだ」と言う女性は結構いても、「源氏物語を読んだ」と言う男性があまりいないのは、「女は結局、恋物語が好きだからな」という理由だけではないと思います。源氏物語を読む女性は、そこに登場する様々なヒロイン達の中に「自分」というものを発見することが出来るけれども、男の場合は、「自分＝光源氏」ということにならなければ、まったくこれを読む意味がない――そんなところじゃないでしょうか。

作家というものは直感で入って行ってしまうものですから、私も直感で入りました。「源氏物語の中で、光源氏は〝空洞〟として存在している」と。「だったら自分がその空洞の中に入っちゃえ」と、愚かにして無謀なことを考えたのは、この私です。

「現代で源氏物語をやりたいな」と私が思ったのは、だから私が現代に生きている人間だからです。

「自分の源氏物語の主人公は、絶対に男じゃなきゃやだな」と思ったのは、だから私が「男」だったからです。

「現代は〝女〟ばっかりの時代で、男の居場所なんか全然ないもんな」とその時私が思ったことも、この際ついでに白状します。

3　女性の書く男

私が「光源氏は空洞だ」と思ってしまった原因は、源氏物語を書いた紫式部が女性で、「よく分かんないな……」と思っていた私が男だったからです。そう思います。「確かに男はこうだ」と思って書いた紫式部も、自分が男ではないから「なぜ男はそうなるのか？」という答を出せなかった。そんなこともあるのではないかと思います。こういう言い方をすると、私は完全に「男の視点に立った男流作家」ですが、それで一向にかまいません。

「源氏物語は好きだけれども、光源氏には別に魅力を感じない」という女性は不思議なことによくいます。

「結局は男のエゴイズムよね」で片づけてしまうのかもしれませんが、私は「そうかな」とも思います。エゴイストならエゴイストなりの魅力というものもあって、「すごいエゴイストだから素敵」という評語だって存在しますから。そしてたぶん、紫式部は光源氏をエゴイストとして書いてなんかはいないのです。

やがては「エゴイスト」と言われるような存在になるにしろ、そうなるまでの光源氏は、現代の女性達にはご不満かもしれませんが、完全に「女を守る男」です。女を道具にして、男達が権力への道を確固として行く摂関政治の全盛期にあって、この主人公のあり方は、さすがに女性作家の筆になるものだと、私ははっきり思います。具体的な話は次章以降になりますが、この「女を守る男」という一点によって、光源氏なる主人公は「理想の男」とされたのです。女性にとってばかりでなく、男性にとっても。「女を守ってやりたいけど、どうもうまくいかないな」と思っている男性は、この現代にだっていくらでもいますから。

光源氏は別にエゴイストじゃありません。でも千年前の光源氏を、千年後の目で見たら、エゴイストのように見えるのかもしれません。なぜそうなるのかと言えば、「光源氏という人間がどうとでも解釈されるような書かれ方をしているから」ということでしょう。たぶん昔は、「男とはこういうもの」という放っとかれ方をしてすんでいたのです。でも今は違います。「女はこうよ、絶対にこうよ！」と女性が言う時代には、やはり男だって「男ってそうじゃないぜ、男って絶対にこうだぜ！」というセリフを吐くのです。

私は別に、紫式部の観察眼がいい加減だと言っているわけではありません。この人の見る目はすごいものです。この人が男を見る目のすごさは、『帚木』の巻にある〝雨夜の品定め〟を見れば一目瞭然です。よくもまァ千年の昔に、これだけ男というものを突き放して見ることが出来たものだと、頭が下がります。ここで滔々たる弁舌を振るう「左の馬の頭」という中流貴族の描写を見ただけで、紫式部という女性が、自分の所属する階層の男をどう見ていたかがよく分かります。はっきりと「いい気なもんね」とバカにしていますから。

有名な〝雨夜の品定め〟は四人の色好みの貴族、光源氏・頭の中将・左の馬の頭・藤式部の丞が「なかなか理想の女なんていないものだ」という女性論をたたかわせるところですが、これを実は、女性が書いているんですね。男が読めば「そうだ、そうだ」と思い、女性が読めば「なに言ってんのよ」と思う――恋物語に関心を示す女性にとっては退屈で、恋物語なんかにはあまり関心を示さない男にとっては例外的に「なるほど」と思えるようなところを、実は女性の作者が書いている。これだけで紫式部はすごい女だと思いますが、しかしそれでは、紫式部という人は、本当に「話の分かる女だ」と、ムシのいい男に思われてしまうような女性なのでしょうか?

私は違うと思います。

〝雨夜の品定め〟を書いたのが男ではない——「女を守る男」を書くような女性の書いたものだということを頭に置いてみると、色々な不思議が浮かんで来ます。

まず、この〝雨夜の品定め〟が、「四人の色好みの貴族による女性論」だというのは本当だろうか？　ということです。なぜならば、「この場で肝心の光源氏がなにを喋っているのか？」という疑問があるからです。

十七歳の光源氏は、ほとんどなにも喋ってはいません。相槌を打つことさえしません。この場で光源氏が何をしているのかといったら、アクビを嚙み殺して眠りの周辺をさまよっているか、全然別のことを考えている。

意外だとは思いませんか？

〝色好みの物語〟の主役が、肝心の〝女性論〟に対して、一向に関心を示さない。全然聞いていないわけではないけれども、どこかで「自分とは関係のないこと」とでも言いたいような線を引いている。『帚木』の巻の冒頭には、〝光源氏、名のみことことしう〟とあって、この文の結びは〝なよびかにをかしきことはなくて、交野(かたの)の少将には笑はれ給ひけむかし〟になる。「名前だけは一代の色事師のようだが、実はたいしたことがない」と、作者は断言しています。「まだ十代の若さだからそんなにたいしたことはない、これから色事師になって行く」と言うのだったら、いよいよもって、その後に続く〝雨夜の品定め〟に於ける彼の無関心ぶりはへんですね。

つまり、紫式部の書く光源氏というのは、こ、う、い、う人なんですね――「普通の色好みの男達とは一線を引いたところにいる色好みの男だ」と。

この〝雨夜の品定め〟の席で一番饒舌なのは、従五位の貴族左の馬の頭。この人が全体の三分の二ばかりを一人で喋ります。この人が喋りまくり、それに対して頭の中将が相手をして自分のエピソードを語り、そして最後に六位の貴族藤式部の丞が二つばかりエピソードをつけ加えるというのが、〝雨夜の品定め〟の構成です。

左の馬の頭は頭の中将と源氏の方にばかり向いて、一緒に連れ立って来た藤式部の丞のことは完全にバカにしている。それも当然というのは、五位の官位を持つ左の馬の頭は「殿上人（てんじょうびと）」と呼ばれる階層の貴族だけれど、六位の式部の丞はその下の下層貴族だからですね。頭の中将と光源氏は上流階級の息子、左の馬の頭は中流貴族、藤式部の丞は下層貴族という配置です。〝雨夜の品定め〟は、決して「四人の貴公子による女性談義」なんかではないんですが、ところで、紫式部という人は、一体どういう階層に属する女性なんでしょう？

彼女の父藤原為時は、文章の生から式部の丞になり、不遇時代を経て越前の国の守に任ぜられた人。彼女の夫藤原宣孝は山城の国の守。国の守の位というのは左の馬の頭と同じくらいの五位あたりですから、紫式部はこの階層に属する女性であることが分かる。父親が「式部の丞」だったということもすごいですね。

どういうことかと言いますと、「紫式部は、自分の所属する階層の男＝左の馬の頭に〝ああだこうだ〟と好き勝手なことを喋らせ、彼に自分の父親の前歴であるような階層の男＝藤式部の丞をバカにさせ、しかもそれを主人公の光源氏に黙殺させている」です。

お分かりになりますか？

紫式部が左の馬の頭に対して言っていることは、「いい気な男、いやなヤツ（だから無視する）」なんですね。しかも、そういう「いやな男」を、「自分が一番よく知っている階層の男」として設定している――ということは、彼女が左の馬の頭のような男を、「よくいるのよ」と言っているということですね。源氏物語における紫式部の〝復讐〟というモチーフの存在、お分かりになりますか？

女性が「王子さま」というようなヒーローの存在を待望する理由はなんでしょう？「自分をつまらない現実から救い出してもらいたいから」ですね。それでは、この光源氏はなんでしょう？　紛れもなく、紫式部を救い出してくれる「王子さま」です。

自分の存在する現実は「左の馬の頭」のようなつまらない男達によって作られている――たとえ帝のいる華やかな後宮へ宮仕えに出たところで、中流貴族の娘の結婚相手となる男は、やはり「左の馬の頭程度の中流貴族」でしかないという現実もあるんです。

「私はこんな世の中がいやだ、こんなにつまらない男達ばかりの世の中はいやだ、なんとかしてこのつまらない男達の作っている世の中を覆すことは出来ないものだろうか？」――そう考えた紫式部は、女を「政争の道具」にすることが当然だった〝男の時代〟に、「女を守る男」というありえない理想像を作り出した。それが源氏物語を書き始めた紫式部の動機の一つだったということは、十分に考えられることだと思いますね。

その二

4　恋の残酷

「復讐」ということで、もう少し続けてみたいと思います。

私は、光源氏を「悪い男」として書きました。それは、「現代の男女関係の常識から見ればかなり残酷なことを平気でやる男」ということです。まァしかし、〝男と女のこと〟というのは本質的に残酷な部分を持っているわけですし、原文に書いてあることをそのまんま現代人の立場に立って翻訳してしまうと、どうしたって〝残酷〟というようなことになる。絶世の美男で、しかも当時の博士連中が一目おくような頭のいい男だったら、これがどうしたって並の〝やさしさ〟などというもので処理出来る男なんかになるはずがない、ということですね。

絶世の美男には、残念ながら残酷が許される。絶世の美男でもなく、鈍感な頭の持主でしかないような男が残酷だったら、こんなものが女にもてるはずはない。でも、残酷が似合うような美しい男がいれば、女はその男に平気で残酷を許す。少しぐらい残酷であっても、それを受け入れることにメリットがあれば、男女を問わず、人間の心というものは平気で残酷を許してしまうものです。女は「悪い男」が好きだし、男は「悪女」というのにしびれてしまう。

自分の得るものと失うものとを秤にかけて、普通だったら得られそうもないものが手に入りそうだったら、少しぐらいの損失には目をつぶってしまう、これが〝恋の駆引き〟というものでしょう。

それだからこそ、源氏物語の中の女性達はみんな、光源氏の求愛を受けるか受けないかで悩むんですね。

たとえば、藤壺の女御と源氏の密会の手引をする女房に、王の命婦というのがいます。原作には出て来ないところなんですが、私は、「当時の男が、相手の女に仕える〝女房〟という使用人を仲立ちにして恋を成就させる」というシーンをどうしても出したかったもんですから、この王の命婦と光源氏との〝会話〟というものを作ってしまいました。

恋に狂った男は平気で人を踏台にしてしまう。当時のお坊ちゃん＝公達（きんだち）連中にとって、女房クラスの女は一時しのぎの恋のお相手——もっと端的に言ってしまえば、セックス処理の道具だったという側面もある。だからこそ源氏の父桐壺（きりつぼ）帝は、「へたな女との噂を立てられて左大臣家の妻を怒らせるくらいなら、私の周りにいる宮中の女房と関係を持って、それですませておけばいい」などということを言う。「宮仕えの女房に手を出さないなんて、お前も不思議な男だね」というようなことを。

〝恋の残酷〟というのは、「美しい恋のきれい事の下には必ず醜悪な現実がある」ということですが、やはりそういうこともはっきりさせた方がいいと思います。「やさしさ」という名のきれいごとばかりでは疲れてしまう。「やさしさ」という愛情を確立させたいんだったら、そこに至るまでの死屍累々ともいうべき「恋の残酷」に目を向けるべきで、そのためにも「主人公と理想の女性との関係を成就させる恋の踏台になる女」という暗黒をきちんと書いた方がいいと思ったんです。

だから、私の『若紫（わかむらさき）』にはこんな一節が出て来ます——。

「命婦、主人に仕える公（おおやけ）と、男に仕える私（わたくし）と、女の身としてはいずれを取る」

「私に、お仕えするような殿御はございません」

「ほう、それならば、私は誰だ？　命婦、私の顔を見よと申しておる。命婦！　私の顔を見よ。私は誰だ！」

「光の君、でございます」

「白々しくも」

「私は、偽りは申しません！」

「そうか、それならばよい。命婦、それならば、その光の君はお前のなんだ？」

「――」

「申してみよ！」

「御主、ではございません」

「そうか。ならば命婦、主ではない、〝男〟の為に手引をせよ」

藤壺の女御に仕える王の命婦は、当然のことながら光源氏と関係がある。そうでなければあんな危険な仲立ちはつとめられないというのが私の考えで、だから、「光源氏は藤壺の女御に接近するために王の命婦と関係を持った」ということになります。大きな恋のために、小さな恋は踏台になる。それを「小さな恋」と思わされてしまった女は、その小さな恋ゆえに大きな恋に道を開かなければならない。「好きな人のためには自分が犠牲になっても」というのが〝恋の論理〟ですが、やっぱり「好き……」という感情は、そんな〝残酷〟を平気で成り立たせてしまう。

そしてもちろん、絶世の美男・光源氏は、そんなことをよく承知している。だからこそ光源氏は、たった一言「私の顔を見よ」だけで、王の命婦という扉を開けてしまう。「いい男はトクだな」というのは、こんなところでしょう。

5　女房の文学と『ぼんち』

源氏物語で書かれる恋の中心は、美貌の貴公子光源氏と、位の高い女性達です。例外は明石の上。女房クラスの女性との関係は、描かれるとしても僅かな背景程度のものですが、私はここのところに思い切って筆を割きました。

別に女房ばかりではない、登場するすべての人間には、「この人はこういう人間」という立体感を与えたい――千体仏を彫り上げるみたいなことをしてみたいと思ったのですが、この女房というものは特に重要です。

はっきり言ってしまえば、現代に女御クラスの女性はいない。人にあがめられ、かしずかれることを専らにする女性というのは絶滅してしまったようなもので、僅かにそれが「お嬢さま」と言われる若い時期に残っている――もちろん娘にかしずくのは母親で、なんだかここら辺は妙に平安時代みたいな気がします。

大なり小なり「お嬢さま」気分をそなえた現代の女性は、大体のところ就職という形で外に出ます。平安時代に女房として宮仕えに出た女性達も同じですね。女房は下女ではないから、ある程度の育ちのよさを要求される。王の命婦という女性だって、〝王〟の一字で明らかなように親王家の出身です。宮家に生まれたものがすべて〝お姫さま〟になれるわけではない。主人にかしずく女房になる女性だって大勢いる。没落した常陸の宮家の姫である末摘花だって、『蓬生』の巻では、受領の妻になった叔母から、「宮仕えに来ないか」としきりに誘われる。宮家の姫が自分の娘の女房になって仕えている――そのことが自分の娘の箔づけになるからですね。大地主の娘が小さな会社でお茶くみをやっていたりする現在と、そうそう変わりはないのかもしれません。

紫式部がそうであるように、王朝の女流文学を支えたのは、この女房クラスの女性達です。才能を持った女がＯＬとして一杯働いていたということが時代の豊かさというようなものでしょう。ただ時代の構造はＯＬが物語の主役になることを許さなかった――これが、山田邦子を〝好感度ナンバー1タレント〟にしてしまった現代と、平安時代との差でしょう。山田邦子は、典型的なOL感覚を持った「現代の女房」でしょうから。

それでは、どうして紫式部は、自分自身を主役にしなかったのか？　主人公は光源氏という「男」だし、その恋の相手は「高貴な姫」。

答ははっきりしています――女房というものは、恋のドラマの中で男の踏台になるようなものでしかなかったから。男の踏台でもあると同時に、そういう「立派な男」の恋の対象になる「立派な女」の踏台。

紫式部が強く美しい完璧な男の物語を書いて、それに続けてその死後、内向的なその息子・薫（かおる）と恋を拒む女・浮舟（うきふね）の物語を続けたのは、そんな理由からかもしれません。「改めて私の物語を書こう」――それが宇治十帖ではないか、と。

世界は「男のもの」で、結局女はその道具になるしかなくて、それはとってもつまらない――まず紫式部はそう考えたと思います。

「そしてそれならば」と、次が来ます――「どうせなら、私の味方をしてくれるような素敵な男を主人公にした物語を書きたい」と。

「女房というものに残酷であってもいいわ、相手がこんな素敵な男だったら、私だって本望だもの」と、そう紫式部は考えたのではないか？
物語を書く時、作者というものは特別な位置を確保したがるもので、「誰がなんと言おうと、この主人公は〝私のもの〟」というように考える。母と死別した光源氏の生みの母は紫式部で、そして同時に、光源氏に引き取って育てられる「紫の上」という少女を創造した――その「紫」ゆえに「紫式部」という名前を奉られた源氏物語の作者は、光源氏の「娘」でもある。源氏物語というのは、そんな内実を持った物語ではないのかと、私は考えます。

「どうせ〝男の世の中〟なら、私は素晴らしい男につまらない男を蹴散らしてもらいたい」――そういう欲望だって、女性の中にはちゃんとあると思いますね。

実は私は、『窯変源氏物語』と題する自分の源氏物語を書いていて、「この〝悪い光源氏〟の感じはなにかに似ている……」と思いました。「なんだろう？ 確かに誰かに似ている」と思ったその答は、『華麗なる一族』の主人公、万俵大介（まんぴょうだいすけ）でした。「妻妾同居」というスキャンダラスな設定で登場する山崎豊子さんの筆になる阪神銀行の頭取、「小が大を呑む」という銀行合併を画策する『華麗なる一族』の主人公――それが私の狙った「悪い光源氏」のある部分に重なっているような気がした時、ハッとなりました。「ああ、山崎さんは関西の人だ。〝悪い男〟を主人公にして沢山の小説を書いている。光源氏の対女性感覚というのは、現代では〝妻妾同居〟となるようなものだ。そして、ああそうだ――」と思って、その先に浮かび上がった一つの作品のタイトルは、『ぼんち』というものでした。

女系家族である船場の足袋問屋に生まれた主人公は、その女系という家の成り立ちゆえに男であることを歓迎されない――こういうすごい設定が頭に浮かんで来ました。祖母・母と続く〝女の家〟に男の子が生まれて来れば、普通だったら大喜びになるところが、「男に天下を取られるとワガママが出来なくなる」という理由で歓迎されない。これはほとんど光源氏だと思いましたね。家つき娘の象徴である祖母は「弘徽殿の女御」だと。女系社会を覆して足袋問屋の当主となるために、主人公の喜久治は女性遍歴を重ねる、これはそのまんま源氏物語なんじゃないかと、私は思いました。

「源氏物語が〝夢のように華麗な王朝の女性遍歴の恋物語〟とだけとらえられているのは、どうも違うんじゃないか。それは男の見方で、女の作者である紫式部は、また違うことを考えていたんじゃないか」という思いが、実はずっと私の中にはありました。ひょっとしたらそれは、ずっと昔に山崎豊子さんの『ぼんち』を読んだ時に生まれていた考えなのかもしれません。

6 源氏物語の構成

源氏物語というと「多くの女性達」ということになって、その女性達の多くが五十四帖の帖名に由来する名前をもっている。

『桐壺』『帚木』『空蟬』『夕顔』『若紫』『末摘花』の各帖には、それぞれ桐壺の更衣、帚木＝空蟬、夕顔、紫の上、末摘花＝常陸の宮の姫という主人公が存在する。この後、『花宴』で朧月夜、『葵』で葵の上、『花散里』で麗景殿の女御の妹の花散里、『明石』で明石の上ということになって、ページを繰るということは源氏の女性遍歴の後をたどるということにもなるんですが、しかし源氏物語はそれだけの話ではないんですね。俗に「須磨源氏」という言葉があって、須磨に流された源氏が都に戻って来るところまで読むと大方の読者はもうあきらめてその先を読まないということもありますが、この「須磨源氏」という立場に立ってしまうと、源氏物語は「王朝の色好みの物語」にもなる。でも、源氏物語はそれだけの話じゃないんですね（大体、源氏は自分から進んで須磨に身を退けたのであって、〝流された〟というわけではない）。

『桐壺』から『明石』まで、不遇の貴公子が女性遍歴を繰り返して罪に落とされ、それがめでたく許される部分は、全体のほぼ四分の一。その後、『澪標』から『藤裏葉』までの四分の一は、権力闘争の正面に出た光源氏がこの世の栄華をすべて独り占めにして行く話。そして一転、因果応報と言わぬばかりに、権力の頂点にある源氏が新しく迎えた若い妻に裏切られてゆっくりと翳りを見せて行くのが、『若菜』から『雲隠』の四分の一。源氏の死後に続く最後の四分の一で、物語は彼の息子達の話から、「さすらえる女性・浮舟」へと中心が移って行く。光源氏という「男の物語」が、いつの間にか「女の物語」になって終わるというのが、この長い長い物語の大雑把な構成なんだと思います。

源氏物語を解く鍵は、やはり宇治十帖にあるんじゃないでしょうか。「〝他人の物語〟を書いて来たけれど、私はやはり〝自分の物語〟を書きたい」——そうなってしまうのが、長い物語を書いてしまった人間の進化、あるいは深化なんじゃないかと思います。

源氏物語の構成を光源氏に即して、〝若い時期〟〝権力者の時期〟〝衰亡の時期〟〝無関係の時期〟という風に四分してしまうと、おのずとこれを書く作者の思い入れというものが見えて来るような気がします。第一部で、紫式部は源氏のことを、いささか危ぶみながらも後押しをしている。第二部では、妙に冷静に距離を置きながら淡々と見ている。第三部では、熱をこめて不幸に熱中している。そんな気がします。
「自分の味方をしてくれる男は好きだ、一緒になってハラハラしながらついて行けるから」というのが第一部。「自分の好きな男が幸福であるというのは、悪くないわよね」と言いながら、黙って男の栄華を見つめている第二部があって、「でも、それでいいのかしら？　あなたはよくても、私はあんまり満足じゃないわ」という〝本音〟が登場して第三部に至る。女は「悪い男」が好きで、でもひょっとしたら、その「悪い男」が自分の手の内で敗北して行くのを見るのが、女性はもっと好きなのかもしれない……。
源氏物語はそんな物語なんじゃないかと、私は〝男の光源氏〟をやりながら思います。

ちなみに、山崎文学の流れというのをちょっとたどってみると、おもしろいことが分かります。

『ぼんち』の後には、『女の勲章』が来るんですね。船場出身の女性デザイナーと若くて悪い男・八代銀四郎（やしろぎんしろう）――服飾デザインという「女の世界」に「悪い男」が登場する。そしてその後に『女系家族』――船場の豊かでドロドロした女系家族が崩壊して行く話。ここで「女の世界」にケリをつけてしまった作者は、いよいよ『白い巨塔』という作品で、財前五郎（ざいぜんごろう）という魅力的な「若い悪」を前面に押し出して来る。この作品で「悪は勝つ」なんですけれども、しかし興味深いというのは、これに続く二作品『続白い巨塔』と『華麗なる一族』ですね。「悪は勝つ」だったはずの財前五郎は、この続篇で惨めな死に方をするし、頂点を極めたはずの万俵大介も、最後には「一万坪に及ぶ宏大な邸内が、俄かに荒涼とした死人の棲家のように思え、遠くでかすかに聞こえるもの音が、骨の鳴る音のように聞こえた」という状態になる。

昔『華麗なる一族』を読んだ時には、「絶対にこの作者は主人公の万俵大介が好きなはずなのに、どうしてこういう終わり方をするんだろう?」と、いささか不思議に思いましたが、今となっては「どうもそういうものらしいな……」と結論を下すばかりです。

7　男性的と女性的

いささか横道に入ったかもしれません。

私が源氏物語を「光源氏の一人称で語り直してしまえ」と思った最大の理由は、「自分がどこまで魅力的な〝悪い男〟になれるか試してみたい」ということです。こういうことが物語作者の特権です。「女流作家の完成させた女の世界を、〝男の世界〟として取り戻してやる」という、『ぼんち』の主人公のような気持が私の〝悪〟の正体なのですが、ということになると、文体というものを考えなければなりません。

平安朝の女流文学といえば「かな文学」で、紫式部自身、清少納言のことを「女のくせに漢字を書き散らしてみっともない」とも言っています。平安時代には、漢字＝真名（まな）は男のもので公式の文字、仮名は女のもので私的な文字という区分があったわけですが、源氏物語を男の光源氏の一人称で始めるとなると、どうしたってこの問題がクローズ・アップされて来ます。「当時の博士が一目置くような知識の言葉が、仮名ばっかりだったらみっともない」と。

「もう少し源氏物語をゴツゴツしたものにしてしまえ」というのが私の源氏物語ですが、やはりこういうことを言い切ってしまうのには、少しばかりの勇気がいります。「平安文学の最高峰の〝女性的な優雅〟を〝ゴツゴツしたものに変えてやる〟とは、何事！」というようなものです。

考えてみれば、源氏物語は関西の風土から生まれたものですよね。だからこれを現代語に訳すのだったら京言葉にするのが一番いい。柔らかい関西の言葉に直すのが、この作品の感触を伝えるのには最良の方法ではないかと思います。『ぼんち』の山崎豊子、あるいは源氏物語を訳した二大女流、田辺聖子・瀬戸内寂聴、これらの方々が揃って関西出身というのには、やはりなにか理由はあると思いますが、しかし、私は東京生まれの東京育ちです。俗にいう〝標準語〟しか使えません。野暮な言葉で、実は私もあんまり標準語が好きじゃないんですが、漢字を多用して美しく明晰にしてしかもゴッゴツとした文章ということになると、この〝標準語〟が一番いいような気がして、この「武骨」を取りました。「東男に京女という言葉だってあるしさ」というのは、やはりうぬぼれでしょうがしかし、こういうことだってあります。

源氏物語の「二大クラシック現代語訳」となったら、〝谷崎源氏〟と〝与謝野源氏〟ですが、この二つの対照にはおもしろいものがあります。関西（堺）出身の女性の手になる〝与謝野源氏〟の方が男性的で、関東（日本橋）出身の男性の手になる〝谷崎源氏〟の方が女性的であるということですね。

与謝野源氏の方がずっと漢字が躍動して男性的だし、谷崎源氏は奥ゆかしさを強調して柔らかく、あえて、大づかみの分かりやすさを排除しているところがある。〝谷崎源氏〟が、女性の書いた柔らかさを強調しているところは、とても「女性崇拝」の谷崎潤一郎だと思いますが、しかし、女性の書いたものだから「女性的」というのは間違いだなということは、〝与謝野源氏〟が証明しています。

一体、紫式部はどっちなんでしょう？

というのは、「女のくせに漢字を書き散らしてみっともない」と言った紫式部は、実は漢文学者の娘で、父親は「この子が男だったらなァ」と慨嘆したという話が伝えられているからです。

紫式部は、当時の並の男達よりもずーっと「男性的な教養」の持主であった。「その人の書いたものが、本当に〝女性的〟であったのか？」ということも考えられていいと思います。

源氏物語は、本居宣長以来「漢意(からごころ)を排した〝やまとごころ〟の頂点」ということになっていますが、その作者が実は漢文学者の娘だったというのは、かなりおもしろいことだと思います。漢文学者の娘の書いた「やまとごころの頂点」には、果して漢文のレトリックは存在しないのか？　これもおもしろい考えです。

その三

8　対句という修辞法

漢詩でもっとも有名な修辞法は、「対句（ついく）」ですね。同じ字数の二つの句が、美しい対応関係を持つように作られている。源氏物語にも深い影響を与えた、白楽天の『長恨歌（ちょうごんか）』からその例を引いてみましょう。

在天願作比翼鳥
在地願為連理枝
（天に在って願わくは比翼（ひよく）の鳥と作（な）らん
地に在って願わくは連理（れんり）の枝と為（な）らん）

「天」と「地」の対応があって、それが「翼を連ねた鳥」と「枝を連ねた木」に続く。同じ「なる」でも、「作」と「為」という音の違う文字をもってくるところが、詩のレトリックですね。中国で対句というのは、散文には使わない韻文だけのレトリックだそうですが、日本の場合は、どうもそうではないようです。

もうひとつ『長恨歌』から挙げます。

帰来池苑皆依旧
太液芙蓉未央柳
芙蓉如面柳如眉
対此如何不涙垂
春風桃李花開日
秋雨梧桐葉落時

(帰り来たれば、池苑(ちえん)、皆旧に依(よ)る
太液(たいえき)の芙蓉(ふよう)、未央(びおう)の柳
芙蓉は面の如く、柳は眉の如し
此れに対して如何(いかん)ぞ涙垂れざらん

春風、桃李（とうり）、花開く日
秋雨、梧桐（ごとう）、葉の落つる時）

岩波書店版「中国詩人選集13」『白居易下』（高木正一注）による――

死んだ桐壺の更衣の面影を帝が偲（しの）ぶ時に、この「太液の芙蓉、未央の柳」は登場しますが、楊貴妃が死んだ後で都に戻った玄宗皇帝が、「池や苑（にわ）は旧（むかし）のままだけれども、もう彼女はいない」と、彼女のいない寂しさを感じる、その時の表現です。

太液池の面に咲く蓮（昔の中国で〝芙蓉〟といったら蓮のこと）の花を見れば楊貴妃の顔を思い出すし、未央宮の庭に葉を茂らす柳を見れば、美しかった彼女の眉が偲ばれると。「芙蓉」と「柳」、あるいは「顔」と「眉」は対のようになっていますが、「太液芙蓉未央柳　芙蓉如面柳如眉」は、別に対句ではありませんね。夏の池と、そこから広がった苑のイメージが美しく並べられているだけで、こういうのは対句とはいいません。対句というのは、最後の二行の「春風桃李花開日　秋雨梧桐葉落時」のように、同じ字数の中に収まった完全な対応を言うわけですから。

白楽天は「太液芙蓉未央柳」という形で、美しい夏の風景を提出している。それが最後に春と秋の景色を対句で並べることによって、ほとんど永遠ともいうべき長い時間を表現するところにまで行ってしまう。

池の蓮、庭の柳を見て玄宗が涙を流したのは、夏のことでしょう。その嘆きが、「春風桃李花開日　秋雨梧桐葉落時」と最後に続けることによって、「春風が吹いて桃や李の花が開くような日になっても、梧桐の葉が秋の雨に打たれて落ちるような時になっても」と、ずーっと続いて行くことになる。ここのところの流れは、ほとんど映画ですね。ドラマが一段落して、カメラはスーッと引いて行ってゆっくりとフェイド・アウト――そこに音楽だけが静かに流れて、「春の花」「秋の落葉」というイメージ・カットが挿入されて、「時は流れた」ということになる。一千年の昔に、白楽天はもうそれをやっているんですね。

長い長い『長恨歌』の中でも、この六行は極めつけにせつなく美しいところではあると思いますが、だからこそ「春風桃李花開日　秋雨梧桐葉落時」という対句の前に、「太液芙蓉未央柳　芙蓉如面柳如眉」という、対句ではないけれどもそれに近いような、かなり技巧的な表現を凝らしているんだ、ということは言えると思います。

別に漢詩の話をするつもりもないのですが、紫式部は、でもこういうものを読んでいたんですね。漢詩を作らなければならない男だったら、「対句とは何か」という厳密なことも必要にはなるだろうけれども、女の紫式部にはそういうことが必要ではなかった――それはまァ「女だから当時は禁じられていた」と言った方が正確でしょうが、かなりの才能と能力と感性のある紫式部が、こうした漢詩のレトリックをそっくり吸収してしまったというのは、とても重要なことだと思います。重要なのは「何が対句か」ではなく、そういう対句的表現を彼女が十分に論理として習得してしまっていた、ということでしょう。厳密な漢詩漢文ではなく、仮名文字によって書かれる物語なら、「太液の芙蓉、未央の柳」あるいは、「芙蓉は面の如く、柳は眉の如し」という一行は、立派に〝対句的表現〟ということになる。日本的なレトリックということになったら、「掛け言葉」や「枕詞」の和歌というものがありますが、紫式部は、そこに漢詩由来の〝対句的表現〟という、新しい修辞法＝論理的展開を持ち込んだ人なのではないでしょうか？

問題は「対句」ではなく、〝対句的表現〟という広がりを持ってしまった、レトリックの日本化、構築力の発展にあるのではないかと思います。

9　イメージとしての名前

私が紫式部の中にある漢文的な構想力の存在に目を向けたのは、『夕顔』の巻を訳している時でした。

「六条わたりのお忍び歩き」の途中で、源氏は五条にある乳母（めのと）の家に寄る。最も親しいものと思う乳母が病気と聞いて、その見舞いがてらに訪問すると、門が閉ざされたままだった。門が開くのを待つ間、庶民の住む「下町」でもあるような五条の大路の様子を源氏は見ていると、あちこちに見慣れぬ花が咲いている。

「あれはなんだ?」と従者に尋ねて、源氏は、「夕顔」という〝あやしき垣根になむ咲き侍りける〟花の名前を知る。

「一房折りて参れ」と命令された従者は、門が開いたままの隣家に入ると、可愛らしい女童が扇にその花を載せて出て来る。その扇には「心あてにそれかとぞ見る白露の　ひかりそへたる夕顔の花」と和歌があって、源氏は「一体こんなことをする女は何者だろう?」と、好奇心をそそられる。

有名な「夕顔の女」との出会いですが、源氏物語の常として、この女の名前は出て来ない。ただ「夕顔」あるいは「夕顔の女」とだけ呼ばれる。「夕顔の花を垣根に咲かせていた家の女」ということでもあるし、「〝夕顔の花〟という言葉を折り込んだ和歌を贈った女」ということでもあります。別に彼女の名前が「夕顔」だったというわけではなく、「夕顔によそえられた女＝夕顔」ということですね。

さて、「六条わたり」へ行く光源氏は、その途中に「五条」へ寄った、そこで見かけた見慣れぬ花が「夕顔」というものだった――これだけでは別にどうということもありませんが、五条の大路は、この当時は庶民の住む世界で、だからこそ光源氏のような高貴な人間には見慣れぬ夕顔の花が咲いていた。「〝五条〟がそういうところで〝夕顔〟がそういう花だとすると、じゃ〝六条〟はなんだろう?」ということにもなります。「不思議な詮索をしている」と思われるかもしれませんが、「五条=夕顔」なら「六条=?」という〝花〟が、ひょっとしたら隠されているかもしれない――というようなことです。

「五条」は庶民の町、「夕顔」も庶民の花、「夕顔の女」も庶民の世界に住む女、これだけの意味が提出されている以上、構成力のある作者だったら必ず何かの対応を「六条」に出して来ます。そう考えるのが、物書きなるものの習性です。だからここには当然、「五条=夕顔」に対応する「六条=朝顔」という、もう一つの花が登場するのです。

東西南北に道路が直交する平安京は、碁盤の目のように町が整然と作られています。都を東西に横断する大路には一条から九条までの番号がつけられていて、この大路のナンバーが小さいものほど〝高級な区画〟ということになるのが、当時です。

一条から二条までは、よその街区の三倍の広さがあって、ここは大内裏(だいだいり)のある区画で、官庁街のようなところ。それがあって、続いては勢力のある高貴な人が住む二条・三条の区画。源氏の邸が「二条の院」、藤壺の中宮の邸が「三条の宮」、右大臣・弘徽殿の女御の住まうところも「二条の院」であるというのは、だからこの内裏に近い二条・三条辺りには高貴な人の邸が並んでいたということですね。

そこから四条・五条と下って行くに従って、町の様子は徐々に庶民的なものに変わって行く――当時の言葉で言えば「いやしきもの」ですが、五条が庶民の町で、それが都を下った結果だということになると、じゃその先にある「六条」はなんなんだ？ということにもなりましょう。簡単に言ってしまえば、ここから先は「都の郊外」ですね。大きな邸があるとすれば、それは高貴な人の〝別邸〟という形になる。

源氏が夕顔の女を伴って出掛けて行った「某（なにがし）の院」のモデルとおぼしい、寂れた「河原（かわら）の院」があったのは、六条大路の五条側。幼い頃の源氏が、ひそかに伴われて高麗（こま）人に人相を見てもらいに行った、鴻臚館（こうろかん）という〝外国人用宿舎〟があったのも六条。都の賑わいは大体五条辺りで一段落して、その先は〝郊外〟ともいうべきひっそりとした場所になる。その「六条わたり」に、ある女性が住んでいたんですね。彼女の許へは、光源氏もそっと忍んで通わなければならないという、高貴な女性――「六条の御息所」です。この邸に光源氏は通って行って、ある朝、庭で朝顔の花を見る。

六条の御息所は、源氏物語の中で重要な役割を果たす人ですが、しかしこの『夕顔』の巻では、その彼女がどういう女性であるのかということが、まったく語られていません。「六条わたりの人」とだけあって、彼女が「六条の御息所」と呼ばれる人だということさえ、作者は言っていないんです。彼女が死んだ「前の春宮（さきのとうぐう）」の御息所で、源氏とは以前から深い関係にある七歳年上の女性だということは、後になって説明されることで、この『夕顔』の巻の彼女は、ただ「六条わたりに住む高貴な女性」――そして、光源氏が彼女にたいしていささか飽きているということだけが語られます。

私達は、人間が普通に〝人格〟だの〝名前〟だのを持っていることに馴れすぎて、それが実は、人間の歴史の中ではそんなに古い歴史を持っていないのだということを忘れてしまいます。日本人が全員苗字を持つようになったのは明治になってのことだし、日本人が全員〝自分〟というものを平等に持ってもいいことになったのは、それから後――そうなってまだ五十年もたっていない太平洋戦争終了時です。それがなんなのかというと、私達は、「六条の御息所」と言われただけで、うっかり「ああ、そういう名前を持った昔の人なんだな」と思ってしまうということです。

「六条の御息所」は、別に名前じゃありません。単なる通称です。「六条」は地名だし、「御息所」は「天皇の休息所」というのがそもそもの意味で、「休息所＝寝室に侍ることを専門にする女性＝妃」ということになる。だから、源氏の生母である桐壺の更衣も、源氏物語の中では、ただ「御息所」と呼ばれるだけの存在です。「六条の御息所」も、この人がたまたま「六条わたり」に住んでいるから「六条の御息所」になるけれども、伊勢に行ってしまえば「伊勢の御息所」で、これを「伊勢の六条の御息所」と呼ぶのはへんでしょう。ずいぶんつまらない詮索をしていると思われるかもしれませんが、我々は、「仮にその人を〝六条の御息所〟と呼ぶことにしよう」という取り決めをして源氏物語を読んでいるだけで、「作者の紫式部はその人に対して〝六条の御息所〟という名前を与えた」というわけじゃないんですね。原文に即して読めば、この『夕顔』の巻に出て来る六条の御息所は、ただ「六条の人」です。「夕顔の女」が別に「夕顔」という呼び名を持って生きているわけではないのと同じように、この六条の御息所も、ただ「六条の人」なんです。「五条の女に惹かれる源氏は、六条の人に対してはもうあまり熱心ではなくなっている」——紫式部の書き方というのは、こうなんですね。ずいぶん曖昧です。これじゃあまりにも分かりにくいからというので、読者は「五条の女」を「夕顔」と呼び、「六条の人」を「六条の御息所」と呼んで区別したというわけなんですね。

「五条の女」がなぜ「夕顔」になったかといえば、それは五条の宿に咲く夕顔の花のイメージが強烈だったからですが、もしも六条の御息所の邸の庭に咲く朝顔の花のイメージが強烈だったら、この人の呼び名は「朝顔の御息所」になっただろう、というだけですね。

我々は、名前というものを持っていさえすれば人間のイメージが確固とするものだということに馴れすぎて、実はその昔に、人間は平気に名前を持たずにいた――持っていてもそのことにあまり意味がなくて、ただ「五条の女」「六条の人」ですまされていたということを忘れてしまいます。人間というものは、たった何文字かの名前で把握されてしまうような簡便で分かりやすいものではなく、かえって「夕顔の花」とか「六条という場所」によってイメージされるような曖昧模糊とした実質を持つものなのです。そのことを前提にして、源氏物語の作者は膨大な物語を書き進め、人間というものを書き分けているのですね。

10　夕顔と朝顔

「五条で不思議な女に出会った光源氏の目的は、六条に住む女性の許に通うことだった」――こう書いてある源氏物語を読んで、紫式部と同時代の読者達は、この「六条の人」をどういう女性だと思ったでしょう? ちょっとそれを考えてみましょう。

「五条」がいやしい庶民の町で、そこに住むみすぼらしい女の家を光源氏が通り過ぎて行くのなら、「六条の女性」は当然「それ以上の身分ある女性」ですね。案の定その六条の邸は、〝木立前栽(せんざい)など、なべての所に似ず、いとのどかに心にくく住みなし給へり〟というものだった。「普通(なべて)の所ではない」と書いてあるんだから、この女性が並の女性でないことは分かる。「都の中心を離れてひっそりと暮らしている見識高い優雅な人」ということになるでしょう。「六条」という〝都の郊外〟は、それだけのイメージを喚起します。

そして「六条」は、京の都の社交の中心地からはずれたところにあるんですから、ここに住むということは、当然「ひっそりと住む」ことになる。十分な力を持っている女性が一人で住んでいるのだとしたら、当時の常識では「奥ゆかしい人」ですが、しかしそれは同時に、「彼女には頼るべき人があまりなくて、そんなところにひっそりと住まなければならない不本意もあった」ということにもなります。ここまで読者には想像がつくんですね。それが同じ常識を共有する〝同時代〟というものです。

さて、この「六条の人」が、ただ奥ゆかしくて見識が高くて優雅でもの静かな人だけだったら?――源氏物語前半のドラマは、かなり起伏に欠けたものになっていたでしょうね。

六条の御息所は、そんなになまやさしい女性ではないのですから。だから作者の紫式部は、ここに源氏の冷淡というものを、はっきりと書いてしまう。そのことによって、「彼女には頼るべき人があまりなくて、そんなところにひっそりと住まなければならない不本意もあった」という部分をくっきりと浮かび上がらせてしまった。

すごいというのはここですね。これだけの設定を、紫式部はただ「六条の人」という曖昧な前提でやってのけているんですから。読者は、まだこの人が「前の春宮の御息所」というような具体性を持った女性なのだということを、全然知らない。ただ「人」でしかないような曖昧な一人の女性に、これだけの性格を与えてしまうのが紫式部です。

源氏は、この「六条の人」に飽きがきている。そしてこの「六条の人」はかなりしつこい。十七歳の光源氏は、こういう設定の中にいます。その彼女の邸で、源氏はいつも朝早く起こされる。「人目についたら困る」と女が言うからですね。源氏は床を出て、見識高く優雅でもある高貴な女は、その若い恋人が帰って行くのを寝台の中からずっと見守っている。男は若い女房に案内されて部屋を出て行き、その女主人の見守るところから死角になるようなところに来た途端、案内の女房の手を握る。「こういうことでもないと、この邸に来るのがつまらない」という若い男の心理でしょうが、この時に女房を口説く源氏が口にする和歌が、これなんです——。

〝咲く花に移るてふ名はつつめども
折らで過ぎうきけさの朝顔〟

「あなたのご主人の手前を考えるとちょっと困るけれどもさ、あなたの美しさはちょっと見過ごしに出来ないよね」という歌です。この歌に「朝顔」という言葉を使っているのがご注目です。

五条の通りで不思議な花を見た光源氏は、「あの花を折ってこい」と家来に命令する。この時は単純に夕顔の花に対する好奇心がそうさせたのだけれども、その花を取りに行った家来の前に扇を持った女童が現れたところから、話は別の方向に進んで行く——「ところであの家に住む女は何者なんだい？」というように。

『夕顔』の巻の源氏はまだ十七歳で、「〝名のみことごとしう〟と言われる程度の真面目人間だった」という『帚木』の巻の記述はまだ生きています。『帚木』『空蝉』の巻で、受領(ずりょう)の後妻を手ごめ同然にする〝冒険〟を覚えてしまった源氏は、この『夕顔』の巻で初めて女に声をかけられる。今まで真面目だったのが、急に解放感を覚えたというところでしょうか。

五条の通りに停めてある牛車の中にいる自分に対して、見知らぬ女が歌を詠みかけて来た。「なんだかおもしろいことになって来たよな」と腹心の家来に命じて、この六条の邸にやって来た」と思う源氏は、「あの女の正体を探ってくれよな」と腹心の家来に命じて、それから何日かたって、「夕顔の女」の正体はまだ分からないけれども、なにか源氏の胸にはは、や、る、ものはあるんでしょうね。

「そうだ、自分にはあの〝夕顔〟の経験があったんだ」と思った源氏は、思い切って「六条の人」に仕える女房の手を握ってしまった。女に自信を持ちかけた若い男がやりそうなことで、「〝夕顔の花〟でいいことがあったから、今度は〝朝顔の花〟でやってみようかな」という二番煎じのところまで、とってもリアルだと思います。

源氏に口説かれた女房は、知らん顔をしてそれをかわす。と、朝霧の庭に愛らしい男の侍童が走り込んで、露に濡れた朝顔を折って来る。夕顔の時は女童、こちらの朝顔は男の童というところまで対応が出来ている。二番煎じというよりは、これは明らかに〝対句的表現〟ですね。貧しいけれども新鮮な五条の町の夕顔に対して、優雅で物憂い六条の邸の朝顔――あまり言われないことかもしれませんが、この『夕顔』の巻には、明らかに「五条の女」と「六条の人」の対比があって、それは「夕顔になぞらえられる女」と「朝顔になぞらえられる女」の対比なんですね。

その四

11 六条の御息所と「前の春宮」の謎

六条の御息所の謎というのがあります。

『夕顔』の巻に初めて姿を現す「六条わたり」の人は、その次には『葵』の巻に登場しますが、この時にもう彼女は周知の人物になっている。

『葵』における彼女の登場は、〝まことや、かの六条の御息所の御腹の前坊の姫宮――〟になっていて、なんの予備知識も持たずに源氏物語を読み進んで行った当時の読者なら、ここで「あ、そうか、あの〝六条わたり〟は〝前坊の御息所〟だったのか」と思うようになっています。つまり、初めは〝六条わたり〟で曖昧にぼやかしていたものが、ここでいきなり明確なものになるということですね。「六条わたり」の人は、「前坊の妃」で「〝姫宮〟なる娘が一人いる人」だ、と。

「前坊」というのは「前の春宮」のことですが、この〝前〟というのは、〝先代〟とはちょっと違います。「その以前に春宮だった人で、春宮のまま死んでしまった人」ということです。春宮のままその生涯を終えてしまったから「前の春宮」で、その人が先代の春宮であるかどうかは分からないということです。

もしもその人が帝になってそのまま死んでしまったら「前の帝」ですね。「前の帝」というのは、退位して上皇にならず帝のまま死んでしまった人ですから、「先帝」は別に「先代の帝」じゃない。「先々代の帝」かもしれないし、「ズーッと以前に帝のままで崩御してしまった古い帝」かもしれない。余分なことかもしれませんが、「故人はまずその最終的な肩書によって示される」というのが、当時の常識だということは知っておいてもいいと思います。

というわけで、「六条わたり」の人は、「春宮のままで帝位に即かずに死んでしまった以前の春宮の未亡人」だということが分かります。勿論、「六条わたり」の人がどんな人物なのかということが大体見当のつく当時の読者にとって、この『葵』の巻におけるこの人の再登場は、そうそう唐突なものではありません。「なるほど」と思うようなものですね。

つまり、作者が思い付きで、「あの〝六条わたり〟は〝前坊の御息所〟だったってことにしちゃおう」と書いたとしても、別にそれが破綻にはならないということです。ヘンなことを言っているとお思いになるかもしれませんが、そのことは、『葵』の次の『賢木』の巻で明らかになります。

『賢木』の巻では、その「六条わたり＝前坊の未亡人たる御息所」のことを、作者はこのように述べています。

〝御息所（中略）十六にて故宮に参り給ひて、二十にて後れたてまつり給ふ。三十にてぞ今日また九重を見給ひける〟

問題は、この年齢なんですね。

この時に六条の御息所は三十歳、源氏は二十三歳です。彼女が二十歳だった十年前に、彼女の配偶者たる「前の春宮」は、春宮のままに死んだ。そしてその「前の春宮」なる人は、その四年前に春宮妃として十六歳の彼女を迎えているんだから、その以前にも春宮であったのは確かだ、ということになる。要するに、源氏が十三歳以前の段階で春宮の位に即いていた人は、「六条の御息所の夫」だった人以外にありえない、ということですね。

どういうことかと言いますと、源氏物語の一番最初の『桐壺』の巻には、そういう春宮が存在しない、ということです。

帝の寵愛深い桐壺の更衣の腹に「光源氏」となる御子が生まれ、この子が三歳の年に桐壺の更衣は死んでしまう。そしてその次の年、帝の後継者たる春宮を定めるに当たって、源氏は選に漏れて、弘徽殿(こきでん)の女御の腹から生まれた「一の御子」が春宮になったとある。だから、桐壺帝の御代に春宮として存在するのは、光源氏の異母兄たる後の朱雀(すざく)帝ただ一人で、六条の御息所の配偶者たる「前の春宮」なるものは、物語の上では存在しえないんですね。

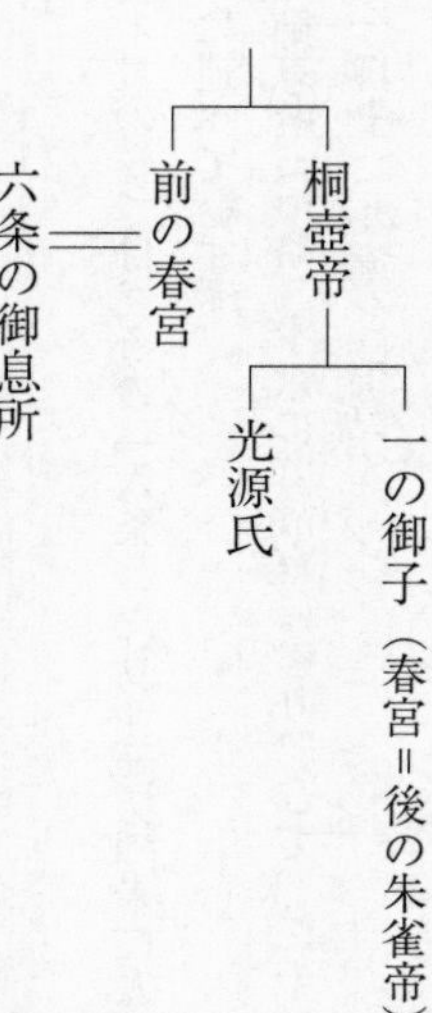

六条の御息所の配偶者である「前の春宮」は、桐壺帝の弟です。この人が兄帝の御代に後継の春宮として立っていたのが早逝(そうせい)してしまった。だからその後に、源氏とその異母兄

たる弘徽殿腹の一の御子による、次期春宮を巡る後継争いが起こった――こういうことになるのが源氏物語の展開であるはずなんですが、その時期の物語であるはずの『桐壺』の巻には、そういうことがまったく書かれていない。「前の春宮」なる人は、登場するんだったら『桐壺』の巻に登場しなければならないはずなのに、この人はまったく出て来なくて、しかもそういう「前の春宮」なる人物には存在の余地がないように、源氏物語の一番最初である『桐壺』の巻は書かれている。

源氏を抑えて一の御子が春宮に立ったのが、六条の御息所の配偶たる「前の春宮」の死後のことなら、『葵』の巻で〝三十にてぞ今日また九重を見給ひける〟と書かれているこの六条の御息所の年齢は〝四十〟になっていなければなりません。ということになると、その娘で後に〝秋好む中宮〟となる伊勢の斎宮(さいぐう)も十歳年齢がアップする。秋好む中宮は二十二歳で九歳年下の帝の後宮に入内するわけで、十三歳の帝に二十二歳の妃というのはかなりのものですが、これが更に十歳の年齢アップということになったら、三十二の女性と十三歳の少年の結婚になる。まァ、こんな設定は当時でもメチャクチャですから、どうしたって年齢は十歳アップなんか出来ない。だから、この六条の御息所という人の設定を突っついて行くと、とんでもない構成上の矛盾が生まれてしまうんです。

六条の御息所は、『葵』の巻に至って初めてキチンとした設定を与えられた。それが

『賢木』の巻になってもっとはっきりと語られる。その展開のプロセスはそんなにヘンなものではないけれど、その設定を受けて前を振り返ると「アレッ？」ということになってしまう、ということです。

源氏物語の中でかなり重要な役割を果たす六条の御息所という人が、こういう矛盾の中に野放しにされているのはどういうことだ？　という問題だってあるんです。

どうも、作者の紫式部の頭の中には、この「六条の御息所」や「前の春宮」なる人物が当初は存在しなかった、ということらしいんですね。そのことが、後になってから語られて来る〝六条の御息所の年齢〟や〝前の春宮の設定〟から見えて来るんですね。

12　『若紫（わかむらさき）』の不思議

紫式部は、どうやら『桐壺』の巻を書いている時にはまだ、後に大きな意味を持つ「六条の御息所」なるものの存在を構想していなかったらしい。源氏物語を書き進めるうちに、「六条の御息所」なる構想が生まれたと見ていいでしょう。そしてその時期はいつかといったら、『夕顔』と『葵』の巻の間ですね。この間に〝六条わたり〟という曖昧は、〝まことや、かの六条の御息所〟という明確に変わってしまった。これで行くと、紫式部という偉大なる物語作者は、どうも行き当たりバッタリのいい加減な物語作者だということになりかねない。ところが一方、紫式部という今から一千年前の物語作者は、かなりとんでもない構成力を持った作者だということも、一方にはあります。それを示すのが、『若紫』の巻における「明石の入道とその娘」の挿話です。

源氏は瘧病に罹って「北山の聖」のところへ治療を受けに行く。遊山気分も半分で、晩春の山の中へ源氏はお供の取り巻きの連中と一緒に出掛けて行って、「播磨の守の息子」である男から、明石に住む不思議な入道とその娘の話を聞く――これが後の『須磨』『明石』の巻以降に大きな位置を占める明石の入道と明石の上になるんですが、まだ物語は始まったばかりの段階で、一体この先源氏の運命はどうなるのかなんてことはまったく分からないようなもんなんです。それなのに、既にこの段階で「明石の入道」なるものが登場している。明石の入道が大臣家の出身で、自分から進んで受領に志願して、そういう変わり者だから地元の人間にもバカにされて、その結果都にも戻れなくなってしまった人物であるという、その後の設定は、キチンとここに書かれているんですね。これを見ると、紫式部という人は、とんでもなくしっかりした構成力を持った作家だということ以外に考えられない。「一体その人が、どうして〝六条の御息所〟の一件ばかりは……」ということにもなります。

〝いづれの御時にか、女御更衣あまたさぶらひたまひける中に――〟という有名な書き出しで始まる源氏物語という大長編が、実はその書き出しを含む『桐壺』の巻から書かれ始めたのではないのではないか？　という疑問も、研究者の中にはあるようです。「ひょっとしたら、源氏物語は『若紫』の巻から書かれ始めたのではないか……」とか。

「そんな気がしないでも……」というような理由もないではありません。というのは、夕顔の女の死を受けて始まる『若紫』の巻の書き出しが、〝瘧病にわづらひたまひて、よろづにまじなひ加持など参らせ給へど験なくて――〟であるのに対して、その次に来る『末摘花』の巻は、しっかりとその冒頭に〝思へどもなほ飽かざりし夕顔の露におくれし心地を年月経れど思し忘れず――〟と書いてあるからです。

普通に考えたら、『末摘花』の冒頭の一行は、『若紫』の冒頭の一行であってもいいと思いますけど、そう思われませんか？

「夕顔の女が死んで、空蝉の女も都を去って行き、そして秋は終わった」というところで『夕顔』の巻は終わります。そしてその年が明けて春も晩春の頃という設定で『若紫』の巻は始まる。そして意外なことに、この『若紫』の巻には夕顔の女も空蟬の女も、まったくその存在の影すら見えない。だから『若紫』を読み始めると、「ああ、源氏はもうあの二人のことを忘れちゃったんだな」と思うんですね。「薄情な野郎だ」とか。ところがその『若紫』が終わって、次の『末摘花』の巻になると、〝思へどもなほ飽かざりし夕顔の――〟で、ストレートに『夕顔』の巻を受けてしまう。しかも季節は、『若紫』が晩春であるのに対して、『末摘花』は早春の時なんですね。『末摘花』の巻が源氏物語全体の中で一つの独立した喜劇的な挿話であるから、この時間的な引っくり返りは気にならずにすんでいるんですが、しかし『末摘花』の冒頭にある一行は、死んでしまった夕顔のためにも、『若紫』の冒頭に持って来てやりたいと思うのは、私だけでしょうか？　話の展開ではすっきりと続くはずの『夕顔』と『若紫』の間には、へんな断絶があるんですね。

ちょっと問題点を整理してみます。

①桐壺――ここに「六条の御息所」と「前の春宮」は存在しえない。
②帚木――①桐壺とはかなり時間的隔たりがある。
③空蟬――②帚木に直接続く。
④夕顔――②帚木③空蟬の話はそのまま続いて、「六条わたり」の人が登場する。

⑤若紫——「明石の入道」がいきなり登場して、④夕顔とは、どうも続いていないような気がする。

⑥末摘花——物語の時間としては⑤若紫と重なるが、書き方は直接④夕顔に続く。

この後、源氏物語は⑦紅葉賀→⑧花宴と続いて、やっと⑨葵で〝六条わたり〟の人が〝まことや、かの六条の御息所〟という明確な存在になりますが、この⑦紅葉賀は、⑥末摘花とも続くし⑤若紫とも続くし、その以前の①桐壺からの話とも続いて、後は一直線に進んで行くというようなものです。

⑥末摘花〜⑦紅葉賀の執筆段階では、もう源氏物語の構成は作者の中で確固としたものになっているけれども、どうもその以前がちょっとあやふやだということは言えると思います。

①桐壺と②帚木の間に、実は「輝く日の宮」という巻があったのではないかというのも、ここら辺に由来するのではないかと思うのですが、『桐壺』と『帚木』の間に、「藤壺の女御と成人した源氏の出逢い」というのがあってもいい。『帚木』の巻では、既に藤壺のことを〝君は人ひとりの御ありさまを、心のうちに思ひつづけ給ふ〟ということになっているからですね。

後の物語展開で行くと、この「人ひとり＝ただひとりの人」というのは藤壺の女御以外にありえないのですが、しかしこの〝雨夜の品定め〟のある『帚木』の巻には、藤壺の〝ふ〟の字も出て来ないんですね。だからこの『帚木』の巻だけを限って読むと、この〝君は人ひとりの御ありさまを、心のうちに思ひつづけ給ふ〟という源氏の思慕の相手は藤壺の女御ではなくてもいいということにもなります。『桐壺』の巻の中で藤壺の女御のことが書かれていて、その藤壺の女御との関係が『若紫』の巻ではっきり書かれるからこそ、この「ただひとりの人」は藤壺の女御のことになるんですけれども、「紫式部は、本当に果たしてそのつもりで『帚木』の巻を書いてたんだろうか？」という疑問だって、生まれないわけじゃないんですね。

紫式部が源氏物語をどういう順序で書いて行ったのかは分からないけれども、これだけははっきり言えるというのは、②帚木→③空蟬→④夕顔の巻は一続きのものとして書かれ、⑤若紫はその流れとは別に書かれ、①桐壺もまたそれとは別に書かれて、その三つの流れが⑥末摘花以降では一つになるということですね。

⑨葵で、〝六条わたり〟の人が〝まことや、かの六条の御息所〟というように明確になることと関連していえば、②帚木に登場する「式部卿(しきぶきょう)の宮の姫君」があります。

空蟬につかえる女房達が、邸にやって来た源氏の噂をするところで〝式部卿の宮の姫君に朝顔奉り給ひし歌などを、少し頰ゆがめて語る〟とありますが、青年貴公子である源氏は、自分と似合いの相手だと思って式部卿の宮の姫君に和歌を添えた朝顔を贈った。この「朝顔の姫君」とは、結局肉体関係というか恋愛関係には入れないままで終わるんですが、この人もまた、『帚木』の巻の後、『葵』の巻に登場する。

六条の御息所が、『夕顔』の巻に登場する時に〝六条わたり〟という曖昧な形であったのに反して、この姫君は、初めから〝式部卿の宮の姫君〟とはっきり書かれている。しかしこの人がどういう人かということがはっきり書かれているのはいいんだけれども、今度は別の意味でヘンだというのは、源氏が彼女に贈った歌がどういうものなのか、それがまったく説明されていないんですね。ただ〝少し頰ゆがめて語る〟(ちょっと間違えて語る)とあるだけです。

源氏物語の中でこの人のこの扱いはちょっとヘンだぞというのは、実は、源氏物語は「歌物語」でもあって、しつこいばかりに作中人物の歌が挿入されている。時には作者自身が「この時の歌がどうであったか忘れてしまいました」なんていう言いわけさえも地の文として書いているくらいで、源氏物語の中の和歌とは、「イコールその人」であるくらいに重要なものです。源氏物語に登場する重要人物で和歌を詠まなかった、和歌を詠むシーンを与えられなかった人は一人だけですね。それが誰かというと、源氏との仲がうまく行ってなかった〝正妻〟の葵の上です。この人は和歌を一つも詠んでいないし、「和歌のやりとりをした」とも書かれていない。如何に影が薄いかということの象徴として、和歌がないんです。源氏物語というのはそういう側面も持っているのだから、「和歌を贈られた」と言われる式部卿の宮の姫への和歌が紹介されないでいるというのは、とてもヘンなことなんです。これは、「六条の御息所」がただ〝六条わたり〟と書かれるのと同じくらいに曖昧なことだと思ってもいいでしょう。

13　三つの始まりとその特徴

また整理をします。

②帚木→③空蟬→④夕顔と続く一つながりの話の中には、ある特徴があります。それは、ここに出て来る〝高貴な女性〟が、みんな曖昧で影が薄いことです。〝人ひとりの御ありさま〟としか書かれなくて、それが誰だかさっぱり分からない藤壺の女御しかり、ただ〝六条わたり〟の六条の御息所しかり、〝朝顔奉り給ひし歌〟とだけ書かれて、その歌を紹介してもらえない式部卿の宮の姫君しかりで、ここにもう一人、〝雨夜の品定め〟の後でやっとやって来た源氏にすぐに出て行かれてしまう葵の上を入れれば、完璧です。

そして、②帚木→③空蟬→④夕顔と続くこの部分には何が書かれているのかを考えれば、このことの意味というのが、もっとよく分かると思います。

この部分で書かれているのは、受領の妻である空蟬と、五条の下町に隠れ住む夕顔という〝謎の女〟との恋なんです。その恋に走る源氏を煽るように、〝雨夜の品定め〟の中では、「女なら中流の女がいいよ」ということがしつこく言われている。つまり、中流、あるいは上流貴族から見れば〝下層〟の女がクローズ・アップされている巻では、上級の女がとても曖昧な存在として処理されている。このことはとても興味のあることだと思います。

源氏物語の主人公・光源氏は帝の子で、後には上皇に準ずる位にまで昇ります。そしてそれを書いた紫式部は、中流あるいは〝中の下〟の階層の貴族の娘です。このギャップというのが、源氏物語の中でどう描かれているのか、ということです。

源氏物語の冒頭、①桐壺は〝いとやむごとなき際(きは)にはあらぬが〟という桐壺の更衣の登場で始まります。女御より出身階層の低い更衣が、後宮でどのような仕打ちを受けるかというところから、この大長編は始まる。そしてもう一つ、「どうもこの物語はここから書き始められたのかもしれないな」というようなところもある⑤若紫は、その最初でいきなり唐突にも「明石の入道」という、「自ら進んでドロップ・アウトを演じた結果世間に笑われる」という不思議な人物を登場させる。そしてこの明石の入道という人が、実は桐壺の更衣とは従兄妹の関係に当たるんですね。

出世が出来なくて頭に来た明石の入道はドロップ・アウトをして、その結果娘の明石の上は身分の低さに悩む。そして明石の入道は、そんなことをまったく考えないで、ただ娘の栄光を考える――娘を高貴の人の妻にしてそこに娘を生ませ、その娘が帝の後宮に上がって后になるという、ややこしい野望です。

当時の貴族にとっての「究極の出世」がどんなものかを考えれば、この明石の入道の〝野望〟のややこしさの正体も分かる。当時の貴族の「究極の出世」とは、娘を後宮に入れて男子を生ませ、その男子を帝にして、自分はその帝の外戚（がいせき）になるということです。桐壺の更衣の亡き父はそれを考えていて、その遺志を妻たる北の方が継いだ。後家のふんばりで娘の後押しをしたけれども、力及ばずにその娘＝桐壺の更衣に死なれてしまうというのが、『桐壺』の巻の初めです。その桐壺の更衣の従兄妹＝明石の入道が、それを更にややこしくした設定で登場するのが『若紫』の冒頭ということになりますと、大変なことになる。

『桐壺』という全体の始まりをなす巻では、身分の低い更衣のエピソードから始まる。それとはちょっと別系統の帚木→空蟬→夕顔は、明らかに〝中流以下〟を主流にして物語が作られている。そしてそれとは更に別の『若紫』の巻では、「明石の入道」という身分を捨てた男をいきなり持って来て、如何にも「この人がこの先重要な意味を持つということを、私はよーく自覚して話を進めます」と言わぬばかりの構成にしている。

紫式部は、自分の生きる世界にある「身分」という壁を明確に意識してこの物語を書き始めた、ということだけは言えるでしょう。

その五

14 紫式部の視点

紫式部という人は、とても好き嫌いのはっきりしていた人のように思えます。源氏物語はやたらに敬語の氾濫（はんらん）する文章で、すべてに対して作者はとてもうやうやしく語っていたりするわけですが、だからといってこのうやうやしさがすべて本当だとはとても思えません。

たとえば『乙女』の巻で、源氏の息子夕霧が大学寮に入る、その入学の式の後で集まった人達が漢詩を作る。その出来栄えが本場の中国にも持って行きたいほどの素晴らしさだったと作者は語って、「その一つが実はこれこれしかじかの内容だった」ということも語る。語るけれども、それが漢詩であるという理由で、和歌のようには作品そのものを引用しない。そしてそのことを、〝女のえ知らぬことまねぶは憎きことをと、うたてあれば、漏らしつ〟と書く。「女が知っていてよいとも思えないことを平気で書くのは生意気だと非難されましょうから、忘れました」と言うわけですが、この文章を額面通りに受け取っていいとは到底思えません。

紫式部は漢学者の娘で、父親があきれるほどの才能を示したのだとしたら、こういうシチュエーションで自分の作った漢詩を披露したくてしかたがないはずだと思います。しかしそれは出来ない。自分としてはそんなつもりは全然ないのだけれども、世間一般には常識として、「女が知っていてよいとも思えないことを平気で書けば生意気だと非難される」ということがある。だから「忘れました」と逃げるんですね。

紫式部には、もう一つ、例の清少納言のことを非難した、有名な〝清少納言こそしたり顔にいみじうはべりける人云々〟というのがある。「平気で漢字を書き散らしているけれども、よく見れば間違いもある。つまらない風流心を書きつらねて平気な人間は、将来ろくなことにはならないだろう」というやつですが、これは清少納言個人を非難したというよりも、当時の女性のあり方、その置かれている危険性に対して紫式部が警鐘を鳴らした、という方が正確ではないかと思います。

清少納言の一種奔放な書きぶりに対して、紫式部は自分の中にもそれをしかねない欲望があることを十分承知して、「あー、はらはらするッ！」という自戒さえこめ、「それをする自由はある、でもその自由にうかつに乗ったらとんでもなく危険なことになる」と言っているような気がします。

平安時代というのは、完全に身分制の社会ですから、どんなに自由な口がきけたとしても、決してはずしてはならない〝一線〟というものがある。そこを押さえるのが敬語という習慣で、敬語による序列ということは完全に守られなければならないけれど、しかしそれさえ守っていれば、どんなひどいことを言ったり書いたりしても安全だということはあります。

物語というものは所詮女子供の慰みものだから、そこで何を言っても、まともな男達からは、「はっはっはっ、これはなかなか面白い」で黙殺されてしまうこともある。男達がほしいのは、「すぐれた物語を書くと評判の才気あふれる女房」なのであって、別に現状を根底から揺るがす思想なんかではない。紫式部がどんなに危険なことを書いても平気だというのは、その一方に、「まともには取り上げられない」という現実があるからですね。

15　紫式部の好み

紫式部は、敬語というものを駆使して、それを書く人間の主観というものを一生懸命消してしまいましたが、しかしいくらそれをしても、どうしても消すことの出来ない「好き嫌い」は見えてしまいます。

紫式部は、なにが好きでなにが嫌いだったのでしょうか？

紫式部は、まず権力者の娘が嫌いですね。源氏の正妻である左大臣家の娘＝葵の上に対する冷淡さと、最大の敵役として設定された右大臣家の女御＝弘徽殿の女御の扱いは、その典型だと思います。

それに反して、紫式部は、皇統の女性を素晴らしいものだとしていますね。その典型は勿論、藤壺の女御でしょう。『薄雲』の巻で彼女が死んだ時に、作者は最大のオマージュを捧げているし、そういう賛辞を捧げられるような位置にまで、この作中人物を押し上げて書いている。

親王、内親王、あるいは宮家の姫ということになったら、これはまず最大級というか、特別の敬語を使わなければならないような存在です。ですから、「この人はそうパッとしたところがあるようには見えないけれども、しかし侮ってはいけませんよ」と、読者に喚起をうながしたいようなところでは、紫式部は必ずといっていいほど「皇統の血を引く女性」を出して来る。名もない土豪の娘である明石の上の母親が、実は宮家の孫に当たるというのは、その一つの例証でしょう。作者は、明石の入道を〝愚かな三枚目〟に設定してしまってはいますけれども、その妻にはある種の品格を与えている。「この人は皇統だからどこか違う」と、やはり作者は言っているんですね。

紫式部は、権力者の娘が嫌いで、皇統の女性が好きという対比は、まず簡単に出ると思います。それが何故かといえば、源氏物語が「〝源氏〟の物語」だからですね。主人公・光源氏は、帝の子として生まれて臣下の位置に下された、そのことによって「源」の姓を賜ったから〝源氏〟なのであって、その光り輝く源氏の男が、時の敵対勢力を覆して権力の頂点に就くのが、源氏物語の大筋ですね。

帝の子がその特権すべてを剝ぎ取られ、一臣下として苦闘する。何故それをしなければならないのかというと、「その時代」がある特定の臣下によって牛耳られている時代だからですね。「その時代」というのはもちろん、源氏物語の背景となる時代であり、と同時に紫式部の生きていた時代です。

時代は藤原一族のもので、天皇家の勢力は、その摂政関白を名乗る臣下の一族の影響下にある。帝の后となるのは藤原氏の娘で、だからこそ時の必然として、帝の後継者たる子供は藤原氏の〝孫〟になる。天皇家の長たる帝は、しかし半ば以上藤原氏の血に侵されている。時代のすべては藤原氏のもので、この支配体制はまず決して倒されることがないようになっている。それは、この「臣下たる藤原氏＝天皇の舅＝次の天皇の祖父」という、ややこしい二重構造があるからです。

こういう時代背景があって、そこに「私はそれがいやだ」と明確に思う人間がいる。それが誰かといえば、それはもちろん、「そういう藤原氏の権力を倒す源氏の物語を書く人」ですね。

明確にそう思っても、それをはっきり口にすることなんか出来ない。男がそれをやったら、時の権力者に簡単に排除されて終わりですし、女がそれを言ったら「可愛げのない女だ」で、これまた女としては抹殺されてしまう。そういう状況があって、「でも私がそれを〝いやだ〟と思うことは揺るぎようのない真実だ」と思う人がいることも事実です。「だったらそういう主張を、この現実とは関係のない、架空の過去の理想の物語として書いてしまえ」と思ったのが、「私はそういう現実がいやだ」と内心はっきり口にする紫式部であった——源氏物語とは、そのようにして書かれた〝体制批判の物語〟だと、私は思います。

だからここで、紫式部は明らかに権力者の娘を憎んでいるし、明らかに皇統の女性を高く持ち上げている。藤原氏の一族たる右大臣家から出た弘徽殿の女御を帝が嫌い、先帝の皇女たる藤壺の女御がその帝の寵を得るというのはその典型ですし、そうした物語展開に対して当時の人間が一人として非難がましいことを言えないのは、時の権力者＝藤原氏の娘に対して勝ちを得るのが、身分的にはそのずっと上にある天皇家の娘だけだからですね。『桐壺』の巻で光源氏と藤壺の女御が、「光君と輝く日の宮」として並び立つのは、やはりこの二人が、時の〝悪〟に立ち向かう正義のヒーロー、ヒロインだからでしょう。

16　紫式部の敵討ち

紫式部は、藤原氏の娘を嫌って、皇統の女性を素晴らしいものだと思っていた。これは確かだと思いますが、しかし紫式部は千年前の物語作者＝小説家です。小説家の頭がこんな単純な世界観だけで出来上がっているはずはない。そこで紫式部は、「どうしようもない宮家の姫」というのを出して来ます。『末摘花』の巻のヒロインたる常陸の宮の忘れ形見・末摘花ですね。

この人は、もうどうしようもない笑い者です。紫式部の筆は、この人に対して、かなり残酷です。さすがに小説家というか、紫式部という、丁寧の極みとしか言いようのない文章で物語を綴る千年前の物語作家は、その文体で、容赦ないといったら徹底的に容赦のないことを書きます。

ロクに口もきけない、作る歌はひどい、その取り巻く環境は最悪、おまけにひどい不美人で時代遅れのした美的センスで独り善がりだという、当時の人間にとっては大笑いの対象でしかないヒロインを、「没落した皇統の女性」として、『末摘花』の巻では描き出しています。

別に皇統の女性だから素晴らしいというわけではないんですね。「真に素晴らしい女性は皇統の中にいるが、しかし皇統の女性だから素晴らしいというのは、所詮単なる幻想に過ぎない」と、この今から千年前の作家は言っている。八重葎生い茂る傾きかけた古い邸に、美しく高貴な姫がひっそりと月の光を浴びるようにして暮らしている――「そういうロマンチックな幻想を世の月並みな男達は平気で信じているらしいが、そんなものはつまらない幻想よ」というところで、この倒錯したロマンチックな物語のパロディ『末摘花』は成立している。

例の〝雨夜の品定め〟で、男達は「陋屋の美姫」という幻想の存在をやはりどこかで信じていると、紫式部は書く。そしてその後の『末摘花』の巻で、「男ってどうしてああもロマンチストなのかしら、だって、現実ってこうよねェ」と、とんでもない〝暴露〟をやってみせる。千年も前から男と女の関係というのは変わらないものだなァと、私なんかは思います。

「権力者の娘になんかロクなものはいない、皇統の女性こそが素晴らしい」などということを、当時、〝物語〟などという現実離れのしたものを書いている女性の口から聞かされたら、男は平気で「あなたはずいぶんロマンチックな幻想をお持ちですね」と言うでしょう。「現実はそんなに甘いものではない」と。しかしそういう男が、今度は逆に〝現実〟なるものから離れたところでは平気でロマンチックな夢を見る。「傾きかけた古い邸には、由緒正しい美しい姫がひっそりと美しく暮らしている」というように。

当時の恋愛は、男が女の所に通って行って、別に始終女と生活を共にするわけではないから、女の生活の上っ面だけを見て、そういう感慨なんていうものも持てる。しかしそういう男に通って来られる女の方では、「たまにやって来る男の前でボロを見せたら大変だ」と、必死になっていたりもする。「〝傾いた邸〟もいいけれど、そんな所で暮らしている女の身にもなってご覧なさいよ、どれだけ大変だか、あなた知ってるの？」と言うのが女ですね。昔も今も、男はドメスティックな部分に目をつむって平気でロマンチックな夢を見るし、女はドメスティックなど真ん中で、平気で「世間知らず」と言われるようなロマンチシズムを身に纏う。男と女の差というのは、まったく変わらなくて、そこで知性というものを磨いてしまった女が「ホントにいい気なもんよねー」と男に逆襲するのも、実は変わらないんですね。

皇統の女性だからといって、それだけで無条件に素晴らしいというわけではない。要はその人の内実で、その素晴らしい内実に「皇統」という血の栄誉が重なったら、完璧な素晴らしさが生まれるというのが、今から千年前の紫式部の女性観だと思います。

要は内実だということになったら、今度はもう一つの方、「皇統には属さない娘達」の内実だってあります。

藤原氏の娘だからといって、それがすべて「権力者の娘」になるわけではない。「現に私は貧しい学者の娘で、財力だけが取柄の受領の妻だった」という事実が、紫式部その人の中にある。

「皇統の女性対藤原氏の娘」が、実は「理想の政治形態対現実の権力構造」の対立になる。

「藤原氏というのは、現実を覆う退廃の元凶だ」と言い切ったとしても、そう言い切る紫式部は、やはり藤原氏の娘なんですね。紫式部が没落した皇統の娘だとしたら、源氏物語はもう少しシンプルで、だからこそ些か食い足りない話にはなっていただろうと、私は思いますね。なにしろ源氏物語の発端となる『桐壺』の巻は、「そう卑しからぬ身分ではあっても〝更衣〟にしかなれなかった藤原氏の大納言の娘が、〝女御〟という身分を笠に着た同じ藤原氏の右大臣家の娘に憎まれて敗れる」というところから始まるんですから。

同じ藤原氏でも、摂政関白の地位を独占する一族と、その一族に追従して生きて行かなければならない「その他大勢の藤原氏」の二通りがあって、紫式部が、後者の出身だというのは重要ですね。

当時の女性の所属する階層というものは、その父及び夫の所属する階層によって決定されます。紫式部の父も母も夫も、彼女の所属を決定づけるような人達は皆「並の藤原氏」の出身です。どう出世しても桐壺の更衣の父程度の大納言で止まってしまう。だからその娘がどんなにすぐれて美しい娘であっても、入内(じゅだい)した娘は「更衣」止まり。「更衣」とは、どんなに最上級の敬語を使っても、〝いとやむごとなき際にはあらぬが〟という口ごもりのした誉め方しか出来ない身分なんですね。

「非常に貴い、という身分ではない」――貴くないというわけではまったくないが、しかし「非常に貴い」とは言えない。限界を見極めざるをえない中流階級のジレンマがそのまま表れているような表現です。紫式部は、この階層の女性だった。紫式部にとって桐壺の更衣は、「最も優れてありうる自分自身」のようなものだし、もうちょっと別の言い方をすれば、彼女の〝姉〟のような存在でしょう。

自分は別に帝の妃に憧れているわけではないけれども、もしも自分がそういうことになったなら、そこに待っているものは、権力者の娘にいびり殺される〝いとやむごとなき際にはあらぬ〟身分だと知るのは、やはりつまらないことだろうと思いますね。

「そういう自分のような階層の女を救える人は、皇統の内親王ぐらいしかいない」というところで、正義のヒロイン「輝く日の宮」の藤壺の女御は登場する。そして、「でもそうであったとしても、私が皇統の女性でないことだけは事実だ」というところから、もう一人の女性が登場する。それが、『夕顔』の巻のヒロインなのではないかと思うのです。

17 夕顔と末摘花

夕顔の女と末摘花の姫という対比は、不思議な対比と思われるかもしれません。しかしこの二人はやはり同じ座標軸の上にいる女性だと思います。

夕顔の女は、「五条の宿」という、とても恋などというものが生まれそうもない場所に身を沈めているし、末摘花の姫も、「傾きかけた古い邸」という、恋に、あるいはその身分にふさわしからざる場所に住んでいる。勿論、どちらも父という庇護者を亡くした心細い身の上です。

男女を問わず、当時の人の頭の中には、「ロマンチックな恋といえば、それは荒家（あばらや）に住む高貴な姫だ」という常識があった。このイメージは、多分『宇津保物語』という源氏物語に先行する有名な物語によって決定されてしまったものではないのかと思いますが、どうやらこの『宇津保物語』の作者は男です。私達はこの源氏物語という作品のせいで、平安朝の物語文学の作者をうっかり女性だと決めてかかってしまうようなところもありますが、大体は男性ですね。平安朝女流文学の主流は、和歌が第一で、それから日記・随筆の世界で、物語という男が手すさびで書くようなフィクション世界に挑戦したのは、源氏物語の紫式部と、彼女の影響を強く受けた菅原孝標女（すがわらのたかすえのむすめ）ぐらいなんですから、物語というものは、男の幻想が強く支配しているものだと思った方がいいと思います。紫式部が源氏物語を書いたことの中には、「そういうのってリアルじゃないわ」というような、既成の物語に対するアンチ・テーゼのようなものがあったはずです。

男達にとっては、「陋屋の美姫」なる設定がとてもロマンチックなものだと思われるし、通俗性に酔う女の読者達にとってもそれは同じだった。けれども、それを「ホントにそうかしら？」と思った女も、ここに一人はいた。「そういう設定でいくんだったら、私はこういうものをこそリアルというんじゃないかと思う」――その設定で書かれたのが、『夕顔』の巻ですね。私はそうだと思います。

庇護者である父親に死なれて、一人取り残された美しい姫は、一人で寂れ行く立派な邸に住んでいた――「それはいいけれども、でもそんなことを甘んじて受けるようなだらしない人間が、本当に〝美しい〟のかしら？」というところで、末摘花の姫がいる。「父が死んで寂しく心細いとしても、彼女が本当に評価に値する美しい女性だったら男は放っておかないと思うし、彼女に悲劇が始まるのだとしたら、実はそこからなのよね」というのが、革新的な女性物語作者紫式部の構想だと思います。

近衛の中将だった父に死なれた夕顔の女の許に、時の左大臣家の嫡男たる頭の中将が通って来る。頭の中将には既に政略結婚によって決められた〝正妻〟なるものがいて、それが大敵たる弘徽殿の女御の妹に当たる「右大臣家の四の君」。

さすがに権力者たる右大臣家の娘だから、この四の君も相当なもので、自分の夫がよその女に馴染んで子供まで作らせたとなると、その状況を黙過することができない。だから人をやってこの夕顔の女を脅かす。権力者の娘に脅された夕顔の女は、怯えて身を隠す――その行く先が、なんと、ごみごみとしてとてもまともな人間が住むとは思えない五条の〝下町〟だったというのが、『帚木』から『夕顔』にかけて語られることですね。

なんという鮮やかな展開かと思います。「古い手垢のついた物語を、今の時代にふさわしいリアリティをもったものに変えるとしたらこうなる」ということを、サラリとやってのけている。しかもこの中には、「弘徽殿の女御対桐壺の更衣」の関係が「その妹の四の君対夕顔の女」で、きちんと繰り返されている。歌舞伎でいったら、『桐壺』の巻は〝時代物〟で、『夕顔』の巻はその〝世話物〟に当たる。

「私は権力者の娘が嫌い。私は、精々出世しても〝近衛の中将〟止まりの階層の男の娘だから」というのが、キチンとここにはあります。

「新しい時代の物語にふさわしいヒロインは、古くてご大層な邸にぼんやりと住んでいるのではない、ゴミゴミとした世俗の中に住んでいる、それこそが新しい〝陋屋の美姫〟だ」と言わぬばかりの斬新な設定の中で、光源氏の恋の冒険が始まる。そしてそこには、名もない薄幸のヒロイン夕顔に対する、正体不明の「朝顔の高貴な女」もいる。「六条の朝顔の女」の生霊が夕顔の女を殺してしまうところでこの夕顔の物語は終わるのだから、紫式部という人は、相当に「地位ある女」「権力者の娘」が嫌いだったんだなと、私なんかには思われるのです。

その六

18 近衛の中将という位置

もう少し「不遇な男の娘達」ということを考えてみたいと思います。

夕顔というのは、紫式部自身と同じ「不遇な臣下の家筋の娘」だと思いますが、この人は死んだ「三位の中将」の娘です。夕顔と契った時の光源氏の位置が近衛の中将。その以前、少将の時分に夕顔と契った男が源氏の親友・頭の中将。『夕顔』の巻にはやたら「中将」というものが氾濫していますが、それではこの「中将」というものはどの程度の身分なんでしょう?

『夕顔』の巻で、近衛の中将である光源氏は十七歳です。彼の〝正妻〟葵の上は四歳年上で、頭の中将がこの葵の上の兄であるなら、彼は二十二歳から上、弟なら十代の後半ということになりましょう。だから蔵人の頭を兼任するこの頭の中将は「十代後半から二十代の前半の年頃」ということになって、「左右」の二つがある近衛府の中将二人は、どちらも青年のものとなります。近衛の中将というのは、実際名門家の公達にふさわしい、華やかで美しいポストではあったわけですが、だからといって、それが近衛の中将のすべてではありません。

夕顔の父親である三位の中将が自分の位置をどのように考えていたかを、ちょっと原文から引いてみましょう。(「三位の中将」というものの説明はこの後にします)

〝親たちははや失せ給ひにき。三位の中将となむ聞こえし。いとらうたきものに思ひきこえ給へりしかど、我が身のほどの心もとなさを思すめりしに、命さへ堪へたまはずなりにし後、儚きもののたよりにて、頭の中将なむ、まだ少将にものし給ひし時、見そめ奉らせ給ひて、三年ばかりは志あるさまに通ひ給ひしを、去年の秋ごろ彼の右の大殿よりいと恐ろしきことの聞こえ参で来しに――〟

「夕顔の両親はとうに死んでいる。その人は〝三位の中将〟で、夕顔を非常に可愛がっていたが、自分の出世がままならないことを思い煩っていたその上に寿命の方もままにならず、死んでしまった。その後、ふとしたことから頭の中将に思いをかけられて、それが三年続き、去年の秋に正妻の方から恐ろしいクレームがついた」ということですね。

この文章でいくと、どうやら夕顔と、まだ「少将」だった時分の頭の中将の関係は、夕顔の父が亡くなって彼女が心細がっていた頃から始まっていたと見ていいと思います。夕顔が死んだのは、彼女が十九歳の年、頭の中将との関係が始まったのは、その四年前だから、彼女が十五の年で、父親が死んだのは、彼女が十四か十五か十三か、その辺りの十代の初め頃でしょう。仮に父親が死んだ時に娘が十三だとしますと、いくら当時が早婚だといっても、その父親が三十以下ということはないでしょう。三位の中将だった夕顔の父親はどうやら三十を過ぎていて、それで自分の不遇を嘆いていた――〝我が身のほどの心もとなさを思すめりしに〟ですね。「中将」というポストは、そういう位置でもありました。

十代あるいは二十代の初めに中将になれるような名門家の公達なら、その後にさっさと出世の階段を上って行ってしまうけれども、しかしそういう人間ばかりではない、中年になってもまだ中将のままで止まっている人間もいて、そういう人間達にとって、中将とは「不遇をかこつようなポスト」だったということですね。

若くして中将になれれば大出世。でもそのままで止まってしまう人間にとっては不遇。中年になってからやっと中将になる人間もいるだろうが、そういう人間は「出世が遅い」――これが中将というポストですね。

平安時代の〝身分〟というのはちょっとややこしいのですが、身分の大本となるのは「官位」です。朝廷が「位」という身分を授けるのが、平安時代の身分なのです。「位」というのは、一位を頂点として、三位から上が「上達部(かんだちめ)」、四位五位が「殿上人(てんじょうびと)」、六位から下は「なんでもない」というように分けるのが、至って大雑把な当時の基準です。〝雨夜の品定め〟に於ける基準にあてはめれば、上達部が「上の品」、殿上人が「中の品」、六位以下が「下の品」ということにもなりましょう。

平安時代は〝貴族の時代〟で、貴族というとどうしても私達は「上の方」ばかりを想像してしまいますけれども、平安時代の貴族は、みんな「官僚」で、官僚なんだから、〝高級〟もあれば〝下っ端〟もあるんです。現代の官僚は学歴で決まり、平安時代の官僚は家柄によって決まったという、それだけの差です。

貴族である官僚に対して、朝廷からは「官位」が与えられます。身分制社会というと、どうしてもその身分が固定されたものだと思いがちですが、平安時代の身分である「官位」は、年と共に上昇します。出世とは、身分を決定する官位が上がって行くことで、役職というものは、その官位に応じて与えられるものなんですね。本当だったら固定的であるはずの身分社会が、実力主義による出世競争をも演じ出すという、不思議な二面性が平安時代にはあるんですね。

出世をしなければ身分は低い。いくら高い身分の家に生まれても、出世をしなければ身分は低いというのが、平安時代という官僚貴族の時代なんです。このことを忘れないで下さい。名門の子供だから出世は約束されているけれども、当面低い官位しか与えられていなければ、それは「下の品」でもあるという、まるで民主主義の時代のようなパラドックスがこの時代にもあって、そのことが光源氏の息子の上にも起こる——後の『乙女』の巻で描き出される主題は、こうした矛盾なんですね。

身分制社会の大本は官位という「位」によっている。そして、その人間に与えられる官職は、その人間が既に与えられている官位から自動的に導き出されるものです。「官位相当」といって、四位の人間ならそれに相応するポストは何、五位の人間なら何ということが、決まっているんですね。

そこで中将という官職です。これがどの程度の官位に相当するのかといいますと、これは「従四位の下」です。一つの位がまず正・従の二つに分かれて、この中が更に上・下に分かれます。正四位上・正四位下・従四位上・従四位下の順で、近衛の中将の「従四位下」は、四位の中では最下位ということになります。四位といったら「殿上人」の上位で「上達部」の三位にまであと一歩とも思えますが、実はこれが「上の品」には遠い「中の品」です。夕顔の父親は「三位の中将」ですが、これは、「官位としては三位を与えられてはいるが、それにふさわしいポストがないから中将になっている」ということです。

十七歳の光源氏は、ただの近衛の中将ですが、彼が十八歳になると三位の中将になります。紅葉の賀の功績を称えられて、官位が四位から三位に上がるんですね。翌年には、藤壺の女御が中宮に立つのにつれて、彼も国政の中枢の一員たる参議になる。参議を中国風に呼ぶと「宰相」で、十九歳の彼は「宰相の中将」。これで桐壺帝が退位して、御代が変わるとまた出世して、二十二歳の彼は「近衛の大将」になる。光源氏の出世ぶりを見ていると、名門中の名門の青年が行くエリートコースというのがどういうものかよく分かります。明らかに「中将」というのは、輝ける青年期の役職ですから。

光源氏に一歩後れを取る頭の中将を見てみましょう。彼が光源氏より五歳年上として、二十二歳の彼は「蔵人の頭」をかねた中将＝「頭の中将」で、官位は従四位の下です。光源氏が三位になる時、頭の中将も同時に官位を上らせて、正四位の下になります。「三位の中将」まで後一歩の彼がそうなるのは、桐壺帝退位による御代の転換期で、彼は二十七歳。ここまではまァ順調なんですが、光源氏が須磨に身を退けなければならない政変の影響はこちらにも及んで、二十二歳で頭の中将という順調な出世を遂げていたこの人の昇進は、そこでストップしてしまう。光源氏の親友・頭の中将は、三十二歳まで三位の中将のまま。夕顔の父親と同じですね。ただ夕顔の父親はこの時点で死んでしまうけれども、こちらにはまだその後があって、三十二歳の三位の中将は、御代の交替の結果、三十四歳にして権中納言(ごんちゅうなごん)にまで上る。

桐壺帝の姉を母とし、時の最大権力者であった左大臣家の長男として生まれ、その政敵右大臣家の婿になった、エリート中のエリートでもある彼の歩みは、ある意味で、最も平安時代的なエリートの姿ということが言えるかもしれません。早くに中将、そしてしばらくのブランク、そして復活ということが最終的に可能になるのは、やはり彼の家柄がものを言うんでしょうね。

中将というのはエリートにふさわしいポストだけれども、しかしそれだけではまだ出世でもなんでもないのです。

19　二人の不遇な中将――夕顔の父と明石の入道

光源氏が十七の年で関係を持ってすぐに死なれてしまう夕顔は、そのずっと後で再び姿を現します。頭の中将との間に出来た娘が九州で成人して都に上り、夕顔の乳母子だった右近と再会し、源氏が新たに作った六条の院に、養子として引き取られる。玉鬘ですね。彼女が登場する『玉鬘』の巻の冒頭には、こんなことが出て来ます――。

〝故君ものし給はましかば、明石の御方ばかりのおぼえには劣り給はざらまし〟と。

今は六条の院で紫の上に仕えている右近の述懐ですが、「もしも亡き御主人様（＝夕顔）が生きてらしたら、明石の人程度の扱いは完全に受けてらした」ということですね。夕顔と明石の上の対比です。

光源氏との間にただ一人女児を宿した明石の入道の娘は、普通には「明石の上」と呼ばれていますが、しかしこの人は、原文中では「上」とは呼ばれません。「上」というのは、その邸に一人の女主人ですから、この人は「明石の人」ではあっても「明石の上」という呼ばれ方をする身分の女性ではない。他の女性はまァ許すとしても、紫の上は、この「明石の女」だけはなかなか許さないというのは、この人が身分が低いからです。

それでは、この「明石の女」の低い身分は、どれくらいのものなのでしょうか？

父親の明石の入道は、出家して俗世を去った人だから、身分はありません。出家する以前は、「播磨の守」だった。播磨の守――即ち地方の国の守で、別の言い方をすれば、これは受領です。受領というのは官位でいったら大体五位のクラスで、〝雨夜の品定め〟では「中の品」ですが、太政大臣となった光源氏の作った六条の院の世界では、そんな程度の人間には身分なんかないようなものです。しかし、その受領でしかない明石の入道には、もう一つの前身があります。明石の入道は大臣家の息子で、「都では近衛の中将であった人が、不遇をかこつあまり、わざわざ進んで地方官を志願した変わり者」というのが、その設定なんですから。

　今風の身分観でいったら、明石の入道は「大臣の息子」という生まれなんだから、その娘は決して卑しい身分なんかではないということになりますが、しかし源氏物語の中で、「明石の女」は一貫して「身分がない」「身分が卑しい」なんですね。身分というものを作るのに「生まれ」というのは大いに関わってきますが、しかし平安時代の身分というのは、「生まれ」だけではないんですね。「その人が現在朝廷からどの程度の官位を賜っているか」が、その人の身分を決定する最大の要素です。皇統に生まれても親王・内親王としての位を授けられなかったら、その人は皇族ではないというのが当時の常識で、光源氏は正しくそのような存在です。「生まれ」というものは、この身分制社会の中で結構不思議な扱いを受けるのですね。

大臣家の息子だから、当然のものとして中将にまで出世は出来たけれども、そこで昇進をストップさせられた明石の入道は、敢えて受領を志願する――これは当時としてはほとんど〝異常〟とも言える行動です。何故かというと、中将として従四位下の位を授けられていたものが受領を志すとなれば、その位をわざわざ五位にまで下げるということをしなければならないからです。官位を上げることが出世である時代に、こんなことをする人はいない。だから「変わり者」なんですが、志願してそれが現実のものとなってしまったら、もう「変わり者の大臣家の公達（ぼっちゃん）」ではすみません。そうなったらこれは、「変わり者の受領」です。そして、この変わり者の受領が任期を終えても都には帰らずに、そのまま明石の浦に住みついてしまったというところから、明石の入道一家の「卑しい」が始まるんですね。

身分というものは、都なる朝廷の官位というものに拠っている。だから、ここを離れたらもう身分はない——これが当時です。言ってみれば、定年で会社を辞めたら、もうその会社とは無関係な人間になってしまうのだから、昨日の部長が今日会社へ行ってもケンもホロロの扱いしか受けないというのと同じです。身分を発給する体系から無縁になって、その後出家して俗世を去った人間は、「貴族」なんかではない。だから従って、その娘である「明石の女」は、どう考えたって「上」という扱いなんか受けられるはずがないというのが、当時の常識です。だから、それを踏まえて、夕顔の侍女でもあった乳母子の右近は、「もしも亡き御主人様（＝夕顔）が生きてらしたら、明石の人程度の扱いは完全に受けてらした」という述懐を漏らすんですね。「明石の人は、分不相応にも丁重な扱いを受けてはいるが、私の御主人様が生きていたら、いくらなんでもあれ以下ということはないだろうし、私の御主人様の方が身分的には上だ」というところなんでしょう。
「明石の女」の父は「無位無官」だけれども、夕顔の父は「三位の中将」のまま死んだ人ですからね。「三位」というのは、上の品の「上達部」に相当するクラスではあるけれども、それがかなりの年でも中将のままということになると、身分的には「取るに足りないもの」でしかない。そういうことが、この「夕顔対明石の女の対立」でよくお分かりいただけると思います。

夕顔は、死んだ三位の中将の娘、明石の女は、生きてはいるけれど身分体系から無縁になってしまった「旧中将・旧大臣家出身の土豪の娘」です。いい勝負ですが、しかし源氏物語は、実にこの不遇の中将達の娘に、とんでもない〝その後〟を与える物語でもあるんですね。

明石の上は明石の中宮を生む。卑しい身分の明石の女は、次代の天皇の祖母となることを約束されてしまった。夕顔の娘玉鬘は、権力者となった源氏の理不尽な求愛を拒むことに成功して、宮中の尚侍（ないしのかみ）のポストを得る。源氏物語の女性達――特に光源氏との間で恋愛関係を持った女性達が、果たして幸福だったのかどうかという問い掛けは、作者の紫式部から明らかになされています。

「権力者の生贄でしかない不幸な女達」という側面は、いつの間にか源氏物語の中にすーっと浮かび上がっていたりもするんですが、その絶対にかわせないような権力者の誘いを見事に拒絶して自身の生活を自身でつかんだ女という、例外的な「若い世代の女」がこの玉鬘で、光源氏死後の挿話としても、この玉鬘の〝その後〟だけは『竹河（たけかわ）』の巻できちんと書かれている。源氏物語の女性達は、出て来た時はいいけれども、〝その後〟がなんだかみんな腰くだけみたいな感じになっている中で、この玉鬘の扱いは異色のような気がします。

源氏物語は、光源氏の物語であると同時に、身分のない女性が究極の出世をする物語であり、と同時に、そうした政治の世界から無縁でいたいと思った若い女性の物語でもあるというのは、ちょっと注目すべきことだと思いますね。

源氏物語が、不遇な父の家に生まれた女性によって書かれた物語というのは、こんなことでもあるような気がします。

20　二人の按察使大納言

源氏物語が不遇な中流貴族の娘の復讐譚あるいは救済物語でもあるという一面は、実はこの物語最大のヒロインである、紫の上にも隠されています。

私は、紫式部の根本には漢詩の「対句」というレトリックがあると思って、そんなことばっかりをつっき出しているのですが、「六条の女と五条の女」とか、「末摘花と夕顔」とか「不遇の二人の中将」とかの後に、これはどうでしょう？「紫の上と光源氏の母方の家系」という対応です。

光源氏は桐壺の更衣と桐壺帝との間の子ですが、この母が更衣となったのは、父親が大臣ではなく、それにひとつ出世が足りない大納言だったからですね。光源氏の母方は「大納言家」です。しかるに一方、先帝の皇女である藤壺の女御を叔母に持つ、兵部卿（ひょうぶきょう）の宮

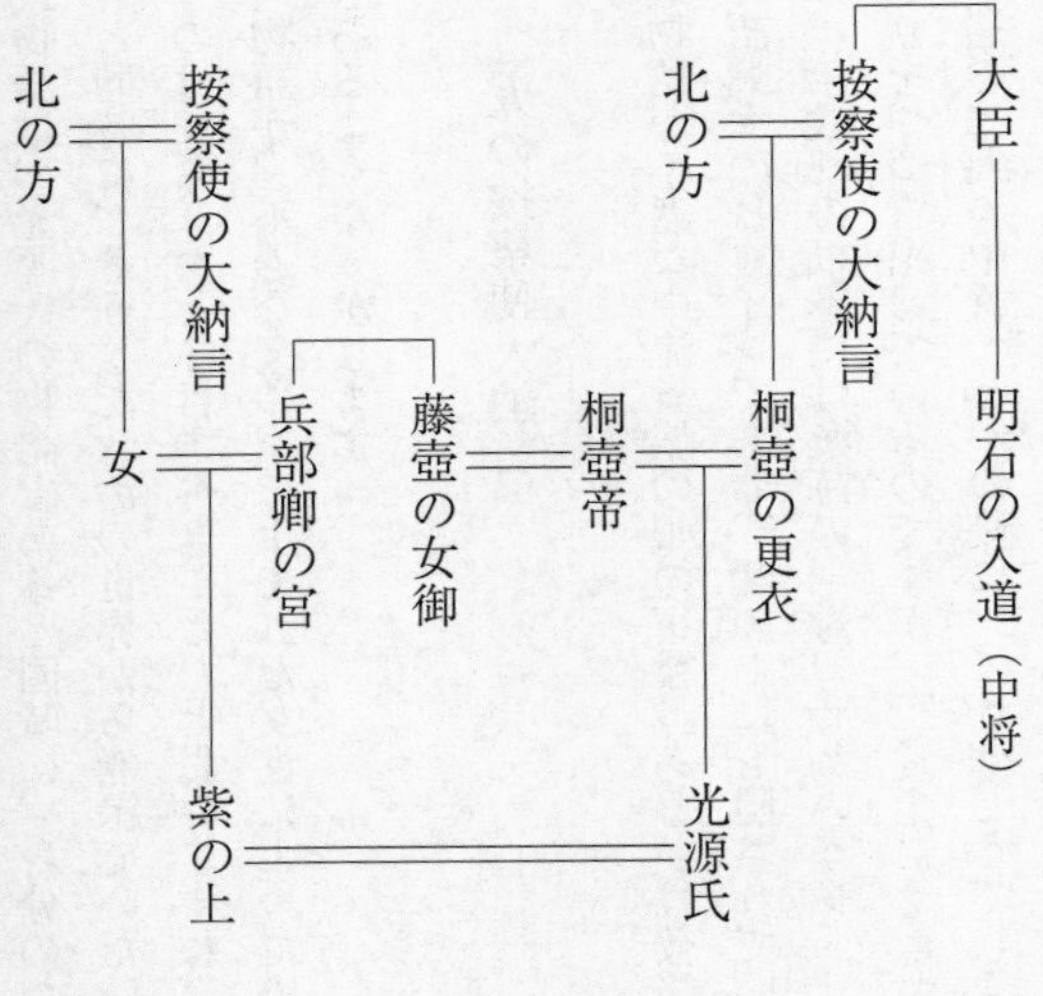

の娘である紫の上の母親は？　です。

桐壺の更衣の父は「按察使の大納言」だった。そして紫の上の母も、「按察使の大納言の娘」だった。光源氏と紫の上とでは、母方の身分やポストが同じなんですね。先帝の皇子が「兵部卿の宮」という親王になった。それが按察使の大納言の娘の許に通って一児を得た――紫の上ですね。紫の上は「叔母の藤壺の女御にそっくりだ」という側面ばかりが強調されていますが、母方の物語をたどると、これは「もう一人の光源氏」「光源氏の女版」というような存在です。

兵部卿の宮は按察使の大納言の娘の許に通っていて、このことを彼の正妻である身分の高い北の方は、快く思わなかった。紫の上の母親は、ほとんど、「右大臣家の正妻に脅しをかけられる夕顔」とおんなじで、これは「桐壺の更衣と弘徽殿の女御との関係」の繰り返し。紫式部は、源氏物語の中で、この兵部卿の宮と正妻の北の方のことを、終始一貫「ろくでもない人間達」として描いています。

娘に死なれた按察使の大納言の北の方は、子供の将来を気にかけている――源氏の方でも紫の上の方でも。源氏は父たる桐壺帝に愛されいたわられるけれども、女の紫の上の方には、そうした〝父〟がいない。だから、光源氏はこの幼い少女を父として夫として愛し、庇護する。『若紫』の巻は、どうも、そういう「もう一つの光源氏の幼児期の話」なのではないかと、私なんかは思いました。だから私は、『窯変源氏物語』の中で、幼い紫の上を見た光源氏に、「あれは私だ！」と言わせてしまいましたが――。

光源氏と紫の上は、どちらも按察使大納言の娘を母とする子供。源氏物語の世界で〝大納言〟というものは、「そこを限りとする中流貴族の出世の限界」のようなもので、おまけに、この光源氏の祖父である按察使の大納言と、明石の入道の父たる「大臣」は兄弟同士という血縁関係がある。按察使の大納言の娘は不遇な更衣で、その従兄弟は受領を志願するような不遇な中将。そしてその不遇な中将はもう一人いて、その娘と孫（夕顔と玉鬘）は物語の中で大きな比重を占める。「なんということか……」と思うぐらい、この源氏物語には「不遇な貴族の思いのたけ」がこめられているんですね。「この世界の中でも私は生きたい。この世界の中で私のような人間が生きて行くとしたら、そのありうべき可能性は――」と、紫式部が言っているようです。

「そこに私がいる。そこに私はいたい。そこに私がいるとしたら――そうあってもいい。何故ならば、私もここで生きている」――こういう前提がなかったら、人間というものは、絶対に物語だの小説だのを書きはしないのだと思いますね。

その七

21 源氏遊び

「源氏名(げんじな)」という言葉があります。源氏物語の帖名に由来する名前が、女性の呼び名になることですね。「侍女の胡蝶」だの「花魁(おいらん)の初音太夫」だの、現代の風俗業界でも「ミユキさん」とかいう形で残っています。「源氏香合(こうあわせ)」だとか、「源氏絵」だとか、様々のジャンルで源氏物語はその面影を留めています。こういう言葉があるのかどうかは知りませんが、日本文化の中には「源氏遊び」というようなものもあるのではないかと思います。絢爛(けんらん)たる王朝文化を自分の側に引きつけておきたいというのは、日本人の願望の一つとしてあるのではないかと。

私が「自分の源氏物語をやりたい！」と思ったことの根本は、多分これでしょう。ここでは少し趣を変えて、私の源氏物語の裏話といったものもしてみたいと思います。

私にとって源氏物語は、まず文字のタイトル、即ち帖名でした。小学生の時に子供向けの源氏物語を読みました。その本は『須磨』までで終わっていて、最後の解説部分に「この先もまだありますよ」という意味で、源氏物語全部の帖名が挙げられていました。中身なんかなんにも分からないくせに、私はその日本語の美しさに圧倒されてしまいました。「こんなきれいなもの、見たことがない」と、小学六年生の男の子が漢字の羅列を見て思うのも不思議ですが、実際そうでした。あんまり綺麗だから、桐壺だの帚木だの、胡蝶だの柏木だの、そんな文字をノートの端っこに書いていたりもしました。

中学生になって、隆能（たかよし）の源氏物語絵巻を画集で見ましたが、これはちょっとショックでした。ボロボロの廃墟のような絵に隠された美しさは、まだ中学生には分かりません。しかしこの頃の私にとって、どうやら源氏物語は、「物語」であるよりも「絵」でした。あの華麗な帖名が、どうやら私の中では絵として把握されていたのです。

源氏物語は、恐らく世界で最も古い〝小説〟だと思います。ここには永遠に古くならないような人間の心理の葛藤というものが見事に描き出されていて、「人類はこの作品によって、初めて文章で描き出された人間の心理を手にした」と言っても過言ではないと思います。

人間の歴史というものは、まず初めに「国家」に代表されるような壮麗なモニュメントを作る方向へと進み、その後に人間心理の複雑なひだの中に入って行くというようなプロセスを踏むようです。

壮麗なモニュメントだけを建設して、それが戦争で滅ぼされて終わりになってしまった文明というのは結構あると思いますが、どうやら日本の文化はそれとは違って、かなり早い時期に、人間心理の複雑に分け入ってしまった。

男は制度、女は心理というような、平安時代の文化的な住み分けがこのことを可能にしたのかもしれませんが、しかし、複雑な置かれ方をした大人の心理を子供が理解出来るわけでもないでしょう。現在の日本文化は、「複雑な子供の心理を単純な大人に理解出来るわけがない」という方向へ進み過ぎているようですが、これは一種の倒錯で、やはり矛盾した人間の複雑な心理というものは、現状に安住してしまってニッチもサッチも行かなくなってしまった大人のジレンマから生まれるもので、話としてはこちらの方が面白いと思います。

源氏物語が今から千年前に生まれたいたって近代的な大人の心理小説であることは疑い

のないところですが、しかしだからと言って、すべての人間が源氏物語をそのように読んでいるというわけでもないでしょう。複雑な心理小説というものは往々にして華麗な小説で、だからこそ華麗な小説は華麗な絵でもあるということは言えると思います。多くの人が源氏物語を読んだだろうけれども、しかし同時に、多くの人は、その複雑な内容をもった小説を、華麗な絵として受け止めていたのではないかと、そんな気がします。

私が高校生になった年、テレビドラマの源氏物語の放映がされました。一回三十分の二十六回連続。もちろん画面は白黒で、演出は市川崑、光源氏は伊丹十三でした。ナレーションには東山千栄子、小山明子の藤壺、中村玉緒の空蟬、藤村志保の夕顔、岸田今日子の六条の御息所、木暮実千代の弘徽殿以下、当時の女優達がズラッと登場するかなり豪華な王朝ドラマでしたが、これは同時に、武満徹の音楽をバックに使った、いたって前衛的な源氏物語でした。

背景はシュールにして簡素、登場人物は王朝装束でしかも現代的に人間臭く、白黒のフォトジェニックな画面処理の美しさはただものではない出来で、アメリカのエミー賞まで取りました。私がこれを夢中になって見たのは、だからストーリーとか人間心理の面白さなんかではなくて、ただただ画面の美しさを見たかったからですね。「源氏物語は、なんだかフランスの前衛映画みたいだ」と、恐らく高校生の私は思っていたのでしょう。

そうこうする内に、今度は中央公論社から新々訳の谷崎源氏が刊行されました。「読もうかな……」とは思ったのですが、当時の私は本を読むのが面倒で好きではなくて、しかもその上に、その挿絵が白黒だったものですから、「まァいいや」となったのです。しかしテキもさるもので、今度はその谷崎源氏がカラー挿絵の〝豪華版〟になって再登場して来ました。安田靫彦、奥村土牛から、橋本明治、前田青邨まで、当時の超一流日本画家総動員で描かれた挿絵が、全部カラーです。高校生がそういうものを欲しがってどうするんだと、当時でも思いましたが、私はどうしてもそれがほしかったんです。当時一冊一千九百円もする本を、二十五年前の私は、一カ月の小遣い全部をはたいて買ってしまいました。なによりもその絵が好きで、私にとってやはり源氏物語は、「絵」だったんです。

22　「情景」は王朝美学の人間心理

私の『窯変源氏物語』の挿絵は、ご承知のように、絵ではなくて、モノクロームの写真です。あんなに源氏物語の絵が好きだったはずの人間が、小説家になってしまうと、コロッと変わってしまうのは何故かという話です。

源氏物語といえば王朝美学で、それが何故「絵」になりうるのかといえば、そこに様々な自然描写というものがあるからだと思います。というよりも、「源氏物語の記述は、心理描写の向こうに情景が見えるように書かれている」と言った方がいいかもしれません。現代人、あるいは近代人は、心理というものを自分の心の中に持っています。しかしところが、前近代の人間というのは、あんまり心理を心の中には持っていないのですね。

ここが近代と前近代の分かれ目ではないかと思うのですが、前近代というのは、人間が心理を自分の外に置いていた時代ではないかと思います。

心理は、人間の胸の中にあるのではなく、たとえば、散る花の中にあります。夕暮れの風の中に、朝露に濡れる秋草の上に、夜空を照らし出す月光や篝火の中にある──そういうものだったと思います。

だからこそ、そういう情景を共有して、多くの登場人物達は和歌を詠むし、琴を弾くし笛を奏でる。「掛け言葉」という、情景と心理と二重の意味を持ったことばによって三十一文字の複雑な和歌が詠める。心理というものは、この時代、一人で持っているものではなくて、他人と共有するものだったのではないか──少なくとも、そういう前提でこの源氏物語という小説は出来上がっていると、私はそんな風に思いました。

愛の喜びというのは、その美しい情景を共有出来ることだし、愛の錯誤というのは、その情景の中で違う二つの旋律が縺れ合って離れるようなこと。別に男と女の愛情だけではなく、人間関係そのものが、こういう前提の上に乗っかっていたのではないかと思うのです。その前提があればこそ、どんな複雑で容赦ない残酷物語でも美しい絵になる――これが王朝美学に代表される日本の前近代の美意識の基礎ではないかと思うのです。

人間は、切れば血を流すような生臭い生き物ではあるけれども、しかしそれは同時に、月の光や花の影と容易に一つになってしまうような、抽象的で美しい生き物でもある。この両方から成り立っていることを忘れてはならないと思います。

日本の近代文学が近代になることによって失ってしまったものはいくつもあると思いますが、日本語の中にあったリズムの美しさ、あるいは「美文」というものを捨ててしまったのは、とても悲しいことだと思います。「人間の心理は自分一人のものだから、それを正確に把握しようとするのを妨げる花鳥風月はいらない」――おそらくそう言って、近代文学は「美文」という〝反動〟を捨ててしまったんですね。その結果、日本の文学はとても寂しいものになった。

人間というものは、そうそう自分一人で「自分」なるものを正確に把握出来るものではない。第一、すべてを自分一人で把握していなければならないというのは、とても寂しくてつらいことです。生きて行く為には、他人と何かが共有出来ているという一体感は必要だし、自分を許し受け入れてくれる「自然」という大いなる背景、情景という何かの理解者・恋人を持った方がいい。「自然は自分と同じように醜く、そして美しい」と思える心を持っていることが、生きて行くことの基本だと思います。

人間が夕焼け空を見て美しいと思うのは、そこに「夕焼け空を美しいと思いたい」という人間の心理が、あまさず描き出されているからですね。人間の心理というものは、やはりそういうもので、だからこそ人間は自然の〝一部〟なんだと思います。やっぱり、人間は自分が「美しい」と思うものはそうそう簡単には壊せないし殺せない。エコロジーというものの根本は、こういうものじゃないといけないと思うんですけど、違いましょうか？

エコロジーだの自然破壊だのが問題になる現代では、残念ながら、その「自然は人間にとっての心理そのものでもある」ということが忘れられていますね。

「自然は美しい」になると、どうしたってそれは「自分の現実とはあまり関係のない美しい絵」になってしまう。「美しい絵」ということになると、どうも現代の日本人は、「自分とは関係のない悠長な美学」にしてしまうんですね。

日本というのは、結構重要な文化の歴史に満ち満ちていて、それ故にこそ、日本文化というものは大いに世界に誇っていいはずのものなんですが、何故か金余り大国の日本人は、外国の印象派の絵ばかりを買う。絵とは高いもので値上がりするものだとばかり思っている。外国に行く日本人ほど日本のことをよく知らなくて、日本の文化の説明が全然出来ないなんてことはよくある。日本の伝統に対してなんの知識もないどころか、現代人である自分とは関係のないものだと思っている。文化国家日本を覆う最大の不思議は、日本の男達の圧倒的多数が、「文化とは自分と関係のないもの――だからこそ文化は〝教養〟で、崇めなければならないもの」という錯覚に陥っていることですね。

こんなヘンな考え方をしているのは、恐らく日本人だけでしょう。どこの国の人間だって、「文化というものは〝そこに自分がいるもの〟で、そこに自分を発見出来るから自分達の文化は素晴らしく、だからこそ自分は自分達の文化を誇りに思う」という前提に立っているのに。

この源氏物語を生んだ国で、源氏物語はまず、「自分達とはあまり関係がなくて、だからこそ高級で難解な文化遺産だ」と思われている。こういう人達を相手にして、〝王朝美学〟もへったくれもないですね。一番重要なことは、「源氏物語が何故おもしろいのかといったら、そこに自分がいるからだ」という、そのことです。私はまず、そのことをはっきりさせたかった。

印象派の絵が好きな日本人は、日本のことよりも、どうもヨーロッパ・アメリカのことに詳しい。自分を平安時代の日本人と思うよりも、欧米人だと思った方がリアリティーを感じるという、へんに矛盾したところがあります。そういう現代の日本人を相手にして源氏物語をやるのだったら、いっそ、「源氏物語は元来がフランス語で書かれた小説だった」というぐらいのとんでもない前提に立った方がいいのかもしれないと、そう私は思ったのです。

23 源氏物語をフランス映画で

『危険な関係』『赤と黒』『ドルジェ伯の舞踏会』『パルムの僧院』――こういうフランス近代心理小説の持っている陰影というのは勿論源氏物語の中にもあって、源氏物語が何故現代人に分かりにくいのかといったら、その中に隠されている立体感や陰影が今の目では見えにくくなっているからだと、私は思います。

だから私は、それをしようと思いました。「挿絵というヴィジュアルは、十二単や花鳥風月の日本画よりも、ハイヒールを穿（は）いた金髪モデルの写真がいい」と思ったのは、その方が現代人にとって身近で、しかも源氏物語という作品には、そういうヴィジュアルを平気で呑み込んでしまえるだけの普遍性があると思ったからですね。

挿絵の写真はおおくぼひさこさんに頼みました。この挿絵写真に必要なものは、空気の中に透明なエロチシズムが漂っていることで、彼女の写真にはそれがあると思ったからです。「各帖の初めに一行コピーがあったらどうだろう」という編集サイドの要請があって、それを了承した私は、「だったらいっそ、それをフランス語に翻訳してほしい」と言ったのも、「いっそ源氏物語がフランスの小説だったら」という発想の産物です。

だから、「装丁はどうしましょう?」と問われて、私は即座に「フランソワーズ・サガンの書いた〝源氏物語〟という小説の翻訳があるとして、その小説にふさわしい装丁」という、とんでもないことを言いました。現代人にとって、源氏物語という小説は、まずそういうものなのではないかと思ったからです。具体的には、「二、三十年前、文学全集というものが生きて美しかった時代の、典型的な翻訳小説の装丁のスタイルを」ということです。本というものはやはり、書かれているその文章自体が美しく、装丁というものはその中身を反映するように美しくあってしかるべきだと思ったからですね。

日本人というのは、なんだかんだ言いながらも本を手放さない人種で、しかしそのくせ、どこかで本というものを〝お勉強〟だと思っている。だから本の側が、「そんなに難しく思わないで下さいな」と、へんな風な阿り(おもね)方をしているような気がしたので、「本というものは格調高くしかも美しいものである」という、活字文化の全盛期を復活してもらったのです。

装丁の見本が中央公論社のデザイン室という、もうこれ以上は考えられない見事な職人芸で、出来て来た時、「ああ、きれい……」と、私は感動してしまいました。

順序ということになれば逆ですが、「源氏物語の陰影というものは、果して立派に現代ドラマになるだろうか?」というラフ・スケッチのようなことを、私はまず一番最初にしました。

「これを映画にするとしたら、まず第一に白黒のフランス映画……」ということを考えた私は、「ああ、光源氏はジェラール・フィリップで」という、とんでもないところから、自分の源氏物語をスタートさせました。

登場人物のあら方を'50~'60年代のフランス映画のスターで構想すると、弘徽殿はシモーヌ・シニョーレ、藤壺はアヌーク・エイメ、朧月夜がミレーヌ・ドモンジョ、葵の上がロミー・シュナイダー、夕顔がマリー・ラフォーレ、六条の御息所はジャンヌ・モローか、さもなくばいっそもっと古いところでフランソワーズ・ロゼーとか。実は、こういうことを考えている時が、一番幸福です。

実際にこの通りのイメージでやったかどうかは別として、そのような陰影あるいはニュアンスというものが生まれるかどうかのラフ・スケッチがこの〝キャスティング〟です。そして、どうしてこのようなラフ・スケッチを書かないといけないのかというと、それは原文の文体に関わってくるのです。

24　主語のない物語

ご承知のように、紫式部の書いた源氏物語は、とても難解です。というのは、この膨大な数の登場人物を持つ長編小説に、主語というものがかなりの数を省かれているからです。うっかり読み進もうとすると、「このセリフは誰が言ってるんだ?」と頭を抱えることの連続で、専門家の注釈抜きではとても読めません。誰が誰に対して言っているのかは、その発言にくっついている敬語の量と質によって判断するという、この「当時の書き方」が現代の読者をかなり源氏物語から遠ざけることになって、しかも困ったことに、この主語がないということが、一種の美しさになってしまっているから、現代語に訳してここに主語を一々嵌め込んで行くと、この原文の持っている優雅な雰囲気を消すことになってしまうんですね。

源氏物語は、どこかに曖昧な部分を残しておかないと源氏物語ではなくなってしまうし、しかしその曖昧な部分が、どこかで源氏物語を現代人の胸に直接飛び込んで来る物語にするのを妨げている。私はもうここを、「源氏物語がそうなっているのは、紫式部という王朝の女流が書いたものだということに縛られすぎた結果だ！」と、乱暴に蹴っ飛ばしてしまいました。「源氏物語は〝源氏の物語〟なんだから、これを光源氏の一人称に変える！」と思った瞬間、これはそうなる運命でした。
『窯変源氏物語』は光源氏の一人称だから、文体の基本は「私は――」になります。そして実は私は、この近代的な文体があまり好きではなかったんです。

近代文学の大きな部分は「自我の確立」で、「私」ということが大きな比重を占めます。「私小説」という一ジャンルさえあって、この「私は――」という主語は、どうも七五調を基本とする、情緒的な美文とは相性が悪いんですね。日本の美文というのは、主語という〝自己主張〟を省いて、人間と背景を一体化させている。源氏物語の中で名前を呼ばれるのは、惟光（これみつ）・良清（よしきよ）に代表される身近な「使用人」です。女性の名前は、都に出て来た玉鬘の名が仏に捧げられる願文（がんもん）の中で「藤原の瑠璃（るり）君」と書かれるだけで、まったく出て来ません。名前を呼ばれるというのは一種の例外だし、男が名前を呼ばれるのも、親が子供を呼ぶ、あるいは目上の人間が目下の男を呼び捨てにするという実務世界のもので、婉曲な物語のロマンチシズムとは相容れないものなんですね。

えらい人は、「自分というものはもうはっきりしているんだから、それがはっきりしている以上主語なんかいらない」という存在だし、女の人が名前を呼ばれるというのは、裸で外を歩くような剝き出しだし、恋愛小説を戸籍謄本のような文体で書くような場違いにもなる。

上流の人物は、その存在を御簾の中に隠して容易に他人に姿を見せないのを嗜みにするという当時の風習そのままに、ここには主語がない。主語は情景に溶け込んで、句読点というものを持たない日本的な美文を作るんですね。日本の伝統的な文章は、だから、どこでどう始まってどう終わるのかがよく分からずにダラダラ続くという特徴がある。それと訣別したのが、「私」という自我の確立を前面に押し出して来た近代文体ですね。「私」という主体を前面に押し出したら、人格が情景の中に溶け込むなどということは絶対に許されない。

近代が美文を拒んだ——日本文学史の断絶はここにありと言ってもよいのではないでしょうか。

その八

25　眠れる紫式部

源氏物語に「私」はありません。近代自我の一人称のようなものはまったくなくて、登場人物達は、語り手によって語られてしまった物語の海に漂っている。私はそのように思います。

十年以上前に、ある人から「源氏物語を訳して下さい」と言われて、私はなんと、「いよいよ、簡単じゃない」と言ったんですね。「だって、紫式部になればいいんでしょう」と。そして、どうすれば紫式部になれるのかといえば、「眠っちゃえばいいんだよ」という、とんでもないことを言いました。私には、紫式部は源氏物語の筆をとってその物語を書き始めようとしたその瞬間、目をつぶったんじゃないかと、そんな風に思えたんです。「いづれの御時（おほむとき）にか――」で始まって、「すべてを夢にしてしまいましょう」と言う浮舟の拒絶『夢浮橋（ゆめのうきはし）』で終わる源氏物語は、すべてが眠りの中にある。半睡半醒の物語作者の筆によって書かれたような、そんな気がしました。

「どの帝の御代であったか、それは分からないが――」で始められる物語は、なんだか、語り手が遠い昔の記憶を訪ねて、今まで閉じていた目をゆっくりと見開くような、そんな気がしました。この始まり方は、「今は昔」とか「昔、男ありけり」というような、物語の語り始めの常套とは、ちょっと違うような気がします。「今となっては昔のことだが」とか、「これは昔の話だよ」とか、「昔なんだ、ある男がいてな」という、そういう現在ときっぱり隔絶した「昔」ではない。この源氏物語の「いづれの御時にか」という「過去」は、ちょっと違った時間なんだと思います。

語り手が、この物語の時代を特定するのを避けたという考え方もあります。そのこともありましょう。でも、それだけなんでしょうか？　私には、この誰だか分からない「語り手」――古くから様々の邸に仕えて来た老女房とされている――が、「もう、はっきりしたことは忘れてしまったのだけれど」と、物憂い目を開けて、問わず語りに不思議な口を開き始めたというような、そんな気がするんです。

この語り手の中で、この物語は、まだ「昔」と断定されるような過去になってはいない。年老いた女房の記憶の中では、遠い過去の物語が現在の物語と地続きになって、まだ生きている。だからこそ、「いづれの御時にか」のこの〝御時〟の中には、「現在」だって含まれているのかもしれない――。

この物語の語り出しの中には、「いつのどの帝の御代のことであったかは分からないのだが」と前置きして、現在の帝の御代の話を始めているような、そんなきわどさがあります。「これは〝昔〟ということにしておくがね、実は今の帝の御代のお話だよ、実はね――」という、そういう語り出しであると言って言えないことはない、そんな生々しさがあります。たとえて言えば、現在の光景が、一人の老婆の語り口によって陽炎のようにゆらゆらと揺らめき出して、過去のように見えて来るというような。

だから、源氏物語は、いつとも知れぬ遠い昔の帝の御代から始まって現在に至る物語の形を取っていながら、実は、今という時から始まって、未来に続くような話なのかもしれない。別にそうだとは言いません。でも、「そうとってはいけない」などということは、この源氏物語のどこにも書かれてはいないし、また源氏物語の中に、「これは〝昔〟という過去の話だ」とも、言われてはいない。ただ「いづれの御時にか――」とだけある。「それがいつであるかは、あなたのご判断次第ですよ」とでも言うように。

この不思議な生々しさと曖昧さのミックスが、源氏物語の源氏物語たるゆえんではないかと思います。

現在を見据えたら生々しくなる。しかしかといって、現在と隔絶してしまった過去にする気もない、そんな、ためらいのようなふてぶてしさのようなものが、全篇に不思議にうねり渡っているような、そんな気がするのです。そのことが典型的になるのが、紫式部の文体なのではないかと――。

26 半睡半醒の筆

実のところ、紫式部になるのは簡単です。この原文について行けばいい。この原文について行くと、自分はいつの間にか紫式部に同化して、他のことはどうでもよくなってしまう。

源氏物語の原文を読むというのは、そういうことだと思います。だから、紫式部になるのは簡単なんです。ただ読めばいい。でもしかし、そうなって来ると、今度はその紫式部の言ったことを、他人に伝えるのがとても難しくなって来る。自分は分かったんだから、もう他人なんかはどうでもいいというのが、この靉靆（あいたい）連綿たる源氏物語の文体ではなかろうかと思うんです。

源氏物語を書いた紫式部の文体の特徴の一つに、「複合動詞」の多用というのが挙げられます。複合動詞というのは、たとえば〝行って来る〟〝してみる〟というような動詞の形ですね。

〝行って来る〟は、〝行く＋来る〟――即ち〝行く＋その行った先から帰って来る〟という意味を持った言葉。〝してみる〟は〝する＋見る〟――即ち〝する＋それをしている自分を見つめる〟ですね。言葉をつなぎ合わせた意味の上ではそういうことになりますが、しかし〝行って来る〟とか〝してみる〟は、普通そのようには理解されていません。これはほとんど、英語の〝try to〜〟です。〝行って来る〟は〝try to go〟、〝してみる〟は〝try to do〟ですね。〝来る〟も〝見る〟も〝try（試みにする）〟の意味になっている。なっているけれども、しかしこれがやっぱりそればかりではなくて、〝来る〟は〝行く〟の強調だし、〝みる〟は〝する〟の強調で、言葉の調子を整える役をしている。

強調で調子を整えるだけだったら、こんな〝来る〟だの〝みる〟だのは不要なのかといったら、そんなことはない。やはり日本語には、〝行って来る〟だの〝してみる〟だのという、複雑なニュアンスを持った一つの行為もあったりはする。ですから、〝行って来る〟はもともと〝行く＋来る〟ではあったけれども、今やそれは〝行って戻って来る〟と〝仮に行くことを試みる〟と〝ただ行く〟というような全部の意味を兼ね備えた複雑なニュアンスの言葉である、と言った方がいいんですね。たとえて言えば、ゆでた大豆とワラを一緒にしたら、そこにあるものは〝ゆでた大豆＋ワラ〟ではない〝納豆〟だ、というようなことです。

言葉というのは生き物だから、ただくっついているということはない。くっついた時から別の意味を持つものになる。男と女が結婚したら、そこには相変わらず〝一人の男〟と〝一人の女〟はいるけれども、その上に〝一組の夫婦〟というものも自動的に登場せざるをえなくなっている、というようなものでしょう。眠れる紫式部が多用した複合動詞というものは、そのような、「1＋1＝?」というような、不思議なニュアンスを醸し出す言葉なんですね。

たとえば、『桐壺』の巻です。

最愛の更衣を失った帝は、秋の中に一人寂寥の身を養っている。〝野分だちて、にはかに肌寒き夕暮のほど、常よりも思し出づること多くて、靫負の命婦といふをつかはす〟――桐壺の更衣の里に使者を立てる。そして、〝夕月夜のをかしきほどに出だし立てさせ給ひて、やがてながめおはします〟――夕月の美しい頃に靫負の命婦を使者としてお出しになり、ご自身はそのまま〝ながめおはします〟なんですが、この〝ながめおはします〟

は〝ながめ＋おはします〟の複合動詞ですね。

実は、この〝ながめおはします〟の訳が、とっても難しい。原文の忠実な逐語訳であるところの谷崎源氏では、ここのところを、こう訳しています——。

〝夕月夜の面白い宵のほどに出しておやりになりまして、ご自分はそのまま物思いに耽っていらっしゃいます〟

まことにその通りで、なんの問題もないんですが、私は、妙にこの〝ながめおはします〟に引っかかりました。〝ながめ＝眺む〟は、実のところ〝眺める〟じゃなくて、〝物思いに耽る〟という意味なんですね。だから〝ながめおはします〟は〝物思いに耽っていらっしゃる〟なんですけれども、私は、ここのところをどうしても、「帝は物思いに耽り、そしてそのまま、黙ってそこに座っておいでになっていた」にしたかったんです。

果して帝は、そこでずーっと物思いに耽っていたのだろうか？　〝夕月夜のをかしきほどに（使者を）出だし立てさせ給ひて〟の主語は帝ですね。帝が〝出だし立てさせ給ひて、〝やがて（＝そのまま）ながめおはします〟。

帝はずっと美しい夕月夜の下にいて、使者を出し、そのまま〝ながめおはします〟。

帝は、その靫負の命婦を使者にお出しになる前には、一体なにをなさっていたんだろうか？　なにもなさってはいなかったんですね。強いて言えば、〝野分だちて〟という景色を眺めて（見て）おいでになった。それを眺めておいでになる内に、色々お胸の内に思い出されることが多くなった——〝常よりも思し出づること多くて〟。

〝野分だちて、にはかに肌寒き夕暮〟が懐旧の情を刺激して、〝夕月夜のをかしきほど〟にお使者を出すことになった。使者を出したり物思いに耽っておられたのは帝だけれども、しかし帝にそれをさせたのは何かということになったら、これは秋の夕暮れの景色です。

「いつとても恋しからずはあらねども　秋の夕(ゆふべ)はあやしかりけり」という有名な古今集の歌がこの『桐壺』の巻の文章の背景にはあると思います。

「いつでも〝人が恋しくない〟というわけではないけれども、秋の夕は特に、なんだか不思議に人が恋しく思われる」と、この歌は後に『薄雲(うすぐも)』の巻で重要な役割を果すことになりますけれど、当時の人の感覚の中には、こういうものがあった。人恋しさを特にかき立てるような秋の夕暮れなんだから、桐壺帝がそうなさるのは、いたって当然であると。

「主語」というものを平気で欠落させている時代には、人間の行動というものは、周囲の情景によってまず動かされるものだとしますと、ここでこの「秋の夕暮れ」という最大の主役をはずすわけにはいかない。だから、靫負の命婦を使者にお出しになった帝は、そこでそのまま物思いに耽られて、そしてそのまま座っておいでになった――〝やがて・ながめ・おはします〟なんだと思うんです。

ずっと物思いに耽っておられたんじゃない。物思いに耽られて、そして秋の夕月の照らし出す宮中の庭に向かってぼんやりと座っておられて、新たな述懐が胸の中に浮かび上がるのを待っておられたんだと、私はそう解釈したいんです。〝ながめ＋おはします〟が〝ながめおはします〟になるのは、そういうニュアンスを醸し出したいからなんじゃないのかと。

〝やがてながめおはします〟帝は、「かうやうの折は、御遊びなどさせ給ひしに――」という、桐壺の更衣との思い出の中に入って行く。「思い出を訪ねる使者を出して、そのまんま物思いに入って、すぐに昔の記憶に入って行く」よりも、「月があって使者があって、また月があって空白があって、物思いの雲がかかって、それから思い出が湧き上がる」という風にした方がいいんじゃないか――すくなくとも私は、この「ながめおはします」の部分にそのようなニュアンスを見たいと思ったんです。

だから私は、この部分をこう訳しました――。

〝野分めいた風が激しく吹き出して急に肌寒さを覚えたとある夕暮、帝は常よりも思し出だされることが多く、靫負の命婦という名によって召し使われる女房を、私のいる更衣の実家へと遣わされた。

夕月夜の美しい頃に使者をお出しになる。御自身はそのまま、風になぶられる清涼殿の秋の月を眺められ、そっと感懐(かんかい)を口に出された。

「このような折には管弦の楽などを奏させ、あれは――」〃

私の文章は説明的になっているから、ひとつの文章が長くなるんです。たとえば「靫負の命婦」ではなく「靫負の命婦という名によって召し使われる女房」とか――凝縮された言葉の中に隠されてしまっている原文の個々の〝意味〃を引っ張り出したいので、こういうことになるんですが、それをやると同時に、一つのセンテンスを短く切るということもしました。

原文に忠実に訳せば、〝夕月夜の美しい頃に使者をお出しになり、御自身はそのまま――〃なんですが、私は〝夕月夜の美しい頃に使者をお出しになる。御自身はそのまま――〃と、二つの文章に分けています。それをしないと、〝ながめおはします〃の部分がくどくなると思ったんですね。

「帝は使者をお出しになった。そして、それはそれとして、御自身はそのまま」という、ある種のニヒリズムみたいなものを感じさせたかった。秋の夕暮れの男の物思いには、そういう倦怠のような虚無があると思ってのことです。

だから私は、〝ながめおはします〟の中から、「物思いに耽る」という意味を排除してしまいました。重要なのは、「物思いに耽る」ではなく、「物思いに耽って、そしてそのままそこにいた」の〝おはします〟の方だと思ったからです。その方が、桐壺帝という、愛する女に去られてしまった男の悲哀が、美しくなると思ったんです。

だから、「そのまま、風になぶられる清涼殿の秋の月を眺められ」になるんですね。その後に〝かうやうの折は――〟で、帝の感慨になるんですから、ここに「物思いに耽る」を入れると、ウエットになり過ぎるような気がしました。だからここも、〝感慨〟ではなく、「秋の月を眺められ、そっと感懐を口に出された」なんですけれどね。「感慨」より「感懐」の方が、幾分ドライで悲しいかと思います。

細かいことばっかり言っていると思いますが、しかし、源氏物語というのは、こういうことをやらないと、どこへいってしまうのかよく分からない、夢魔の迷路のような文体をもった物語だと、私は思います。

帝に遣わされた靫負の命婦は、幼い源氏とその祖母のすむ更衣の里へと着きます。原文ではこうです――。

〝命婦かしこまで着きて、門引き入るるより、けはひあはれなり〟

谷崎源氏では、こう訳します――。

〝命婦は御息所(みやすどころ)のお里に行き着いて、車を門のうちに引き入れるより早く、あたりのけはいのものあわれなのに打たれます〟

私はそこを、こう訳しました――。

〝靫負の命婦は目ざす邸に着いた。

東の門を入る頃よりして、既に辺りは衰亡の気を漂わせていた〟

私は、この短い文章でさえ、二つに分けています。何故かというと、〝命婦かしこまで着きて、門引き入るるより、けはひあはれなり〟という短い文章は、この短さで、主語が二つもあるからです。〝着きて〟と〝門引き入るる〟の主語は靫負の命婦ですが、しかし〝けはひあはれなり〟の主語は違います。「靫負の命婦は〝けはひあはれなり〟と感じた」

でさえない。谷崎源氏はこっちなんですが、私はそうしたくなかった。

紫式部は、「靫負の命婦がそう感じた」とは書いてなくて、「靫負の命婦は着いた、入った、入るその頃、雰囲気はあはれだった」としか書いていない。この文章の最後の主語は「気配（けはひ）」ですが、これは「靫負の命婦の気配」ではなく、「靫負の命婦の着いた邸の気配」ですね。「靫負の命婦はそこに着いた、靫負の命婦がどう感じたかは知らないが、既にしてその邸に衰亡の色は濃かった」です。靫負の命婦が「もののあはれを知らない鈍感な女」だったという訳ではないだろうけれども、しかし、この物語の語り手は、そこを無視するんですね。拒絶するといってもいいかもしれない。「あなたは感じなくていい、事実としてこの邸は衰亡していたのだから」と言わぬばかりの文章です。ちょっとこわくありませんか？

靫負の命婦は帝の使者＝勅使（ちょくし）としてやって来たのだから、ここで個人的な感慨なんか洩らす必要はないんですね。だから、「公の使者はやって来た、その一方で、邸は荒廃していた」になるんです。「帝は宮中で、その女を偲（しの）んで物思いに耽っておられる。その思い出の縁（よすが）として、使者もお出しになって、その使者は着いたけれども、しかしその偲ばれた対象となる更衣の邸は、そういった思う側の胸の内とは無縁に、ただ荒廃していた」ですね。

これはこわいし、当時としてはこれが本当だと思います。帝は勝手に感傷に耽っていればいいけれども、娘である更衣をよりどころにしていたその母は、感傷に耽るどころの騒ぎではない。そして、その気づかれない男と女のギャップの中で、幼い光源氏は育てられて行く。宮中に上がれば、帝の手許で非常に大切に育てられる光源氏が、しかし上がらなければ、祖母の邸で荒廃に埋もれて行く。この非情としか言いようのないギャップは、大きいと思います。

こういう現実の中から出た〝政治家〟光源氏が、容赦ないニヒリストと、女に対する尋常ならざる理解の深さを同時に持つようになるのは、当然だと思います。だから、ここの文章は、とても重要だと思ったんですね——〝命婦かしこまで着きて、門引き入るるより、けはひあはれなり〟という、いつの間にか、主語がスッと自然に入れ代わっている文章が。だからこれを、私は主語に応じて、二つに分けたんです。〝靫負の命婦は目ざす邸に着いた。／東の門を入る頃よりして、既に辺りは衰亡の気を漂わせていた〟と。

一つの文章の中に二つの主語が平気で交じり合って、しかもその中にはこんなにとんでもない断絶が隠されている。複合動詞を駆使する人の文章はこういうものだと思いますが、しかしそんな文章、現代語では不可能です。紫式部の原文は、それ自体が完成されたもので、他の言葉に移し換えられるのを拒んでいる。すべての文章とはそういうものですが、だからこそ源氏物語は翻訳不可能で、紫式部の書いたものを辿れば、辿った人間は、目を閉じて、そのまま紫式部になるしかないんです。

　別に曖昧なところがあるわけではない。にもかかわらず、文章を文章通りに辿って行くと、全然違うところに行き着いている。二つのものが一つに合わさって、それがいかにも自然だから、二つのものが一つになっていることが目立たない。だから、その二つの間にある恐ろしい断絶がきれいに消されてしまう。「いづれの御時にか――」と、眠りの中から半睡半醒のような口の開き方をする物語というのは、どうやらこういうものだと思うのですが、いかがでしょうか？

　源氏物語をやるのだったら、この文章の至るところに立ち籠めている霧のような流れを、全部拾い出さなければならないと、私は思いました。霧のように言葉を紡(つむ)ぎ出して来る語り手の文章を、別の言葉に移すなら、その霧を断ち切って、その断絶を平気で持ち堪(こた)えるだけの力を持った語り手に変えなければならないと、私はこの一千年前に書かれた、恐ろしくそして美しい文章を見て、思ったのです。

　こういう文章を成り立たせる時代の隔絶を凝視するような、強く、恐ろしく、そして美しい文体の語り手をと。私の光源氏は、そういう語り手です。

その九

27 桐壺帝のこと

私が『窯変源氏物語』を始めるにあたって、しなければならないことは幾つかありました。その内の一つに、登場人物の年齢の設定というものがあります。

ともかく、光源氏は近代人並の自我の持主であって、その人によって掌握され語られる物語世界で、自分の周りにいる主要な人物の年齢が幾歳か分からないでいるというのは、へんだと思いました。外からただぼんやりと眺め続ける老女房の視点ならともかく、登場人物達に積極的に関わって行く主人公が、年齢というものにぼんやりとしているのはへんでしょう。

勿論、当時のことですから、すべての登場人物の年齢がはっきりしていなくちゃならないこともない。たいして関心もない女の年齢なら、関係が持てさえすれば、その相手が二十でも三十でも構わないというところはあります。女房ときたら、〝若女房〟と〝古女房〟の二者択一だけが年齢の表記でしかなかったりもするのですから。

たとえば、こういうこともあります。『行幸』の巻です。

ここでは、夕顔と頭の中将の間に出来た忘れ形見の玉鬘を源氏が〝娘〟として密かに育てていて、その不都合が徐々に明らかになって来て、源氏は玉鬘が実は頭の中将の娘であることを明らかにしようとして、彼の母である大宮に相談を持ち掛ける。その時に彼は、「改めて彼女に年齢を訊ねてみましたら、どうも違っておりまして」ということを言う。「それが私の娘であるならその年ではなく、彼女は、私のところに来たい一心で年齢を誤魔化していたのです」という嘘を、大宮に対してつくのですね。

考えてみれば出生届というものが義務づけられているわけではない。同じ年の人間が一斉に学校に行って、同級生なり同窓生という同年齢の感覚を肌で知っているわけでもない。若い娘は「若い娘」という年頃でありさえすれば、別に彼女がいくつであっても不思議はないのだから、娘として引き取った女の実の年齢が幾つか分からなくても不思議ではないですし、実の父が娘に対して「改めて年齢を問い質す」ということをしても不思議ではないんです。

いくらなんでも、自分の娘の生まれた年ぐらいは知っているだろうけれど、しかしその娘と長い間会わずにいたら、その娘が幾つに見えるかどうかは、分からなくても不思議がない。若い娘は「若い娘」でありさえすればよく、年齢というものは逆に、年を取ってからの方が「寿命」という形でクローズ・アップされてくるようなものなのでしょう。若い時期の年齢の一刻みなどというものはどうでもよいようなものであるというのは、どうも男女を問わないことのようで、若いものはただ「若い」ですんでしまうのが、この時代のようでもあります。

というところで、光源氏の父、桐壺帝の年齢です。

一体彼は、その「いづれの御時にか」と語り出される大長編の冒頭『桐壺』の巻で、どれほどの年頃だったのか？　一体幾つの時に桐壺の更衣という女性と出会い恋に落ちて死別してしまうのか？　そういうことは全然、源氏物語の中には出て来ません。私はまず、彼の年齢の推定から始めました。

普通というかなんというか、光源氏の父であるこの桐壺帝は「立派な人」ということになっています。立派な人が〝いとやむごとなき際にはあらぬ〟更衣に対して、立派な恋をした。桐壺の更衣に対する悲恋というものは、なんとなく桐壺帝が三十ぐらいの頃の出来事だと思われているけれど、別に紫式部は「そうだ」と言っているわけじゃないんですね。三十過ぎの妻子ある立派な帝の恋と、まだ十代の帝の恋とでは、やはりその感情の質というものは全然違って来るんじゃないでしょうか？

三十代で愛する女の死に出会って悲嘆に昏れるというのと、十代でそれをするのとでは、やはりどこかで違いましょう？　その女の代わりとなるものを求めて手に入れた途端すっきり落ち着いてしまった男が、「結構な中年」であるのと、「まだ若い青年」であるのとでは、やはりそれをする人間の質だって違って来ると思うんですね。

源氏物語の登場人物達は、男女を問わず、よく泣きます。だから、愛する女に死なれた中年男が悲嘆に昏れて泣き続けても不思議はないし、「男というものは涙とは無縁にあらねばならない」という教育を受けてしまった後の時代の男達が、これを「新鮮で羨ましいもの」と感じてしまっても不思議ではない。しかしそれが、十代の青年の涙となったら、また質というものは変わりましょう。愛する女を亡くして悲嘆に昏れていた男が、その女と瓜二つの身分の高い女を手に入れて、それでその結果死んでしまった女のことはもう二度と口に出さなくなっても、それが中年男のするものだったら「そんなもんだろう」とは思いもしますが、それがまだ二十代の青年だったら、「じゃ、あの涙はなんだったんだ?」という気になりませんか?

藤壺の女御を手に入れて以来、桐壺帝は、ほとんど桐壺の更衣のことを口にしません。「あの愛情というものはどこへ行ってしまったんだろう?」と思いますし、「この桐壺帝という人は、ひょっとしたらとんでもないエゴイストでしかないのかもしれない」という疑問だって、生まれないわけじゃありません。

一体桐壺帝は、幾つで最愛の桐壺の更衣に死別したのでしょうか? 私はその答を、「十八歳」としました。

十八歳の青年には、既に四歳になる長男と、それを生んだ妻がいる。その妻には権勢家の父がいて、その力を彼女自身も誇りに思っている。その妻である「弘徽殿(こきでん)の女御」に関して、原作者は一言も「美しい」に類する形容詞を使っていません。そういう〝既成事実〟と化してしまっただけのような(おそらくは年上の)妻がいて、しかも彼はまだ若くて、しかもその彼は宮中という密閉された世界の外はほとんど知らず、苦悩とか不幸というものとは無縁のところにいる。そしてその彼の前に、美しい「更衣」という身分の女が現れた。三十過ぎた帝が不相応に女に狂うというよりも、十代の帝だからこそ、初めて女というものに対して新鮮な感動を覚えたということになる方が、いいと思います。

三十を過ぎた桐壺帝が桐壺の更衣に夢中になるのも悪くはないですが、しかしそれをする帝は、別に弘徽殿の女御ただ一人に操を立て続けて来たわけじゃありませんからね。後宮に「女御更衣あまたさぶらひたまひける」帝は、実直が取柄の現代サラリーマン社会の管理職じゃないんです。『桐壺』の巻の桐壺帝が既に十分〝壮年〟と言われるような年頃だったら、彼は桐壺の更衣以前に、相当数の女性を知って、それで飽き飽きしていたということになります。そこに桐壺の更衣という、新鮮な女性が登場して、帝は狂ったと。

これでも悪くはないんです。悪くはなくて、しかもそうなって来ると、この桐壺帝は、『桐壺』の巻の基調ともなる『長恨歌（ちょうごんか）』の玄宗皇帝にピタッと符合します。

若い頃は「名君」であった玄宗皇帝も、六十近くなって、息子の嫁であった楊貴妃に夢中になってからは、「困った人」になってしまった。「天にあっては比翼（ひよく）の鳥」を誓い合ったという二人も、元を糺（ただ）せば「舅と嫁」なんですけど、桐壺帝と桐壺の更衣の関係は、あるいはもしかしたら、名君であった帝がその「晩年」になって陥った不祥事の一つであるのかもしれませんからね。

重々しい男がふとしたはずみで陥った間違いが、この〝桐壺の更衣の一件〟で、そうなると、内親王である藤壺の女御を迎えた後の桐壺帝が、亡き更衣のことをケロッとして忘れているのも、別に不思議ではなくなるし、『長恨歌』をバックに奏でる紫式部の趣向というものもはっきりする。しかし逆に、もしもこの桐壺帝が若い男であったのなら、「この若さでこの重々しさはなんだろう?」という疑問だって生まれかねないところはあるんじゃないかと、私は思うのです。

桐壺帝が幾つだったのかということに関する手掛かりは、ないわけじゃありません。彼自身に関してはゼロであっても、その〝周辺〟というものがありますから、推察というものは別に不可能ではないと思います。

まず第一は、彼の子供の年齢。次は彼の父親の年齢です。

桐壺の更衣の腹から光源氏が生まれた時、桐壺帝には、既に四歳になる長男「一の御子」がありました。後に春宮となり朱雀帝となる人です。この一の御子の母親が「人より先に参りたまひて（一番最初に入内した）」とある弘徽殿の女御です。

光源氏と一の御子との間には、まだ女御子が二人いる――母親は弘徽殿の女御です。

これで行くと、この頃の桐壺帝は、〝四歳の長男があっていい年頃〟ということになります。二十五で結婚してその年に第一子が出来れば、四歳の長男を持つ男は三十歳ですが、しかしそれは現代の話で、当時の帝というものはそんなものではなかったという事実もあります。

後宮に数多の女御更衣を犇(ひしめ)かせている帝の結婚が二十歳を過ぎるなどということはありえないというものです。四歳の第一子を持つ帝であるならば、この人は当然まだ十代であって然るべきでしょう。

『桐壺』の巻から時が経って、『紅葉賀(もみじのが)』の巻で、光源氏は十八歳になります。紅葉の季節に、桐壺帝がその父親である「一の院」の賀の祝いを行う為に、その住まいである朱雀の御所に行幸をする――それが「紅葉の賀」ですね。

〝賀の祝い〟というのは、人間の長寿を祝い祈る為のもので、その人が四十歳になるとやりました。四十歳が最初で、その後五十、六十と、十年単位でやるものです。ということは、光源氏が十八歳の年に、その祖父に当たる一の院は四十か五十か六十か七十か八十だったということになります。なりますがしかし、〝四十歳〟が長寿に価するような時代です。七十、八十というのはないでしょう。六十はあるかもしれません。この年光源氏の祖父にして桐壺帝の父である上皇一の院は、四十か五十か六十だったんですね。これが当時の「普通」です。そう思って、ここでちょっとびっくりするんです。「孫が十八歳の祖父が、六十とか五十ということはありうるのか？」と。

光源氏は十八ですが、しかしその異母兄たる後の朱雀帝は、この年二十一歳です。もし一の院がこの年四十歳なら、彼は二十歳で祖父になっている（この当時の年齢の数え方は、満年齢ではなく、生まれたその年を〝当歳（とうさい）＝一歳〟とする数え年ですのでこうなります）。彼が五十歳なら、祖父になったのは三十歳、六十歳なら四十歳の祖父です。二十歳の祖父というのはちょっと不可能に近いですが、それでも三十歳の祖父という可能性には、ちょっとびっくりさせられます。今の常識じゃ考えられませんが、当時としては別に不思議でもないんですね。「それを〝不思議〟と思うような、年齢に関する考え方がなかった」と言った方がいいでしょう。桐壺帝の父は、三十歳か四十歳で「祖父」になっていたかもしれないんですね。

光源氏が生まれる三年前、一の御子が生まれた年に、桐壺帝の父たる一の院が三十歳か四十歳だったら、桐壺帝の年齢は、「この父の子としてふさわしいもの」ということになるでしょう。

父と子の年齢を探るという意味で、非常に大雑把ですが、一の院の年齢を二で割ってみるということをしましょう。一の院が三十歳の場合、二で割ると十五です。一の院が十五歳の時、桐壺帝の母を受胎させ、その息子である桐壺帝は、十五歳で弘徽殿の女御を妊娠させたという、そんな仮説がでます。一の院が四十歳の場合は、一の院が二十歳の時に桐壺帝の母を受胎させ、その息子である桐壺帝は、二十歳で弘徽殿の女御を妊娠させたのです。

そして更に、桐壺帝には、源氏の〝正妻〟である葵の上の母に当たる「大宮」という姉妹がいます。この人が姉なら桐壺帝は、一の院の長男ではあっても、第一子ではなかったということになる――ということはどういうことかというと、「十五なり二十なりで後の桐壺帝を受胎させた一の院は、既にそれ以前に妃を受胎させている可能性もある」ということです。更に言えば、この大宮は「女三の宮――三番目の内親王」です。つまり、一の院は、この大宮の誕生以前にも妃を妊娠させ、二人の娘を作っているかもしれない、ということです。ということは、もしも『紅葉賀』の巻で一の院が五十歳なら、この桐壺帝の父たる一の院は、既に十二歳で女性を妊娠させていた可能性だってあるということになるのです。随分へんな計算をしているとお思いかもしれませんが、しかし桐壺帝の年齢を推測するという行為は、実のところ、男の性交可能年齢の下限、男の授精能力に関する下限を探るというような行為でもあるんですね。

もしも、『紅葉賀』が一の院の六十の賀の祝いではなくて、五十の賀の祝いで、光源氏が誕生した時に桐壺帝が十八歳だったらという前提で、ちょっとした試算をしてみます。
こういうことになります——。

一の院十二歳（女一の宮受胎）
一の院十三歳（女二の宮受胎）
一の院十四歳（女三の宮＝大宮受胎）
一の院十五歳（桐壺帝受胎）
一の院十六歳／桐壺帝誕生（一歳）
一の院二十九歳／桐壺帝十四歳（弘徽殿の女御、一の御子を受胎）
一の院三十歳／桐壺帝十五歳／一の御子＝朱雀帝誕生（一歳）
一の院三十二歳／桐壺帝十七歳／朱雀帝三歳／桐壺の更衣、光源氏を受胎
一の院三十三歳／桐壺帝十八歳／朱雀帝四歳／光源氏誕生（一歳）
一の院五十歳／桐壺帝三十五歳／朱雀帝二十一歳／光源氏十八歳

これが、私が『窯変源氏物語』を書く為に行った、男達の年齢に関する推算です。この計算で無理というものはないと思います。『紅葉賀』で一の院が六十歳である可能性だっ

てない訳ではないのですが、私は「一の院＝六十歳」よりも「一の院＝五十歳」と考えた方が、当時としてはノーマルだと思い、その可能性は捨てました。

28 小学校六年生の「夫」達

ご承知のように、光源氏は十二歳で元服をして、その元服の夜に左大臣家の姫たる葵の上（大宮の娘）と夫婦になります。この十二歳は「数え年」ですから、今の年齢でいけば十一歳――小学校の五年か六年生の年頃です。この年頃に、男の子は「男」になる。「いないー」と言う人間もいれば「残酷な」と言う人もいるだろう、そんな年頃ですね。その結果かどうか、光源氏はその最初の女性である葵の上とは、終生不仲のままだった。

男がいつから性交可能というか授精能力を備えるようになるのかというと、人によって個人差はあるだろうけれども、今の年齢にすれば大体小学校卒業頃という年齢を、昔の人は考えていたらしい。源氏物語に出て来る高貴な男達の元服年齢はその頃ですから。元服すれば、その夜「副臥（そいぶし）」という女性がついて性の手ほどきをする。これが、「春宮（とうぐう）」と呼ばれる次代の帝となることを決定づけられている少年なら、元服に合わせて女御というものが入内する。元服＝成人儀式は、そのまんま性的な通過儀礼でもある。ここら辺が、現在とは全然違うところですね。

今や性に関する了解事項はすべて曖昧になってしまったけれども、やはり、女性の側には、結婚を約束してくれるような男じゃないと処女は捨てられないという「計算」はどこかに残っていて、その女性の立場を前提にして、男というものは「確固たる約束」が出来ないんだったらセックスをさせてもらえないし、そしてそれ以外の性的な関係は、どうも不道徳だというような雰囲気が濃厚あるいは微妙に垂れ込めている。はっきり言ってしまえば、一番性欲が旺盛な十代の頃に、その性欲の満足はタブーとして禁じられている。やってる方は勝手にやっているけれども、「社会」なるものは、そのことを追認さえもしない。だからどうだというわけでもないといいますのは、男の中に性欲があったって、それがそのまんま「セックスしたい！」という欲望に直結するかどうかは分からないということだってあるからです。

性欲だけはあって、相手に対する恋愛感情というものがまったく育たないまま、平気で結婚しちゃう男だっているし、感情が先行してしまった結果、性欲というものがなかなか肯定出来なくなってしまった男だっている。人それぞれですね。「光源氏、名のみことことしう」と書かれる十代前半の光源氏は、どうやらあまり欲望というものを自覚しないでいる男らしいと、私はそのように見ました。それは、「あまりしたくもないのに無理矢理元服をさせられて、好きかどうかも分からない四歳年上の女と、大人達の都合で夜を共にさせられてしまった」ということの結果なのではないか、と。「名のみことことしう」と書かれる光源氏は、「男の成熟とは、別に肉体だけに宿るものではない」というようなことを証明するものではないのでしょうか。

光源氏と対照的なのは、光源氏と葵の上との間に出来た息子の「夕霧」です。この人は、既に十二歳の時に、二歳年上の幼馴染みである「雲居の雁」と肉体関係に入っている。彼の場合は「ずっとその少女と一緒に暮らしていた」という条件があったから、「自然にそうなった」というところで、『源氏物語』の中の男としては異色でしょう。

同じ源氏の息子でも、藤壺との間に出来た不義の子である冷泉帝は、また違います。彼の場合は十一歳で元服し、ほとんど同時に帝位に即くというようなことになっていて、同時に十二歳の弘徽殿の女御の入内がある。

冷泉帝はここで「男」になっているはずなのだけれども、しかしこの十一歳の帝は、十二歳の女御を相手にママゴト遊びをする方が楽しいままでいるらしい。だから、この帝に対して、源氏は九歳も年上の斎宮の女御を「母親代わりの女性」として入内させようとする。大人にはなったけれども、しかし当人は「まだ大人になりたくない」と思っている十一歳の少年に対して、マザコン性を押しつけようとする父というのもすごいものですが、しかし冷泉帝は、やはりそういう「大人の女」が好きではないらしい。どうもこの帝は、父の源氏が葵の上を苦手としたように、九歳年上の「母代わり」を一生そういうもののようにして、ただ丁重に扱っていただけという様子がある。冷泉帝が女嫌いだったというわけではなく、後の「秋好む中宮」となる斎宮の女御に対してだけ、冷泉帝はなんだか距離を置いているようで、それは、「子供なんだからしようがない」ということの結果なんだと、私は思います。

この冷泉帝とまったく対照的なのは、彼に帝位を譲られる冷泉帝の春宮たる「今上帝」。十三歳で元服した彼は、そこに「いと大人しく（大人っぽく）おはしませば」と書かれてしまうように、性的には至って早熟であるらしい。彼の〝大人しく〟は、ほとんど「女性を求めるのに急であらせられる」の意味であるようで、十一歳で入内した源氏の娘は、なんと十二歳で彼の子を出産してしまう。十四歳の父と十二歳の母は、ちゃんとここにいるんですね。〝当時〟というのはこういうもので、桐壺帝が「十代で倦怠期を迎えた夫」であっても、全然不思議はないんです。

その十

29　狂気の帝がいた

「いづれの御時にか――」で始められる源氏物語は、作者が「どの帝の御代だったかは分からない」と言っているにもかかわらず、どうやらこれは、「醍醐天皇の御代になぞらえられているらしい」ということになっています。つまり、作中に登場する第一の帝を醍醐天皇、第二の帝を朱雀天皇、第三の帝を村上天皇として想起させるように、紫式部は源氏物語を書いているということですね。

第一の帝たる源氏の父親を「桐壺帝」と呼び、第二の帝たる源氏の兄を「朱雀帝」と呼び、第三の帝である、源氏と藤壺の中宮との不義の子を「冷泉帝」と呼び、第四の帝を「今上帝＝現在の帝」とするのが、紫式部の書いた原作を読む上でのルールのようなものです。

第一の帝が何故「桐壺帝」なのかといえば、それはやはり「『桐壺』の巻の帝」だからでしょう。『桐壺』の巻で「一の御子」「春宮」と呼ばれる第二の帝が「朱雀帝」なのは、その譲位後に住む上皇の御所が「朱雀の御所」だからで、それは源氏と藤壺の不義の子である第三の帝の場合も同じです。彼は譲位後「冷泉の御所」に住むから「冷泉院」と呼ばれます。「後に〝冷泉院〟と呼ばれることになる帝」というのが、「冷泉帝」なるネーミングの背景です。

桐壺帝が「醍醐天皇」、朱雀帝が「朱雀天皇」、冷泉帝が「村上天皇」なら、それでは、その冷泉帝に位を譲られた第四の帝「今上帝」は、一体歴史上の「何天皇」に当たるのでしょう? 紫式部が想定した実在の天皇の即位順ということになると、この源氏物語の中の「今上帝」は、歴史上の冷泉天皇ということになるんです。なるんですがしかし、この歴史上の冷泉天皇が源氏物語の「今上帝」であるはずはない。というのは、この冷泉天皇は、在位三年で位を降りているからですね。源氏物語の「今上帝」は、『若菜下』の巻で即位して、三十年間帝位にありますから、どうしてもこの「今上帝」は冷泉天皇ではないですね。

二つの名前が入り乱れてややこしいかもしれません。今のところを対比させるとこうなります——。

（源氏物語の帝）

桐壺帝→朱雀帝→冷泉帝→今上帝

（歴史上の天皇）

醍醐天皇→朱雀天皇→村上天皇→冷泉天皇

別にそれでどうしたというわけでもないのですが、私はこの歴史上の冷泉天皇という人にちょっとだけ興味があります。光源氏と藤壺の中宮の間に出来た不義の子が「冷泉の御所」に住んでいたり、光源氏とあまり仲がよさそうでもない「今上帝」が、そのなぞらえられる位置としては「冷泉天皇」になるということが、ほんのちょっとばかり気になるような気もします。多分、紫式部にはそんな気はないんでしょう。「源氏物語から完全にその気配を消されている天皇ということになれば、それは歴史上の冷泉天皇である」というぐらいの関係のなさでしょうが、それでも私は、ちょっとばかりこの人に興味があります。それは、「まったく個人的に興味がある」ということでしかないのですが。

実は、歴史上の冷泉天皇は「狂気の天皇」として有名な人なんです。その「狂気」が、何故か私の興味をそそるのです。

在位三年の冷泉天皇は、生まれた年に春宮となり、十七の年に即位して、十九の年に譲位をしています。この天皇の「狂気」は春宮時代からのもので、一日中蹴鞠（けまり）の鞠を蹴り続けていたとか、屋根の上に座りこんでいたとか、父帝への手紙の返事に男根の絵を描いたとか、そんなエピソードが伝えられています。この時代に、こういうことは「狂気」のなせる業だったんですね。今なら、「鬱屈した少年にありがちのこと」になるんじゃないかとは思うのですけれども。

彼は非常に端正で美しい容貌の持主だったのだけれど、時折こういう発作に見舞われたんだそうです。もちろん当時のことですから、これは「物の怪（け）の仕業」ということにもなるんですが。

私なんかは、この冷泉天皇の少年期のエピソードを聞くと、「あ、平安時代にも〝自分〟を叫びたがっていた少年はいたんだな」なんていう風に思ってしまいます。

30 〝自分〟が叫んでいる

源氏物語の中心にいる上流貴族の男達と、現代あるいは「その後の男達」の差といったら、やはりその十代の時期にあるんじゃないでしょうか。十代の前半というか「初期」で、元服して成人になる――と同時に女性を宛てがわれて、性的な体験もする。実は私は、『窯変源氏物語』以前に『愛の矢車草』という短編小説を書いていて、これが、小学校五年生の男の子が、性交の結果父親になってしまう話なんですね。これを書いた時には、まさかその後で「小学校六年生の夫」が当たり前である源氏物語の世界に行くとは思っていなかったもんで、ちょっと「その後の展開」には、自分でもびっくりしています。

近代ということになると「自我の目覚め」であったり、「生まれ出ずる悩み」でもあったり、「性の苦悩」だったりもするんですけれど、近代青年につきものの「性的飢餓」というものが、この源氏物語の男達にはないんですね。「性交の相手が欲しい！」というような、ひりつく飢餓感が、恋愛物語の世界である源氏物語の中にはまったくといっていいほど、ない――そんなものは、存在する理由がないんですね。もっと露骨なことを言ってしまえば、光源氏には、マスターベーションの必要がまったくない。近代青年がそういう状態に置かれる十代という時期に、彼には四歳年上の妻が宛てがわれている。

だから、光源氏は性的に満たされている。但し、その妻との間は「不仲」だという。しかしけれども、たとえ光源氏が〝正妻〟である葵の上を気に入らなくとも、その代わりを務める女房はいくらでもいる。「十代の彼に最も無縁なものは、性的な飢餓感である」ということになるでしょう。現代あるいは近代青年と光源氏が最も遠いのは、恐らくここですね。光源氏には、ひりつくように他人を求める身体欲求がない。ひょっとしたら、『空蟬』の巻の冒頭にある、「光源氏、名のみことことしう――」という、性的冒険、あるいは恋愛遍歴の淡泊さは、このことによっているのかもしれません。

男の恋愛ということになったら、性的飢餓感が「うっかり」という枕詞つきで仕出かしてしまうようなものですけれども、この光源氏はどうもそうではない。「名のみことことし」の光源氏は、男達があれこれ女の品定めをする席でずーっと沈黙を守って、「君は、人ひとりの御ありさまを、心のうちに思ひつづけ給ふ」と、藤壺の女御のことばかりを考えている。恋愛が欲望のなせる業ではあっても、どうもこの、源氏の藤壺に対する思慕は、性的飢餓感ではないんですね。

普通、恋愛ということになると、男の中では性的な成就という「肉体的なもの」と、「それはいけないことだ」と排斥する精神的なものが激しく葛藤するということにはなるんですけれども、しかし光源氏の中には、表面上見事にこれがないと言ってもいいと思います。彼の中に葛藤がないわけじゃない――なにしろこれは、父帝の妃に対する禁断の恋なんですから、葛藤はちゃんとあるけれども、しかしここには「肉欲と精神の乖離（かいり）」というようなものはない。存在する必要がないんですね。この点で、光源氏は現代の男とは無縁かもしれないし、あるいはひょっとして、この点が最も現代的なことになるのかもしれない。「男の状況」というものは、今や曖昧模糊の最たるものですから。

光源氏は、性的には満たされている――あるいは、さして性的な不満足を感じてはいない――けれどもしかし、切実に恋愛なるものを必要とするような飢餓状態には置かれていたりもするんですね。

愛情生活に関する男の内実というものを、ちょっと考えてみます。

性的には満たされているが、精神的には満たされていないという状態が、男にはあります。その逆に、精神的には満たされているような気もするが、性的には満たされていないような気もすることもある。

何故か男の場合、性的不満足を認めることに関しては及び腰というところもありますね。だから男には、性的に満たされていないのか精神的に満たされていないのかよく分からないという状態もあります――現代青年の曖昧はこれに近いような気もします。

これとは対照的なのが、今や「歴史的」と言われるようになってしまった近代青年の恋の悩みで、これは、性的な飢餓感に追いかけられているだけなのだけれど、自身の潔癖がこれを認められなくて、やたらに精神性を主張するというパターンですね。「だからどうなんだ?」という話は、しばらくおきます。

女性の男に関する幻想の中には、「男は結婚するとマスターベーションをしなくなる」というのがありますね。でも、そんなことは、全然ありません。結婚しても男は、「自分自身の性欲」を持ちます。夫の自慰行為をうっかり覗き見てしまってショックに震える妻というのもよくあるみたいですが、別に、男の場合、結婚生活と性生活が完全に一致するべきものでもないんですね。十代の性的飢餓状態を一人でしのぐということを経験してしまったら、男はそのことによって、「自分自身の性欲」というものを持ってしまうんですから、自分と他人との間に「すべてにわたる完全なる一致」などというものがありえないように、結婚の中の性生活とずれた形で「自分自身の性欲」があって当然でしょう。男にとっては「当たり前」である、「自分自身だけの性欲の発露」を妻が見て、「異常じゃないのか?」と思うのは、歴史の冷泉天皇に「狂気」というレッテルを貼ってしまうのと同じようなことじゃないんでしょうか？

男が「成人」すればその夜に女が宛てがわれるという平安時代は、その後「筆おろし」と称して売春宿で「成人体験」をする江戸時代に受け継がれて、それが売春の禁止によって、近代青年の孤独な性へと至る。女性に人格が認められて売春は悪となり、その時から男は、性的な飢餓感を一人で克服する――性的自立を前提として強制されるようになった。現在の男達の混迷というものは、この知らず知らずの間に歴史が獲得してしまった「男の前提の変化」によるものだと思いますが、別に私は、「昔はよかった」と言っているわけじゃありません。

あまり公然とは言われないことかもしれませんが、自慰行為というのは、自分自身のセクシュアリティを育てる為に必要な行為、あるいはその時期なんじゃないでしょうか。「自分」というものがそういう風にもありうるのだということが、この性の位置づけが正しく要求されている現代であまり言われないのは、ちょっとへんなことだと、私なんかは思います。

たとえば、あまり性欲というものの必然性を感じる必要のない時期――成熟に関する個人差があまりにも大きくあり過ぎる十代の最初に、「そういう時期だから〝成人〟だ」と言われて女を宛てがわれ、どれだけの男（男の子）が正しく反応するのか、という問題だってあるわけですから。

源氏物語の中には、そういう「個人差」だってあると思います。以前にも言いました。光源氏と藤壺の中宮の間に出来た不義の子である冷泉帝は、源氏物語の中では十一歳で元服し、ほぼ同時に即位ということになって、その帝の後宮には、一歳年上の弘徽殿（こきでん）の女御がいる。帝はこの女御をいたく気に入られて、「よいお遊び相手」だと思われる。十一歳（満年齢でいえば十歳）の帝は、まだ性的な対象としての女性をさして必要とはしていない。その冷泉帝とは対照的なのが、源氏が娘の明石の女御を十一歳で入内させる今上帝。この、まだ「春宮」である十三歳の今上帝は、〝いと大人しくおはしませば〟（大層大人びている）と書かれるような人だから、彼女はすぐに懐妊出産ということになる。今上帝と冷泉帝の「差」というものは、歴然だと思いますね。

平安時代と言いますか、近代以前の男の悲劇と言った方がいいのかもしれませんが、それは、「自分自身の性欲を自分自身で把握する権利を奪われていたこと」だと思います。思春期に自慰の必要を認められないというのは、今という時代の観点から見ればそうしかならないと思います。だから、近代以後の男の悲劇は、「近代以前の男をそのように見ることが出来ないでいたこと」でしょう。非常に分かりにくく奇異なことを言っていると思われるかもしれませんが、「自分の中から〝自分〟が登場しようとする段階で他人に立ちはだかられたらつらい」ということです。

性の目覚めというのは、ある意味で暴発で、その散乱する暴発の中から「新たに登場した自分」というものを把握する時期が、人間の思春期という時期ではないかと思うのですが、ここに「結婚」という他人との調和を重んずる制度にたちはだかられたら、「自分の自由」というものを見たいと思う人間にとっては、たまったもんじゃないと思います。

でも、平安時代の十二歳の少年は、これを前提として受け入れさせられていたんですね。「この状態を全員が当然のこととして、果して受け入れられるものだろうか？」という疑問に対する答が、「狂気の天皇」というレッテルを貼られた歴史上の冷泉天皇ではないかと思います。冷泉天皇の「狂気」とは、少年の肉体の中に宿った「自分」が、「自分でありたい！」と叫んだ、その「自分の暴発」なのではないかと、私には思えてならないのです。

春宮という少年のいる場所は当然内裏宮中というところで、ここは帝の婚姻生活の場所でもあります。少年が「自分」を求める場所ではなく、帝であることを決せられた者が順当に育って行くように、「女性」なるシステムを配備された場所で、そこにうっかり「自分」を見てしまった男にとって、これほどつらい場所はないはずなんですけれども、しかし、そんな常識はこの時代のどこにもありません。

春宮である冷泉天皇に「狂気」というレッテルが貼られても仕方はないな、歴史の残酷とはそんなもんだなと、私なんかは思います。

31　暴発する光源氏

源氏物語の『帚木（ははきぎ）～空蝉～夕顔』の三帖の展開は、あきれるほどの見事、あるいは息を呑むほどのリアリティーと言ってもいいと思います。ここでは「〝自分〟が欲しい！」と思った思春期の光源氏が、見事に暴発しているからです。

光源氏には、既に制度に適合した「妻」がいます。その彼は〝名のみことことし〟という空虚を隠し持っている。

その彼が宮中の宿直所（とのいどころ）で、親しい男達と女性に関する話をしている――制度に合致して「男」をやっている人間達の話に、しかし光源氏はまったく関心を示さない。終始一貫

「男達のする女の話」には無関心で、自分はある一人の女性のことを考えている。

そして、それがどうなるのかというと、それはそれきりで、その夜が明けて定まる妻のいる邸へ退出して行った彼は、唐突に「女」のいる他人の家へ「行く」と言う。

全然知りもしない受領の妻を強姦して、その弟を自分の従者のようにして、彼に姉との仲立ちをさせようとして、しかしそれがままならないとなると、「姉の代わりだ」と言って弟を寝床に引き入れる。

その姉への執着を捨てきれない彼は、改めてその女の邸に忍び込んで、うっかり間違えて、その義理の娘に手を出して、しかも平然としている。

人妻（空蟬）、その弟（小君）、若い娘（軒端の荻）と、手当り次第です。「名のみことことし」という世評をねじ伏せようとするかのように、光源氏は手当り次第を演じる。一体彼がこの手当り次第の相手の中で誰を愛していたのかと言えば、実のところ、誰も愛してはいないのですね。今まで理性で抑え込まれていた性欲が、遂にその時に至ったと言わぬばかりの暴発を見せる。

「現代の男にこれがやれるか？」と言ったら、無理でしょう。下手をすれば犯罪者です。じゃ、「現代の男は、こういう光源氏とは無縁なのか？」といったら、そんなこともないでしょう。近代以後の男は、こういうことを一人で、孤独という空間の中でやるという、それだけのことですね。

光源氏は、生きて自分の自由になるような身分の低い人間相手に自慰の暴発を演じ、近代以後の男はそれを一人でやるというだけの話です。自分自身の中でセクシュアリティなる肉体性を育てるとなると、そういう、感情や精神性とは切れた自慰の暴発を演じるしかない。そうなって初めて、人間は恋を演じることが出来るというのが、「夕顔」なる女性の登場だと思います。

「正妻(葵の上)」という制度からの不満が、「藤壺への思慕」という恋愛欲求になり、「それをしたい」と思った瞬間、それを可能にする為の下準備が作動する。それが、「空蟬↓小君↓軒端の荻↓夕顔」という流れなんだと思います。夕顔は、光源氏が初めて「現実に愛した女性」ですね。それ以前、源氏物語には「光源氏と関係を持った女性」は登場しても、「光源氏に愛された女性」は登場しません。これだけの段取りがあって、初めて父帝の妃である藤壺の女御への恋愛と、終生の女性である紫の上の登場が可能になる――そのことを、なんにも言わずにキチンと出している紫式部という人は、とんでもない女性作家だと思いますが、男というものはやはり、紫式部の書いたようなものでしょう。

昔、男というものは、女というものを使って自慰行為を演じた。それを近代以降は一人で演じるようになった。それを「貧しい」とか「寂しい」とか「いけない」とか言うのが近代以後の性に関する間違いで、これは「そういうもの」だと思います。

この「男に関する話」を奇異にお思いでしたら、この「男」を、どうぞ「女」と置き換えてみて下さい。「自分という女のことを考えようとすると、どうして〝男〟というものが立ちはだかるのだろう。何故〝女〟というものは、男から切り離して考えられる一個の独立した存在ではないんだろう?」というところから、「女性の自立」というテーマが浮かび上がって来たんじゃないでしょうか? だとしたら、今改めて、男も又――です。

私は、これを前提にして、「女漁りばかりする男の話」である源氏物語を探り直してみたかったんです。私は、『帚木～空蟬』を、「結婚した男の浮気」ではなく、「結婚した男のマスターベーションの当然」と捉えます。

その十一

32 「亡き母」と藤壺の女御

「色好みの男の物語」である源氏物語の中で、当然のことながら、主人公の光源氏には女との切れ目というものがありません。常に彼は女とワンセットになっている。なっていて、しかし常に飽き足りないままでいる。藤壺の中宮との恋がかなわないことに対する代償行為という考え方もありましょうが、そればかりではない。

『薄雲』の巻で藤壺の女院が死んだ後、彼の一旦は収まっていた女遍歴がまた始まる――「朝顔の斎院(さいいん)」、六条の御息所の娘である「秋好む中宮」、それから夕顔の忘れ形見である「玉鬘(たまかずら)」、六条の院に降嫁する朱雀院の娘たる「女三の宮」。そしてこれがすべて、成就しない愛として語られています。

源氏物語の作者は、明らかにある時点から主人公への態度を変え、光源氏を冷たく突き放すようにしている――私にはそのように思われるのですが、この『薄雲』の巻以降の、惨めで成就しない女性への愛を演じながら、しかし光源氏は女性への関心を崩そうとはしません。

これは何故だ、ということもあります。

「野暮」と言われてしまえばそれまで、「男とはそういうものだ」と言われてしまえばそれまでですが、「じゃ、何故〝そういうもの〟なのだ？」というしつこい疑問もあっていいと思いますので、そうします。

「光源氏は何故女と切れないのか？」という疑問は、ある意味で「父帝の妃との禁断の恋」というテーマとも絡んで来ると思います。

「光源氏は何故藤壺の中宮を恋したのか？」というのは単純な疑問ですが、これもつつき出すと、「複雑な意味」を持った疑問になります。

普通、光源氏の藤壺の女御への恋は、亡き母桐壺の更衣への思慕によるものと言われていますが、しかし私の読む限りでは、そんなこと、原作のどこにも書いてありません。

桐壺帝は亡き桐壺の更衣を忘れられず、その心を慰めようとして様々な女性達を宮中に召されたけれども、誰一人としてそのお心にかなうものはなかった。そうする内、先の帝の皇女で、桐壺の更衣にそっくりの人がいるという話が帝付きの典侍（ないしのすけ）からもたらされて、その方が藤壺に入内することになった。これが「藤壺の女御」ですけれども、その人に対する源氏の思慕の内容というものはこうです——。

〝源氏の君は御あたり去り給はぬを、まして繁く渡らせ給ふ御方は、え恥ぢあへ給はず。いづれの御方も「我、人に劣らむ」とおぼいたるやはある。とりどりにいとめでたけれど、うち大人び給へるに、いと若う美しげにて切（せち）に隠れ給へど、おのづから漏り見奉る。母御息所も、影だに覚え給はぬを、「いとよう似給へり」と典侍の聞こえけるを、若き御心地に、「いとあはれ」と思ひ聞こえ給ひて、常に参らまほしく、「なづさひ見たてまつらばや」と思え（おぼえ）給ふ〟

（幼い源氏の君は帝のお側を離れることもなく、帝が常にお渡りになるお方のところへもよくおいでになる。そうなれば藤壺の女御も源氏の君に対して恥ずかしがってばかりはいられない。後宮に女御更衣は大勢いらっしゃって、どなたもそれぞれに自負心はお持ちで、皆素晴らしい方々ばかりだけれども、しかし皆さんお年はお年である。その中に藤壺の女御は大層お若くお可愛らしく、人見知りをなさって源氏の君の前ではお姿を隠そうとなさるけれども、自然そのお姿が源氏の君のお目に入ることはある。源氏の君に亡き母君の御記憶はまったくないのだけれど、典侍は「そっくりでいらっしゃいますよ」と言うものだから、幼心にも「慕わしい方だ」と思われて、「常に藤壺へ参上したいものだ、お側に伺候して親しくお姿を拝見出来るようになりたい」とお思いだった）

光源氏の中に、亡き母桐壺の更衣の記憶はないんですね。どちらかといえば、〝「母君に似ているとおっしゃるのだから、私とは当然御縁があってしかるべき御方なのだ」と、藤壺の女御のことを思った〟と解するべきなのだと思います。そうすると、この一節に続く文章も生きるように思います——。

〝主上も、限りなき御思ひ同士にて、「な疎み給ひそ、あやしくよそへ聞こえつべき心地なむする。なめしと思さで、らうたくし給へ。面つき目見などはいとよう似たりしゆゑ、通ひて見え給ふも似げなからずなむ」など聞こえつけ給へれば、幼心地にも、はかなき花紅葉につけても、心ざしを見え奉る〟

（藤壺の女御も源氏の君も、帝にとってはどちらも大切極まりない方なので、帝は藤壺の女御に、「そうお嫌いになられますな、不思議なほど、亡き人とあなたが似ているようにも思われる。〝無礼な〟などとお思いになられずと、可愛がってやって下さい。顔立ち目許などは大層よく似ているのだから、あなたがあの子の母親のように見えるというのも、そう不似合いなことではないだろう」などとお命じになるので、幼いながら源氏の君も、花や紅葉の季節の折々にはお心をお贈りになる）

『薄雲』の巻ではっきりするように、藤壺の女御は源氏よりも五歳年上です。だから『桐壺』の巻で、源氏の元服以前の藤壺の女御はまだ十代の女性。だから〝通ひて見え給ふも似げなからずなむ〟（あなたがあの子の母親のように見えるというのも、そう不似合いなことではないだろう）ということになるのでしょう。十五や十六の女性が、十や十一の少年の母に似ていると言われてもあまり面白くはないだろうけれども、「でも、容貌は似ているのだから不似合いではないよ」ということでしょう。

桐壺帝は、明らかに藤壺の女御の中に桐壺の更衣を見ている。しかし源氏が藤壺の女御の中に亡き母を見ているかどうかは分からない。源氏は、その人が後宮の妃達の中でも年若で自分に近いように感じられるから好意を持ったのであって、その人が母に似ているから好きになったのではない。源氏の中には、三歳の時に死んだ母親の記憶はないし、藤壺の女御は、他の妃達が「母」であってよいような年頃の中でただ一人若い女性である。だから、源氏が藤壺の女御を好きになった理由を挙げるのだとしたら、それは「彼女が母のように思われたから」ではなく、「彼女一人が母親のようには感じられない女性だったから」になるのだと思います。

藤壺の女御はそういう人で、そこに典侍は「亡くなられたお母様にそっくりでいらっしゃいますよ」と言う。桐壺帝は、「源氏も藤壺も私にとっては同じように欠くべからざるものだ」という御意志をお示しになる。そして世間では、源氏の方が藤壺よりも美しいと言う。

〝世に類ひなしと見奉り給ひ、名高うおはする宮の御容貌にも、なほ匂はしさはたとへむかたなく美しげなるを、世の人「光君」と聞こゆ。藤壺、並び給ひて御覚えもとりどりなれば、「輝く日の宮」と聞こゆ〟

（「世に類いなき美しさ」と帝がおぼしめしになって名高い藤壺の宮の御容貌よりも、源氏の君は更にお美しいので、世人はこの君を「光君」と申し上げる。藤壺の女御はこれに並ばれて、帝の御寵愛も同じくされるので「輝く日の宮」と申し上げる）

こういう関係であれば、源氏は藤壺の女御に対して「親しむべき人」として思慕を募らせて行くでしょう。それは当然のことだと思うのですけれども、しかしそれはどうあっても、「亡き母を慕う」というような感情ではないと、私は思います。周囲はともかく、源氏の中には、態々（わざわざ）「亡き母」を介在させる必要がないのですから。

33　不思議な三角関係

源氏は何故藤壺の女御を好きになったのでしょう？　その理由の第一は、彼女が「素晴らしい人」で、次には、その藤壺の人が、彼に「永遠に失われてしまった時」を思い出させるからでしょうね。『桐壺』の巻の最後、既に左大臣家の姫〝葵の上〟との結婚生活を始めさせられている光源氏の胸の内はこうです――。

〝心の内にはただ藤壺の御ありさまを「類（たぐ）ひなし」と思ひきこえて、「さやうならむ人をこそ見め。似る人なくもおはしけるかな。大殿（おほいとの）の君、いとをかしげにかしづかれたる人とは見ゆれど、心にもつかず」覚え給ひて、幼きほどの心一つにかかりて、いと苦しきまでぞおはしける。大人になり給ひて後は、ありしやうに御簾（みす）の内にも入れ給はず、御遊びの折々、琴笛の音（ね）に聞こえ通ひ、ほのかなる御声を慰めにて、内裏（うち）住みのみ好ましう覚え給ふ〟

（心の内では、ただ藤壺の御様子を比類ないものとお思いになって、「そのような人をこそ得たいものだ。左大臣家の姫は大層おきれいではあって、そのように大切に扱われてはいるけれども、どうしてもなじめない」と感じられて、未だ幼いままのお心を苦しめておいでになった。成人なさって後は、帝も源氏の君を以前のようには御簾の内にお入れになられず、源氏の君は、御遊びの折々、琴や笛の音にまじって漏れ聞こえて来る女御のお声ばかりを慰めにして、内裏の生活ばかりをお好みになっていた）

元服してしまえばもう大人で、そうなってしまえば、以前のように、父帝のお供をして妃達の住まう御簾の内に入って行くこともかなわない。素晴らしい黄金時代は終わってしまって、今は、気にそぐわない人との味けない結婚生活がある。

父帝の寵愛だけは以前のままなのに、共に親しくあってしかるべき藤壺の人との関係は断たれてしまっている。だとしたら、その藤壺の人こそは素晴らしい自分の少年期の象徴のようなもので、「〝素晴らしい人〟と言えば、それは藤壺の方である」ということにもなりましょう。源氏が藤壺の女御を慕わない方がおかしい、ということになりますね。「藤壺の女御は〝最も素晴らしい女性〟で、その人は自分の永遠に失われてしまった黄金時代の象徴である」というのは、こういうことです。

2024
1

中公文庫 新刊案内

二度の本屋大賞受賞を成した著者の傑作

滅びの前のシャングリラ

凪良ゆう

一ヶ月後、小惑星が地球に衝突する。
滅亡を前にした世界で
「人生をうまく生きられなかった」
人々が見つけた光。

〈巻末対談〉新井素子×凪良ゆう

●902円

うぽっぽ同心十手綴り かじけ鳥
坂岡 真

男手ひとつで育ててあげた愛娘が手許から去ってしまう。そんな折、失踪した妻の消息を知るという女が現れて……。「十手綴り」シリーズ、悲喜交々の最終巻。

●770円

十津川警部 雪と戦う 新装版
西村京太郎

大清水・関越両トンネルを爆破する――。JRと道路公団に脅迫状が！ 四億円を要求する犯人の真の狙いは？ 雪を血で染める大惨事に挑む十津川警部。

●836円

決定版 ゲゲゲの鬼太郎 鬼太郎夜話（上下）
水木しげる

住む場所をなくしあてもなくさまよう鬼太郎親子は、いくつもの怪事件に巻き込まれる。危機に直面する鬼太郎を襲う悲劇。はては物の怪に命を狙われ――。

●各946円

SRO neo I
新世界
富樫倫太郎

書き下ろし

最凶シリアルキラー近藤房子が育てた、新たな殺人鬼が爆誕！　宗教団体によるテロ事件から三年、SROは新たな局面に。待望の新章始動。

●968円

ゆりかごで眠れ（上下）新装版
垣根涼介

直木賞作家の揺るぎなき原点といえる傑作！　南米コロンビアから娘とともに来日したマフィアのボス、リキ・小林。その目的とは!?
〈解説〉佐藤　究

●各814円

武王の門（上下）
北方謙三

後醍醐天皇の皇子・懐良親王は、十四歳にして征西将軍として九州へ渡る。伊予の忽那水軍、そして肥後の菊池武光と結び、九州統一という壮大な夢に賭ける！

●上968円／下946円

中央公論新社　https://www.chuko.co.jp/
〒100-8152 東京都千代田区大手町1-7-1　☎03-5299-1730（販売）
◎表示価格は消費税（10%）を含みます。◎本紙の内容は変更になる場合があります。

かくして、源氏は藤壺の女御を恋うる。そしてそれが、実は「禁断の恋」であるというのが、その後の源氏物語の展開の一つであるということになりましょうけれども、私が問題にしたいのは、この「禁断」の中身です。

藤壺の女御、後に藤壺の中宮、准太上天皇となる藤壺の女院は、父桐壺帝の妃です。源氏の犯したタブーの中には、父の女との密通という要素と、帝の妃との密通と、この二つの要素が入っているのですね。一体このことにどういう〝意味〟があるのか?――です。もしかしたら、あるいはこのことと、「藤壺への恋＝亡き母への思慕」という誤解が、意外な形で関係を持っているのかもしれません。

源氏物語の中にどれだけの不義密通――男二人女一人の三角関係があるのか、ということをちょっと考えてみましょう。

まず第一は、藤壺の女御をめぐる源氏と桐壺帝の関係です。次に未遂に終わりましたが、頭の中将と源氏と末摘花の三角関係もあります。源氏とその「親友」である頭の中将との三角関係にはもう一つ、『紅葉賀』の巻における年老いた源典侍とのものがあります。頭の中将との関係でいけば、夕顔の女と源氏との関係も、この三角関係の変種ではありましょう。その夕顔の忘れ形見である玉鬘と源氏との関係には、髭黒の大将が絡んでくる。

玉鬘に関しては些か複雑なものもありますが、『花宴』の巻からは、源氏と源氏の兄の朱雀院と、朧月夜との三角関係も始まります。その朱雀院との関係になると、『賢木』の巻から登場する、源氏と朱雀院と、六条の御息所の娘である伊勢の斎宮——後の「秋好む中宮」との三角関係もある。朱雀院と源氏との関係からいけば、最も有名な、源氏と朱雀院の娘である女三の宮と柏木の衛門(えもん)の督(かみ)の三角関係。そして、この衛門の督の未亡人である女二の宮（落葉の宮）と源氏の息子夕霧の関係も、やはり三角関係の変種でしょうし、源氏は自分の最愛の女性である紫の上と息子の夕霧との間を心配して、彼を絶対に紫の上に近づけないようにもしている——これも三角関係の一つですね。もちろん、源氏死後の宇治十帖も、三角関係の物語ではあります。

源氏物語は、「恋愛物語だから」という理由だけでは説明がつかないくらいに、男二人と女一人による三角関係が多いんです。

源氏が他人の妻を奪ったという「姦通」のパターンには、藤壺の女御の他に、伊予(いよ)の介(すけ)の妻である空蟬とのことがあって、この姦通が後に柏木の衛門の督と女三の宮の密通という形で源氏に祟(たた)って来ます。源氏物語論の多くはこの「姦通」というシチュエーションだけを問題にしているようなところもありますが、しかし事実はそう単純なものではないかもしれません。

『若菜上・下』の巻で語られる源氏・女三の宮・柏木の三角関係は世にも不思議な三角関係で、「誰も相手を愛していない」という、とんでもない要素があります。源氏は「内親王(ないしんのう)降嫁」という形で押し付けられた女三の宮に倦んでいるし、柏木は女三の宮その人を愛しているのではなく、「高位の妻を欲しい」という理由で、女御腹の内親王＝女三の宮を求めています。女三の宮は、不意に闖入(ちんにゅう)して来た柏木を疎んでいて、ここに愛情があるのだとしたら、女三の宮が源氏を慕うという片思いがあるだけの、なんとも不思議で、そして凄惨な三角関係です。これは、源氏・桐壺帝・藤壺の女御の三角関係とは、全然違った質のものですね。

桐壺帝は、源氏と藤壺の女御を同じように愛しているし、源氏は藤壺の女御その人がどういう人かを知って愛している。もちろん、源氏は桐壺帝を愛しているし、藤壺も源氏を愛してはいる。愛情の有無でいったら、「果して藤壺の女御は桐壺帝を愛していたのだろうか？」という、恐ろしい疑問の余地だけがあって、紫式部の原作では、この件に関しては一言も触れられていないんですね。「果して藤壺の女御は桐壺帝を愛していたのだろうか？」という恐ろしい疑問は、「ある」と思いますね。

桐壺帝は源氏の父で、源氏を愛しているし、源氏も父である桐壺帝を愛している。がしかし、「その妻との密通以前に源氏が柏木を愛していたのか?」ということになったら、この答は、「別に」でしょう。憎んではいないけれども、格別愛しているというわけでもない。源氏の親友である頭の中将——その後「内大臣」「太政大臣」と位を上せますが——この人の息子達の内で、この柏木が格別源氏に愛されたというわけでもないし、また柏木一人が特別源氏に親しもうとしていたわけでもない。彼の弟の紅梅の方が、どちらかといえば、進んで源氏の邸にやって来て、兄の柏木の方は、少し距離を置こうとしている気配さえある。

つまらないことを詮索しているとお思いかもしれませんが、源氏物語に登場する三角関係の多くは、男同士の仲がいいんですね。姦通というよりも、二人の男が一人の女を共有するというパターンだと言った方がいいでしょう。

34　朱雀院の不思議

源氏物語を書いた紫式部の不思議には、「どうしてこの人はこんなに男のことがよく分かっているのだろう」というのがあります。源氏物語に出て来る男達は、これが千年前の把握かと思われるほど、不思議でリアルなニュアンスに満ち満ちていたりもするのですが、その中の最右翼は、やはり朱雀院という、源氏の兄の描写でしょう。

考えてみればこの人も気の毒な人です。源氏物語最大の敵役である弘徽殿の女御の腹から生まれ、帝になりながらも、母親の重圧に押されて人からは蔑ろ（ないがしろ）にされ、簡単に譲位という結果に陥ってしまう。

譲位して、その後、機会があって登場すれば、ブツブツと文句ばかりを言っている。自分の妃と目された朧月夜を源氏に取られ、またその朧月夜が自分よりも源氏の方を愛していることを知っていながら、この気の弱い兄は、強い弟に対して一言も文句を言わない。それどころか、兄の女を奪って平然としている弟は、「あなたのせいで私は須磨に身を退けなければならなかったのだ」と、兄に対して恨み言を言う。言われてうなだれているのが、帝であり、妃を奪われた兄である朱雀院というのは、とても不思議な構図だと思いますが、その「理由」というのは、さりげなく書かれていたりもするのですね。

『若菜上』の巻で、朱雀院はこう言います——。

〝まことに、「少しも世づきてあらせむ」と思はむ女子（をんなご）持たらば、同じくは彼（か）の人のあたりにこそは触ればはせまほしけれ。幾許ならぬこの世の間は、さばかり心ゆくありさまにてこそ過ぐさまほしけれ。我、女ならば同じはらからなりとも、かならず睦び寄りなまし。若かりし時など、さなむ覚えし。まして女の欺かれむは、いとことわりぞや〞

（実際、「少しでも幸福な結婚をさせてやりたい」と思うような娘を持つ親ならば、誰しも、「どうせなら、あの源氏の方との関りを持てたら」と思うものだろう。長くもないこの世の一生を過ごすのなら、そのような満足を味わって終わりたいものだ。私が女であったならば、たとえ姉弟ではあっても、必ずあちらへ心が傾いてしまうだろう。若い時などはそのように思った。私でさえそうなのだから、女があの人に騙されてしまってもしようがないだろうな）

最愛の娘女三の宮の結婚相手を選ぶ時に、朱雀院はこう洩らします。

〝睦び寄る〞というのは、〝心が傾く〞というよりも、もっと積極的に〝女の方から誘いかける〞というようなニュアンスですが、朱雀院は、「自分が女なら、たとえ姉と弟の関係であっても、彼と肉体関係を進んで持ちたいと思う」という、大胆なことを言っているのですね。

「私がそうなのだから女が騙されてもしようがない」と言うこの〝女〟は、勿論、朱雀院の寵妃である朧月夜のことです。自分の女である朧月夜の心を奪われてしまった朱雀院は、源氏を恨むどころではなく、源氏を許している。もしも朱雀院が恨むのだとしたら、それは源氏ではなく、女ではないから源氏に愛してもらえない、自分自身の不運を恨むということになるでしょう。源氏物語の三角関係の不思議というのは、こういうところにあるのだと思います。

朱雀院は、源氏と朧月夜の仲を許している。そして、そればかりではなく、「あんな素敵な人はいない」と言って、自分の最愛の娘である女三の宮の結婚相手として、光源氏を擬している。朱雀院は光源氏が好きなんですね。

だから、朧月夜が自分よりも源氏を愛していることを恨みはしても、朧月夜に「源氏との関係を断て」とは言わない。もっとはっきり言ってしまえば、「朱雀院という、帝であった男は、源氏との間で朧月夜・女三の宮という、女性の共有を謀って一人で喜んでいるという面、なきにしもあらず」ということになるのだと思います。

藤壺の中宮という父帝の后との間に不義の子を作ってしまった禁断の恋のヒーロー光源氏の物語には、こういう側面もあるのですね。

その十二

35　同性愛の存在しない時代

源氏物語に関する「ひそかな誤解」というものもあると思います。それは多分、「うっかりと存在しないものを見てしまう」ということでもありましょう。源氏物語が書かれたのが今から千年前の平安時代で、光源氏という女よりも美しい男を主人公にした物語を書いた作者が女性だったという事実が、あるいはこのことを可能にしてしまうのかもしれません。

源氏物語に関する「ひそかな誤解」というのは、ここにうっすらと同性愛の気配が漂っているというようなことですね。漂って、それを見る人はうっかりと見てしまうけれども、ここ——源氏物語の中に男の同性愛は存在しないと思います。

それは、マルセル・プルーストの『失われた時を求めて』の主人公が同性愛者ではなく、しかしこの作品には濃密に同性愛の雰囲気が漂っているのと似ているのかもしれません。似ているのかもしれませんがしかしやっぱり違うというのは、『失われた時を求めて』の背後には同性愛が歴然と存在していて、源氏物語にはそれが存在しないという点でしょう。あるのだとしたら、それは「女学生趣味的な少年愛の雰囲気」というようなものでしょうか。

断言してしまいますが、源氏物語に男の同性愛はありません。女の同性愛の方は分かりませんけれども。

源氏物語に女の同性愛があるかないか分からないというのは、源氏物語の時代に「女の為の恋の様式」というものが存在しないからですね。存在しないから書かれないけれども、しかし書かれないだけで、実際はあるのかないのかよく分からない。

この時代の恋というものは、すべてが「外部からの訪れ」によるもので、内側で何が起ころうと、それは単なる「日常の問題」であって「恋」ではない。男は、「内」にもあり、「外」にもあるから、訪問者とはなりうるけれども、女は「内」を専一とするものなのだから、訪問者とはなりえない、というようなものです。

たとえば、家の主や息子であるような男には必ず「専用の女房」というものが付いている。性欲盛んで自慰というものが存在しないこの時代の男達の性欲処理は、こうした女房達の役割でもある。でもしかし、こうした関係が「恋」として描かれることはまずありません。「訪れ」という様式、訪れる為の様式を欠いた、外との関わりを抜きにした内側だけの出来事は、それがたとえ男と女の肉体関係であっても感情関係であっても、「恋」ではないのです。祖母大宮の邸で一緒に育てられた二人の従姉弟（いとこ）、雲居（くもい）の雁（かり）と夕霧の関係を、女の方の父である内大臣が許さない――不快に思うというのは、そういうことでしょう。内側で男と女が何をしようと、それはただの「日常」でしかない。だから、そんなパッとしない外聞の悪いものを、「縁組」として扱いたくなんかないのですね。

平安時代、女性は専ら内にいる。内のことは、「描かれる必要のない単なる日常」で、内に何があろうとなかろうと一切書かれない。発見する視点がなければ、すべての物事は存在しない。

男のすることは全部書きようがあるけれども、女のすることは書く必要がないのだから、日常という霧の中で、「あってもなくてもかまわない」というような存在の仕方をする。内にいる男と女の関係でさえ「恋」ではなく、あろうとなかろうと書かれることがないのだとしたら、ましてや、内にいる女同士の関係がどんなものかは分かりようがない——だから、平安時代に女性の同性愛はあったかなかったか分からないけれども、別にこれがあったとしても不思議はなかろうということです。

平安時代に女性の同性愛というものは多分あっただろうと思います。それは多分、名もない身分もない男と女だって恋をしたということと同じです。しかし恐らく、平安時代に男性同士の同性愛はなかった。あったらそれは、隠しようのない大スキャンダルとして存在するはずで、それが記録にないんだから、これは存在しなかったのだろうと、私はそのように思います。

どうして平安時代に男の同性愛がなかったのかと言えば、それは至って簡単なことで、平安時代には「男であること」に意味がなかったからです。

人間はやはり意味によって動かされるようなもので、人間のすることにはすべて意味があって、意味のないことは決してしないのが人間だ、というようなものでしょう。

この時代の男達にとって、「男であること」は意味がない。だから男は男を求めなかったし、「女であること」の意味ばかりを求めて恋に忙しかった。「男であること」に意味がないからこそ、「男であること」を主張したがった少年天皇——実在の冷泉天皇は「狂気」のレッテルを貼られたのであろうし、女を求めることばかりを専一にする男には「色好み」とか「好き者」という、ランクの高い位置が与えられた。

平安時代というのは、「男であること」にまったく意味がなくて、あるんだとしたら「人間＝男という不可解を解く鍵は〝女であること〟にある」という、そういう特殊な完成された時代なんですね。男が自分という男の内実を問わなかった、問う必要がなかった——だからこそ、男には同性愛というものが必要なかった、そんな時代が平安時代だと思います。

日本の歴史で改めて「男であること」の意味が浮上して来るのは、摂関制度が崩れて「権力機構はどのようにあってしかるべきものなのか？」という模索——即ち男達の戦いが始まる院政期以後のことでしょう。平和で完成されて、女達が家の内側で聖なるものとして管理尊敬される時代が終わり、男達の動乱と戦いの時代が始まる。時代の中心は戦う男達になって、女性の位置は低下する。男は自分の子孫の繁栄だけを専らに求めるようになるから、女は「子を生む道具」という位置を専らにするようになって行く。

平安末〜鎌倉〜室町〜戦国〜江戸初期の元禄までが、「男であること」の意味を模索する男色の時代でしょうね。

「一体あの女流文学の流れはどこへ行ってしまったんだろう？」というように、文学の世界は男一色になってしまう。時は戦いの時代で、戦う為には自分であることが明確に確立されなければならない。「男であること＝人間であること」の模索が始まって、「隠者文学」というものも起こるし、男だけの世界の激突を描く軍紀物が生まれて、稚児信仰を中心に捉える能という演劇が完成される。男達は大いに賑わって文化の大衆化は起こり、カタギの女達は家の中で貧血症状を起こし、元気なのは野蛮な「遊女」というアウトローだけになって、平和な封建制度の江戸時代に至るというのが、大雑把な日本の流れかと思います。

古典の好きな女性の行き先が平安時代というのは、ここにしか女性がいないからですね。しかしかといって、この時代の女性が幸福かどうかは分からない。少なくともここには、女性が自分の不幸を嘆くだけの自由と権利はあった、というようなものでしょうから。

36 自分のない男達

平安時代は戦いの時代ではなく、文字通り「平安な時代」です。こういう時期には「自分」なんていうものはない方がいいんです。下手に「自分」なんてものを主張すれば、秩序を乱して平安を妨げることになります。

男にとっての「自分」というものは、完成された秩序とは別個のところに存在する、ます。

「女」という世界で主張されなければならない。

「自分」がほしければ外の世界へ出掛けて行って恋をしなければならない、そういう男達の為に女というものはあって、恋という男女平等の自己主張は、世の中とは別個に切り離された私的世界にだけあったんですね。

平安貴族というのは、組織と一体化した公的サラリーマン（官僚）なんですから、こういうところ――即ち「男の世界」では、他と衝突するような「個我」は真っ先に抹消されます。

男達は朝廷を中心とする一体感だけの世界を作って、それとの調和だけを図っている。女達は女達で、男の世界とは別に隔離されていて、そして女を女の領域に隔離してしまった、「男という自分」を持たないままの男達には、何もすることがない。安定した時代にさしたる義務もなく、何もすることがない状態を保証されている男達は遊んでばかりいて、でも人間というものは、そうそう平然と遊んでばかりいられるわけでもない。

既に「遊んでいられる自分」というものはあるけれども、その「遊んでいられる自分」を成り立たせる「自分」というものはどんなものかといったら、なんにもない。中心がなくて輪郭だけがブヨブヨとさまよっているのがこの時代で、中心の喪失（あるいは欠落）に気づいた男達は、そうした自身の〝現状〟を超えたところに存在する「内なる自分を刺激してくれる意味」を求める。

男の世界の外には、男達から隔離されたその結果、何もしないで平気でいられる——「何かする」ということを奪われてしまって淡々と生きているだけの「女」というものが存在している。男達はその女という神秘的な「意味」と交わって、「存在しない自分」という欠落を束の間埋める。

恋をしているその瞬間にだけ、男にはその恋を実感する「自分」というものがあって、男の中の「存在しない自分」という欠落は、「女という他者」によって埋められる。欠落は埋められて、しかしそれはいずれ雲散霧消する。

男というものは、恋に出会って幸福になって、しかしその後「一体あれは何だったんだ?」というような索漠に、いつの間にか直面しているものです。一体こういう不条理にも似たジレンマはどうして起こるのかといったら、男の中にある「自分」というものの欠落を埋めるものが、「自分」ではなく「他人」だからなんだという矛盾に気がつかないでいるからですね。

男と女の間にある孤独は「恋」というものによって埋められるかもしれないけれど、それをする男の中にある「自分」というものの不在は埋まらない。寒くて一文なしの男が外套を与えられて、寒さだけはそのコートによって凌ぐことは出来たけれども、懐中に一銭もない貧乏は変わらずにあるというようなものでしょう。

父帝の后である藤壺の女御に恋をして、それを得ることが出来ない光源氏は、彼女の姪に当たる少女を育てる。彼女は成長して「紫の上」と呼ばれるような存在になって、光源氏最愛の女性となる。しかし、そうなる前とそうなった後でも光源氏の女性遍歴は止まらずに、紫の上の地位が確固としたことだけはたしかだけれども、果して彼女が光源氏の「最愛の人」であるかどうかは、今一つ曖昧なものとして残される。なにしろ光源氏は「あなたが最も愛しい」と紫の上に言って、そのまま同時に、平気で別の女性を求めているんですから。「最も愛しい女」の為には最も恵まれた待遇を与えるけれども、しかしその人だけを愛するというわけじゃまったくないんですね。

光源氏が紫の上だけを愛するようになる――愛さざるを得なくなるのは、六条院に朱雀院の最愛の娘である女三の宮が降嫁してニッチもサッチも行かなくなってからのことです。

光源氏は、女三の宮が死んだ藤壺の中宮の姪であることに密かな期待をかけて、彼女を六条院に妻として迎えることを承知するけれども、この女三の宮は、光源氏が期待していたような女性とはまったく掛け離れた女性だった。光源氏は失望して、自分には紫の上だけがいればよかったのだということに気づくけれども、時既に遅しで、朱雀院の内親王である女三の宮を粗略に扱うことは、世間が許さなくなっている。

光源氏は錯乱して、再び朧月夜とのヨリを戻すというようなことをするけれども、しかしそんなことは事態のなんの解決にもならない。女三の宮と紫の上という二人の妻のややこしい問題を解決してしまったのは、紫の上による「譲歩」というものだけで、それ以来光源氏は紫の上に頭が上がらなくなって、彼女を「唯一の女性」とはっきり認める。男はそのように認めるけれども、そんなムシのいい男によっかかられた女の方はいい災難で、光源氏の「母」のようになってすべてを呑み込んでしまった紫の上は、その事態がつらくて出家を求める。現実に「愛」というものがあるのならよいけれども、現実にはもうそれがない。だとしたら「愛」でもある現実より、愛がなく「自分」だけがある「出家」という思索の世界に入った方が幸福であるという、そういう決断ですね。

紫の上は出家を求め、しかし光源氏はそれを絶対に許さない。それも当然だというのは、自分で事態を解決出来なくなって、すべてを他人に委ねてしまった男の中には、もう歴然と「空白」しかない。「自分」なるものは他人に与えられることによってかろうじて成り立っているのだから、その支える「他人」がいなくなったら崩壊するしかない。紫の上はそのつっかえ棒となる役割がつらくなって、最愛の光源氏を含めた現実世界の一切を捨てたいと思い、「それだけは許せない」という光源氏の弁明に似た泣き言だけが延々と続くようになるのが、『若菜』の巻以降の展開です。

結局、出家を許してもらえなかった紫の上は寂しく世を去り、光源氏にその寂しさは理解出来ず、彼女の死んだ一年後、崩れるようにして光源氏は一切を捨て出家する——「光源氏の物語」である源氏物語は、この『幻』の巻で「光源氏の物語」であることを終え、別の方向へ展開して行くことになります。

ここではっきりしていることは、平安時代の男にしてはめずらしく「自分」なるようなものがあった光源氏の中に、結局はそれがなく、紫の上という「他者」を「自分」の代用品として取り込んで崩壊して終わるということですね。ここまで来れば光源氏の女遍歴というものがどういうものであったのかははっきりする。「結局のところ彼には、〝自分を探す〟という発想がなかった」というそのことです。

「〝自分〟という空白を埋める為に様々な女性を求めた」というのは、やはり踏み込み過ぎた近代的な解釈で、実際は、「それに似たようなことをしただけ」というのが、一千年前の平安時代だと思います。

この時代、男にとって「自分」という把握は不必要なものだし、「男が自分で自分を把握する」ということが不必要なら、男にとって「男であること」は意味がない。光源氏の女遍歴の意味というものは、「〝自分〟というものを求める必要のない時代、男は〝自分〟に似て明らかに〝自分〟とは違うもの――〝女〟というものを求めることだけですませ、〝自分〟という空白はそのままに放置した」です。

「所詮それだけの時代」と言い切ってしまったものに、もう「男」というものは無意味なもので、「所詮そこ迄」と言い切ってしまった紫式部は、光源氏を捨て、更には物語の中心に「男」なるものを据えることさえも捨てて、「浮舟」という女性を中心にする物語へと宇治十帖を変えて行く。だから源氏物語の最後は、女に拒絶された薫の呆然自失ということになるんですね。作者はここまで見据えて筆を擱いた。

「この世の中には〝自分〟というものを持った男がいない。だとしたら、私一人が〝自分〟を持っていてもしようがない」――作者の紫式部はそう言って筆を擱き、意識の上では世を捨てた。私にはそのようにしか思えません。

37　「ない」という不思議

源氏物語には男の同性愛が存在しない。にもかかわらず、どこかでうっすらとその気配が漂っているような気がするのは、多分、「男同士の間に同性愛というものがあったら、事態はこんなにややこしく複雑なものにはならないですんでいたのに」と、紫式部がどこかでぼんやりと感じ取っていたからじゃないかと、私なんかは思います。男というものは女とは違ったもので、だからこそ女の思惑を超えたところで平然と男同士の愛情関係は起こり、だからこそあっけないほど男は同性愛に至らないという、そんなものだと思います。

男であることに意味のない時代に、どうして男が男を求めなくちゃならないのか？　そんな必要はまったくありません。そして同時に、男は男であることによって、「女より上だ」というプライドだけは十分に持って、過剰な自信というものを持ちます。その前提あればこそ、その後に「女の評価」なり「尊重」なり「傅き（かしずき）」なりが起こっても、不都合というものはまったくないだろうと。

男というものは、「自分」というものを空白にしておく代わりに、その空白を剝き出しにしないような保護というものを十分に厚く身に纏うもので、男の世界の「制度」とか、それに由来する「地位」というものは、男という「個」を持てない生き物の最大の武器です。そのことの意味が、男の社会から切り離されてしまった女性達にはあんまりよく呑み込めないらしくて、女性達はうっかりと、「男というものも自分達と同じような生き物なのだろう」と思って、男の上に同性愛をいとも簡単に見てしまう（あるいは平然と見過ごしてしまう）のではないかと思います。

源氏物語に出て来る男達は、あまりにも平気で同性の男達を、単純に（あるいは一種複雑に）愛し過ぎますが、これはやはり「女学生趣味的な少年愛願望」の一種なのではないでしょうか。制度でガッチリと仕切られた男社会の男達は、制度という自分を支えるものを越えて、そうそう簡単に他人に頭なんかを下げないものですけどね。

社会的な愛情関係だけで、個人的な愛情関係にまでは至れないのが、男というものの弱点だと、私なんかは思います。

源氏物語の平安時代に同性愛が存在しないのは、男達の世の中がそのように完備されて、「自分」というものを探る必要がないからです。だからこそ「自分」というものを徹底させたい者は、「世を捨てる」と言います。

この世の中には自分がなく、世を捨てたところにだけそれは存在するというのが近代以前の人間のあり方で、だからこそ、世を捨てた男達の世界＝寺院から起こった稚児信仰が「この世」という現実に逆流して来る中世が、平安時代の後にやって来るのだと、私なんかは思います。

「それが存在すれば戦いは起こる」というのが、「自分の力」なるものを男達が実感し始める「合戦の時代」で、戦いのない源氏物語の時代には、また「対立するような愛」というものもないんですね。

公然たる愛情というのは、実のところ公然たる対立でもあって、だからこそ源氏物語の中で、女達は「ノー！」と男に言い続ける。

しかし男達の間にそういうものはない。だからこそ、源氏物語の男達は妙にメリハリを欠いて、不思議なさまよい方をしている。

幸福なのか不幸なのか、なんだかよく分からない「不幸のようなもの」を漂わせて、女達の間をさすらっている。源氏物語の男達が感じさせる不思議なややこしさ、あるいは十分過ぎるほどに複雑な陰翳というものは、恐らく「存在しない同性愛」という不幸によるものではないかと、私なんかは思います。思いますが、こんな唐突な話をいきなり始めたってなんにも分からないはずなので、そちらに行く前に、一体「ない」ということはどういうことなんだという、そんなお話をしておきたいと思います。

その十三

38 トップレスが公然とあった時代

源氏物語の時代に、ないものはいろいろあります。

まず陶器がありません。あるのは素焼きの土器(かわらけ)――釉薬(うわぐすり)をかけて焼く陶器はこの時代にはまだありませんから、意外なことに、源氏物語の時代は、弥生式土器の時代の延長でもあるんですね。

そういう時代ですから、不思議なものがあって、不思議なものがありません。

女性の袴は、この時代に下着です。裸の体に直接袴をつけます。お雛様の三人官女のように、まず白の着付けをしてその上に袴をつけ、その上に打ち掛けのように小袿(こうちぎ)をつけるのは室町時代以降の着方で、平安時代の着方ではありません。裸の体に袴だけをつけ、そのトップレスの胸の上に衣を順次重ねて行くのが、平安時代の着方です。だから、暑い夏になると、『空蟬』の巻の軒端(のきば)の荻(おぎ)のように、胸を剝き出しにして碁を打つということにもなります。

〝今一人は東向きにて、残るところなく見ゆ。白き羅(うすもの)の単襲(ひとへがさね)、二藍(ふたあゐ)の小袿だつもの、ないがしろに着なして、紅(くれなゐ)の腰引き結へる際まで胸あらはに、ばうぞくなるもてなしなり〟

（もう一人はこちら向きで、すべてがはっきり見える。白い薄物の肌着の重ねの上に、紫色の小袿のようなものをいい加減に引っ掛けて、紅の袴の腰紐の際まで胸を露わにするだらしのない様子である）

軒端の荻が小袿を上に着ているのは、継母である空蟬に対する敬意の表明――つまり礼儀で、その下にはただ白い薄物をだらしなく引っ掛けているだけなんですね。下半身は袴で隠されているけれど、上半身はただ薄物を引っ掛けているだけだから、乳房は平然と露わになってしまう。

礼儀の方面は小袿という礼服を纏うことによって尽きている――だから乳房は丸出しで

あっても、決して失礼ではないという、不思議な礼儀がここにはあるんですね。たとえて言えば、タキシードの下は裸の胸の男がブラックタイだけでやって来た。そうなると、格式高いレストランのウエイターには文句がつけられないというような、これは不思議なマナーなんですね。

和服の場合、日本の女性は下穿きをつけませんけれども、これは着物の着方が、「まず袴をつける」から、「まず肌着をつけてその上に袴をつける」に変わって以来のことなんですね。下穿きをつけない日本女性の危うさが「大和撫子のおしとやかさ」という美学にはなるのでしょうが、そうなる以前の平安時代の女性達は、公然と下穿きをつけて、それを見せて闊歩するなら闊歩していたということになりましょう。

平安時代の十二単の着方でいけば、衣の重ねの下から緋の袴が見えているのは、スカートの下から長めのパンティーを覗かせているというのに近く、それは「そういうもの」だったから、一向に平気だった。それが室町時代になって、下着だった袴を着物の上に付けるようになってから、女性の衣装から「下穿き」がなくなり、礼式の具としての袴が登場して来たということですね。

不思議と言えば不思議な転換ですが、事実というものはそうしたものなんですから、仕方がないと言えば仕方がない話です。

下穿きのない危うさが貞淑の美学を作り、下穿きのある王朝の優雅は、公然とトップレスの大胆を生み出すんですね。優雅な王朝美学の世界の優雅が、今の私達の思っている「優雅」と同じかどうかは分からないということです。

それがない時代には誰もそれがないことを不思議には思わないものですが、その源氏物語の時代でないものの最右翼はなんだといったら、それは「モラル」ということになるでしょう。

どうやらこの時代は、美学だけがあってモラルのない時代のようです。

39　まだ道徳が及ばない時代

たとえば、『若菜上』の巻です。

源氏の住む六条の院に、朱雀院の女三の宮が〝正妻〟としてやって来ます。そこから紫の上の苦悩が始まるわけですが、そこでの女房達の対応です。

夜になれば源氏は女三の宮の許へと渡って行って、紫の上は一人になる。一人になって、紫の上は何気ない顔をして女房達と共に宵の時を過ごしているけれども、女房達にはその冷静が不思議でならず、盛んにひそひそ話をする。

〝「思はずなる世なりや」

「数多(あまた)ものし給ふやうなれど、いづ方も皆こなたの御気配にはかたさり憚るさまにて過ぐし給へばこそ、事なくなだらかにもあれ」

「おし立ちて斯ばかりなる有様に消(け)たれても、え過ぐし給ふまじ」

「またさりとて、はかなきことにつけても、安からぬ事のあらむ折々、必ず煩はしきこども出で来なむかし」〟

（「思いがけない世の中よね」

「大勢の女性方がおいでになっても、こちらの御威勢に押されてらしたから、何事もなくてお静かだったわけでしょう」

「こんなに強引なことになられて、黙ってらっしゃるわけはないわよね」

「お静かにしてらっしゃっても、何かの折にはそれが抑えられなくなって、きっと厄介なことが起こるわよね」）

女房達の噂話としては十分にありうることですけれども、しかしこういう「紫の上に関する噂話」を、紫の上付きの女房達は、当の紫の上の目の前で平気でするのですね。その女房達の噂話に堪えかねて、「聞き苦しい」と思った紫の上は、「私はなんとも思ってはいません」と、女房達に反論をするんですが、これはやはり、ちょっとヘンではないでしょうか？

　宮仕えに出ている人間が、その仕える主人の前で、公然と、その主人にとっては一番触れられたくない話題を持ち出して、聞こえよがしに囁き合っている。紫の上はよく「無礼者！」と言って怒らなかったものだし、女房達には遠慮というものがない。

　歌舞伎なんかですと、幕が開くとすぐ御簾（みす）の下りた御殿の前に腰元達が出て来て、これから始まるドラマの状況説明をするなんていうシーンがあります。「ウチのお姫様はどこそこの若様と恋仲になってしまって、それでご病気になってしまった」「ご病気だけならばよいけれど、更に困ったことにはカクカクシカジカ」「それでお屋敷の内は大騒ぎ――」なんていうセリフのやりとりをしているところへ、身分の高い奥女中が出て来て、「下として上のお噂、慎みましょうぞ」と言って、そのうるさい腰元達を追い払ってしまう。

　よくあるシーンです。こういうことをしておけば、芝居の観客にはその先に舞台で起こりうるドラマの段取りが分かるんですね。だから狂言作者は、舞台の幕開きにこんなシーンをよく書きます。

噂話をするのは下々の人間ではあるけれども、しかし下の人間が上の人間の噂をしてはならないというタブーはあるから、身分の高い奥女中は、下の腰元を追い払い、それを見る観客の耳には、その先の段取りだけが残るんですね。

ということはつまり、江戸時代には、紫の上のように、自分に仕えている女房達から公然といやなことを囁かれなければならないという、そんな不幸を味わう女主人はいなかったということです。なにしろ江戸時代には、「下として上のお噂、慎みましょうぞ」というモラルがありますから。


江戸の封建道徳は、上に対する忠義というのをすべての国民に要求したから、下々の人間は、下品ではあっても、上に対する仕え方を知っていた。知らなければ怒られる。「モラルがある」というのは、そういう状態ですね。でも、平安時代はそうじゃありません。女房文学というのがある時代ではあっても、だからといって、宮仕えに出たすべての女性が、果して全員字を読めたのかということだってある。

平仮名なら読めただろうけれど、紫式部のように、「漢字が読めるということがばれたら大変なことになる」と思って、ただじっとおとなしくしていただけの女性だっていたわけですから、果して宮仕えに出た女房の全員が「素晴らしい女性」であったかどうかは分からない。

噂好きでおしゃべり好きで、家の中でじっとおとなしくしていることが出来ないから宮仕えに出たという女房だって一杯いたはずです。

その逆に、なんの取柄もないけれど、ただ家柄がいいというだけで宮仕えに出た、壁の花のような、役立たずの女房達だって一杯いたはずですね。

教養とかそれらしい振舞の方はあるらしいけれども、礼儀とか思いやりの方はさっぱりという、「当今の若い娘」の方が、その昔には多かったかもしれない。

だからこそ、紫の上は、自分の使う女房達から、一番いやな話題を、一番いやな時に聞かされることにもなるんですね。

光源氏最愛の女性である紫の上の周囲になら、恐らく才色兼備の素晴らしい女房は一杯いたはずなんですが、しかしその中に女主の不幸を悲しんで口を噤む女房はいなかった。女主の気晴らしをしてあげようと考える女房や、共に不幸に泣いたり同情で声を詰まらせる女房がいなかったというのは不思議なことですが、そういう女房の存在はなかったし、作者の紫式部もそれを書こうとはしなかった。そしてそのことを、当時の読者は誰も不思議には思わなかった。

そんなモラルはなかったからですね。

モラルがないというのは不思議なことですが、ないのが当然の時代には、それを誰も不思議とは思いません。もう一つ例を挙げましょう。

『野分』の巻です。

六条の院に嵐が襲って、花散里が女主として住む夏の町でもかなりの被害が出ます。源氏の息子夕霧は花散里に預けられ、彼女に身の回りの世話をされています。夕霧にとって花散里は義理の母のような存在ですから、その嵐の翌朝に、彼はその養母を見舞って夏の町へと行きます。

〝東の御方にまづまうで給へれば、怖ぢ極じておはしけるに、とかく聞こえ慰めて、人召して、所々つくろはすべきよしなど言ひ置きて――〟

（夏の町にまず参上なさると、花散里はおびえてお疲れになっていらっしゃったので、家司を召して要所々々を修理させるようになどと言い置かれて――）

光源氏の全盛の力を表す六条の院は春夏秋冬の四町に分かれて、それぞれに女主がいる。ということは勿論、彼女達の手足となって働く「家司」という男達がいるということです。

家司というのはこの時代独特のもので、江戸の言葉を使えば家司は「家老」のようなものかもしれませんが、しかし実態は全然別です。平安時代の貴族とは官僚貴族ですから、これは全員が国家公務員のようなものです。名門の子弟は「キャリア組」、普通の下層貴族は「叩き上げ」というところでしょうか。

たとえば、出世を目指す通産省の役人がいたとする。この時代の出世は上の有力者の引きがなければ不可能ですから、なんとしてでも有力者との間のコネクションを持とうとする。今なら通産省の役人は通産省の上役に取り入ろうとするものですが、この当時はそうじゃない。自分の上役に力がないと見たら、通産省の役人が平気で外務省の局長とつながる。自分の親戚が環境庁の上の方にいたら、平気で通産省の万年係長は環境庁の長官の為に働く。勿論これは、「私用」です。

出世の為に、通産省の万年係長は外務省の局長の引っ越しの手伝いをする。勿論その引っ越し当日に、自分の仕事は休みです。それで誰も文句を言わないのが平安時代で、コネがあったらどことでも平気でつながるのが、平安時代の出世を願う官僚です。

家司というのは、この実力者の私用を請け負う者で、これは「実力者の私用を請け負う権利」なんです。

そのコネがありさえすれば、自分の出世につながるわけですから、こういうものを〝義務〟とは考えません。だから、出世を願う者は、「家司にして下さい」と願って出る。願って出る私的な職務が家司ですから、さぞやこれはよく働くだろうとお思いでしょう。働かないわけでは決してないけれど、しかし刻苦勤勉というような江戸時代的な忠義とは無縁なのが、このドライな時代の官僚達です。

源氏に引き取られて六条の院の夏の町の女主になっているのですから、花散里という身寄りのない女性の身分は安定しています。彼女に必要な用事はすべて彼女専用の家司に言いつければよいのだから、「なんと便利なことだろう」と、この時代を知らない人間は思います。彼女の世話をすることは光源氏という権力者の心証をよくすることですから、きっと家司は働くだろうと。しかしこの家司というものが、全然気の利かないものであるらしいということは、先の引用からもお分かりになると思います。

台風で邸のあちこちが壊れている。家司としてこの六条の院の夏の町に詰めているのなら、そんなこと簡単に分かるだろうと思うけれども、どうやらこの家司は全然そんなことをしていないんですね。それでなければ、わざわざ朝早くにやって来た夕霧が、人を召して、〝所々つくろはすべき〟なんてことを言わなければならない理由がない。「どこが壊れているからここを直せ」と言うのは、源氏の息子の夕霧の役目で、それを言わなければ、家司というものはなんにもしないらしいんですね。また、嵐の恐ろしさにおびえてしまった花散里の方にも、「どこをどうすればよいのか」という発想がない。独立した生計を営んでいる女主と、私的な利益の為にその人に奉仕する役を請け負った家司という専門の手足があって、しかし、その間をつなぐパイプというものがないんですね。

平安時代というのがまた不思議な個人主義の時代ですから、夏の町の花散里の家司になった男は、別にその義理の息子でもあるような夕霧とはなんの関係もない。夕霧は、義理の母の為に家司を呼んで命令を下してやるということをしなければならない。それがなければ、家司は知らん顔だし、花散里だって、全盛の六条院に住んで、塀は倒れたまま壁は崩れたままにしておくだけ、ということになります。

私用を進んで請け負っている人間なんだから、自分の管轄区域の状況視察ぐらい進んでやるだろうというのは、どうやら「忠義」が当たり前になった江戸時代的な考え方で、この時代には、それがないんですね。

「自分の利益になる」と思えば進んで奉仕活動を請け負うけれども、それで「やれ一安心」ということになったら、平気でさぼる。

源氏物語の中で、登場人物達はやたらと「時に従うのは世の習い」ということを言って嘆きます。別にこれはオーバーな詠嘆の比喩ではなく、当たり前の現実状況なんですね。

その人間に勢いがなくなって、個人的なつながりを持つことになんのメリットもなくなってしまったら、この当時の人間は、平気で離れる。離れないのは愛情からではなくて、「他に行き場所がない」という無能さの証明なんですから、当たり前のように、「時に従うのは世の習い」です。

家司をやってる人間でさえも、気を利かせるという思いやりはないし、そういう知性がない。言われたことならやるけれども、言われないことなら平気で分からないまんま、知らん顔をしている。そんな時代です。

女房は自分が仕える申し分のない女主の前で好き勝手な悪口を言い、進んで献身を約束した家司はなんにもしない――これが平安時代という、江戸以前の、寺子屋でお師匠さんがモラルを教えなかった時代の、人間の現実なんですね。

美学には敏感であってもモラルがないというのは、耽美主義の極致のようにも思えますが、これはそうではなくて、ただそれが「ない」だけなんですね。

「ない」ということに気がつかないでいるのは、結構恐ろしいことだと思います。

ないということで言えば、もっと意外なものがあります。

源氏物語の中には、「口説き文句」と言われるようなものが、一つもありません。「口説き文句」と言うよりは、「愛の告白」と言った方がいいでしょうか。

40 頭の中将のこと

男と女が和歌を詠み交わす恋の作法があるこの時代に、「愛の告白」がないというのはすごいことですが、実はありません。

光源氏の得意な口説き文句というのは、「ずっと以前からあなたが好きでした」のワンパターンで、空蝉なんかはこれをいきなり言われてしまいますが、源氏の方はそんな矛盾に一向に頓着しません。顔を見たこともない、その存在さえも知らないでいた女性の声を聞いたら、もうその瞬間に平気でそんな嘘を言っている。

もちろんこの時代に身分の高い女性の顔を「見る」などということはまずありえない。「見る」ということはそのまま性交渉の存在を暗示してしまう時代ですから、「その存在を耳にした途端恋に走る」などというのは当たり前のことなんですが、それでももっと他に言いようはないのかと思います。

思いますが、でも、ないんです。ロミオとジュリエットのバルコニーのシーンのように、相手を目の前にして延々と口説き文句を連ねて行くという誠意――つまり「愛の告白」は、源氏物語の中に、ないんですね。

男と女の関係は、「取り次ぎ」というパイプがありさえすればいきなり「恋の心」が和歌になって送られて行って、後はそれに答えるかどうかの女の側の「決断」になるだけです。

女が決断に至らなかったら、男は延々と、「どうして答えてくれないのです」という恨みの言葉を連ねるだけになる。

「男と女の間には恋愛があるのが当然」という前提に立ってしまえば、「あなたには私を好きになる必然があるのではありませんか？」の類の「愛の告白」などは意味をなさなくなる。ここで必要なのは、恋愛というプロセスをいきなり通り越してしまった、プロポーズ――求婚の言葉だけなんですから。

恋愛というプロセスの中で、相手に対する恋愛感情が育って行くというのは、「幼な馴染み」という関係以外にありようがない。出会いがしらにいきなり、「ずっと以前からあなたをお慕いしていました」が出ても不思議はないというのは、出会いがしら以前に、相手の存在を知って感情を育てるという機会がないからですね。それを全員が当たり前に思って不思議がらないから、いきなりのプロポーズといきなりの「以前から」という嘘が、平然と登場するんですね。

その逆というのを考えると面白いと思います。

『須磨』の巻には、こういう「愛の告白」をする人がいるんです。

〝「たつかなき雲居にひとりねをぞなく
　つばさ並べし友を恋つつ
かたじけなく馴れきこえはべりて、いとしもとくやしう思ひたまへらるる折多くなむ」〟

これは意訳した方が分かりやすいと思います。私の『窯変源氏物語』ではこうしました――。

〝「寄る辺なき雲居(くもい)に一人音(ね)を鳴かん

翼並べし友を恋いつつ

妹との縁であなたと馴れ親しむことが出来たこと、勿体なくも嬉しく思っております。でも悔しい、あなたと知り合うことがなかったら、私はこんなにも切ない思いをすることがなかったのです」〟

須磨の地に侘び住まいをする源氏を都からただ一人訪ねて行った人――頭の中将（この当時は宰相の中将）の別れ際の言葉ですね。光源氏の最初の妻〝葵の上〟の兄で、光源氏の親友にして好敵手でもある人ですが、この人は明らかに源氏を愛している。

「ひとりねをぞなく」は、「一人で音を鳴く」でもあると同時に、「一人寝を泣く（嘆く）」でもあります。つまりこれは、歴然とした「恋の歌」なんですね。

でも、この和歌を省いて、このセリフだけを雪の降る田舎の停車場で高倉健に言わせても、ちっとも不自然じゃないですね。もちろんその相手役はいしだあゆみとか倍賞千恵子とかいうことになりましょうが。

不器用な男が切々と愛の告白をする。でもそれは、結局切ないままに終わって、ただ雪が降るばかりというようなシチュエーションですが、何がくやしいと言って、愛というものが成り立たないということを重々承知した上でする愛の告白ほどくやしく切ないものはない。そして現代で愛の告白と言ったら、こういうものになってしまった。

誰だって、今は「口説く」のではなく、「成り立ちようのない自分の愛」というものを前提にして、愛の告白をします。愛の告白とは、そういう個人的なものです。でも、こういうものは、源氏物語の平安時代にはなかったんですね。

その愛情が形にならないということを重々承知していて、「それでも私は切なくてなりません」などと言うのは、女から拒絶された後の男のセリフで、こんなことを前提にして女を口説く必要のある男は一人もいなかった。

男と女の間には〝当然〟という前提しかないんですから、そんな〝切なさ〟は、あるんだとしたら、「愛しているという言いようがないから私はくやしい」という男同士の中にしかないんです。

意外とこれは、とんでもない時代なのではないかと、私なんかは思います。

その十四

41　たとえば、常陸の宮家の姫君のこと

この時代に最も不思議なものは、やはり女性のあり方でしょう。宮仕えに出た女性ならともかく、高貴な「女君（おんなぎみ）」と呼ばれるような人達になると、なにもすることがないのですから。

たとえば、常陸の宮家の姫君・末摘花です。

幼くして父を亡くした彼女は、荒廃した邸に宮仕えの女房達に傅（かしず）かれて独り住みます。彼女の一日に一体何があるでしょう？　源氏に訪れられた彼女は、ろくに歌も詠めません。親戚知人などと文の遣り取りもしない。

『蓬生（よもぎう）』の巻で、紫式部は、彼女をこう書いています——。

〝はかなき古歌（ふるうた）、物語などやうのすさびごとにてこそつれづれをも紛らはし、かかる住まひをも思ひ慰むるわざなめれ、さやうのことにも心遅くものしたまふ〟

「このような生活をしている人は、昔の和歌や物語などのようなもので暇潰しをするものだけれど、この人にはそういう方面の関心が育ってはいない」ということですね。

〝かかる住まひ＝このような生活〟がどういうものかというと、両親に死に別れ、頼みとする男からの便りもなく、荒廃した邸でただ独りぼんやりと毎日を過ごすという生活です。「そうした生活をしていても、和歌や物語への関心があれば時間潰しをすることが出来る」というのですが、これは逆を返すと、和歌や物語以外には何も気晴らしの種はない。人を待つということを除外してしまったら、一日の生活の中に「気晴らし」以外は何もすることがないということです。

これは、恐ろしい人生ですね。何もすることがない。これが現代人なら、男女を問わず精神の変調を招くだけの日常を、平安時代の「女君」達は、当たり前の前提としていたんですね。

「素晴らしい女性達」ばかりが登場する源氏物語の中に置かれた末摘花という女性は、ある意味では極端な例でしょう。しかし、「素晴らしい女性達」ばかりを殊更に登場させせなければ成り立たない物語の虚構の中で、「特殊」と見える末摘花の例は、存外当時の「当たり前」であったのかもしれません。当時の「当たり前」のちょっと極端なカリカチュア——それがこの常陸の宮家の姫君末摘花ではなかったのかと思います。

父親である常陸の宮に死なれてしまった末摘花は、同時に教育の機会を逸してしまった姫君でもありましょう。

末摘花は「極端な恥ずかしがり屋で人見知りをする」とありますが、末摘花という女性は、ちゃんとした和歌が詠めた上で人見知りをするというタイプではありません。ろくな和歌も詠めないままに世間から隔離されてしまったという、二重の苦難が彼女の上にはあります。

当時の娘の教育となると、これはどうやら父親の仕事のようで、父親が娘に対し、女として必須の教養を教え込む姿は、幼い紫の上と光源氏以外にも、源氏物語には多く登場します。

末摘花の父親たる常陸の宮は、僅かに琴（きん）の琴（こと）の手ほどきをしたばかりで世を去ってしまった。

末摘花は、字が読めない、字が書けない、和歌が詠めないというレベルではないのだけれども、どうやら物事のレベルは、初歩を僅かに出たところでストップしてしまった女性のようです。

琴の琴は弾けるけれども、決して上手ではない、和歌は詠めるけれども、決して上手ではない。紫式部は、なんでもかんでも「唐衣（からころも）」という言葉を使う以外に能のない末摘花の和歌の程度の低さを盛んにからかっていますが、こんな風に、あるところでストップしてその先には決して進めないままの姫君というものは、やはり当時は当たり前に存在したのでしょう。

ろくな歌は詠めない、古歌や物語を嗜むほどの教養がないから、風情ある景色に心を動かすことも出来ない、しかしそれでも彼女は一向に困らないし、悩まない。彼女につかえる年老いた女房達も、その女主人のレベルを疑うことをしない。『末摘花』の巻には、その老女房達が源氏から末摘花の姫に送られた歌の返しを批評するところが出て来ます。

〝「御歌も、これよりのは道理（ことわり）聞こえて、したたかにこそあれ。御返りはただをかしき方にこそ」など口々に言ふ。姫君も、おぼろけならでし出で給へるわざなれば、ものに書きつけて置き給へりけり〟

（「お歌だってこちらからのものは筋道が立っていてしっかりしている。あちらからのお返しは、ただ外見の風情だけね」などと口々に言っている。姫君も、大変な苦労の末にしでかした作だから、これをノートに書き付けて残しておいた)

そのレベルでストップしているから、苦労はしても苦悩はしないし、周りの人間は、「姫君は一通りのことがお出来になる」と思い込んでいるから、それ以上の修練なんか要求もしないで、へんに持ち上げたまま、外の風をシャットアウトするだけで終わっている。宮家の姫君の教育ということになれば、一介の召使いである「乳母(めのと)」の口出しする領域ではないから、残された唯一の保護者であるはずの乳母は何も教えない。高貴な姫君というものは「〝世間知らず〟であってこそ正しい」というのが当時の教育ですから、乳母達は知らないでいることを称え、ほんのちょっとだけ、「こうした場合にはこうなさいませ」というアドヴァイスをする。

アドヴァイスされる領域というものは、「知らないでいる方が正しいこと」なんですから、知らないことに関する恥などというものは湧きようがない。だから平気で、そのレベルに留まっていることが出来る。何もしないでも平気でいられるパーソナリティーというものはこのようにして作られるわけですが、当時の姫君のあり方というものは、多かれ少なかれこうしたものだったはずです。

『蓬生』の巻には、こうした記述も登場します——。

〝今の世の人のすめる、経うち読み、行ひなどいふことは、いと恥づかしくし給ひて、見奉る人もなけれど、数珠など取り寄せ給はず。かやうに麗はしくぞものし給ひける〟

（最近の人達がするというお経を読んだり勤行などということになると大層気の引けることと思われて、お勧めする人もいないのだけれど、数珠などをお取り寄せになることもない。このようにきちんとしておいでになるのです）

最後の〝かやうに麗はしくぞものし給ひける〟は、勿論紫式部の皮肉ですけれども、ともかくこのように末摘花の姫は何もしなくて、そこに〝麗しく＝きちんとして〟という修飾語がつく。

「ここまで極端に何もしなければ皮肉にもなるけれど、ともかく彼女のあり方が高貴の姫君として〝きちんとしている〟の一種であることだけは間違いがない」ということですね。

ここにある〝経うち読み、行ひなどいふこと〟がどうして〝いと恥づかしく＝気が引ける〟のかというと、お経というものがすべて漢字で書かれているものだからです。

当時の女性にとって、漢字を読む、読めるということは、とても女らしくない慎みのないことでもあったから、それで気が引けたんですね。

お経が漢字の文章だから、とてもはしたないような気がして読めないということは、源氏物語にも紫式部日記にも枕草子にも出て来ることですが、それでもする人はいた。自分から進んで何かをしてみようという人は、漢字だけのお経でも進んで読んでいたということになりますが、お経を読むということは、当時の常識に従えば「出家の心構えをする」ということでもあります。積極的にすることの内で「今の世の人のすめる」ことが、世を捨てる、諦めることだというのは、かなりにすさまじいことなのではないでしょうか。

さしあたって何もする事がなければ、世を捨てるということであってもさして苦にはならない——かえって、仏道の修行に励むという、「すること」があるだけまし、ということにもなりましょう。これはかなりにすさまじい現実なのではないかと思います。

42　うるはしき姫君の日常

末摘花のような姫君が一日の間に何をしていたのかをちょっと考えてみましょう。

宮家の姫君ですから、彼女は寝殿（しんでん）造りの中心の建物＝寝殿に住んでいます。この寝殿の規模は、東西三間に南北二間の母屋（もや）を基本として、その周りを廂の間（ひさしのま）が取り囲むようなものです。この時代の「間」は柱と柱の間――即ち「柱間（はしらま）」のことで、後の尺貫法の「一間（けん）＝一・八m」とは違います。「柱間一つ」がどれくらいのものであったかはよく分からないのだそうですが、今仮に、この母屋の周囲を取り囲む廂の間一つの大きさを四畳半ということにしてしまいます。そうしますと、寝殿造りの大きさはこうなります――。

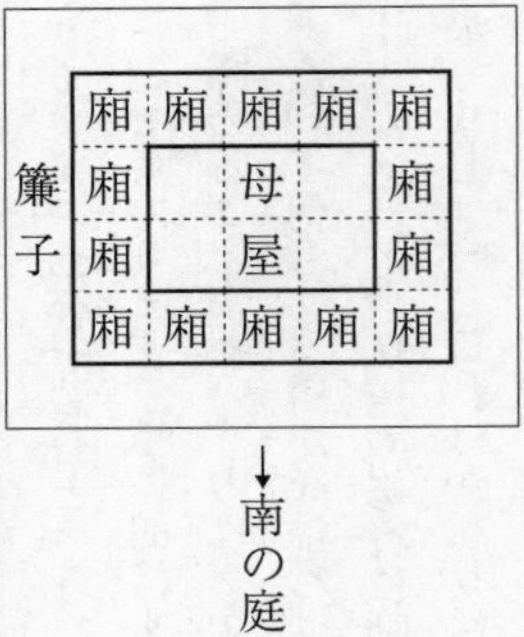

簀子

廂	廂	廂	廂	廂
廂		母		廂
廂		屋		廂
廂	廂	廂	廂	廂

↓南の庭

まず、その中心には間口が四畳半三つ分で奥行きが四畳半二つ分の母屋があります。母屋の広さは四畳半六つ分ですから、二十七畳です。その二十七畳の広さの周りを、十四の四畳半が取り囲みます（図参照）。

図の実線部に当たるところは、すべて簾が下げられたり、今の襖であるところの「障子」によって外から仕切られているところです。ここで姫君が住まうのは、もちろん「母屋」の区画内で、〝麗はしくぞものし給ふ〟と言われるような姫君にとって、その外縁部を形作る廂の間は、あまり出るべきではない、「端近」と言われるようなところです。

つまりどうなのかと言えば、高貴の姫君にとっては、この「二十七畳分」の広さが、移動を許された全世界だということです。この母屋には、その三分の一程度を占める「塗籠」という壁で囲まれた収納スペースがあります。古くはここに畳二畳分の「帳台」と呼ばれる天蓋付きの〝ベッド〟が置かれて「寝室」として使われていたそうですが、源氏物語の時代には、この帳台は塗籠の外に置かれて、専ら塗籠は「物置」になっていました。

二十七畳分から塗籠の三分の一を引くと十八畳です。十八畳の部屋に二畳分のベッドが置かれて、これが高貴な姫君の全世界です。

十八畳の部屋の中央にベッドが置かれて、ここが「夜の御座」と呼ばれるスペースです。ベッドの東側がリヴィング・コーナーというべき「昼の御座」で、ここにも二畳分の畳が敷かれています。このコーナーの周りには、棚やら厨子といった家具類が置かれます。朝になれば、姫君は「夜の御座」をおでましになって、静々と「昼の御座」へとお進みになる。そこでお顔を洗われて髪をお整えになって朝のお支度をなさって、何か朝食のようなものをお召し上がりになって、そして、後はなんにもすることはなしです。

もしも姫君よりも身分の低い人間、あるいはまだ恋人にもならないような馴染みのない人間が訪れて、「御対面遊ばす」ということになりますと、この訪問者は庭に面した廂の間の更に外側にある「簀子（すのこ）」という縁側に座らされます。御対面のために進み出られる姫君は、帳台の前の空間に几帳（きちょう）を立て、そこに席を作って、二重の簾と几帳の布を隔てて、直接に訪問者と声を交わさないようにして「お話をする」ということになります。姫君のいる母屋と、訪問者のいる簀子の間にある廂の間を行ったり来たりしてお話を取り次ぐのは、仕える女房の役ですね。

客が来なければ、姫君は一日の内、僅かに「夜の御座」の帳台と「昼の御座」の間を往復するだけ。客が来れば御対面のためにほんの僅かの距離を「お出まし遊ばす」だけ。その移動時間以外は何をしているのか？

じっと座っている、あるいは、寝そべっているだけです。

教養があったり情趣を解する姫君なら、折りに触れて、庭の前栽（せんざい）の花や紅葉をご覧になったり、雪や月をご覧にもなる。そのために、母屋の簾際の「端近」にまでお出ましになる。姫君のする動きというものは、ただこれだけです。

源氏に忘れられ訪れられることもなくなった末摘花は、景色を見て心を慰められるというような嗜みも持ってはいませんし、また「蓬生(よもぎう)」と言われるほどに荒廃してしまった常陸の宮邸では、眺めるほどの景色もないでしょう。だから何をするのか？　ただじっとしているだけですね。

生活を助ける人さえなくなった常陸の宮邸では、食べる物さえもろくにはないから、姫君の残されたお食事のお下がりを食べることだけが「食事」であるような女房達は、飢餓感でじっとしているしかない。召し使う女房達はじっと寝そべっていて、当然姫君はそれをたしなめるなんていうことはありませんから、周りの様子など知らぬ顔で、同じように寝そべっているか、じっと昼の御座に御着座遊ばしている。

こういう生活を、末摘花の姫は、須磨から帰った源氏が彼女のことを思い出すまで、「ただただじっと黙って待ち続ける」という形で繰り返していたということになります。

これはいかにも極端だとしても、これに近い生活をしていた姫君は、いくらでもいたはずですね。

自分は、せいぜい十八畳分のスペースのある部分だけを行き来するだけで、後は外から「男」の形をした助けの来るのを、ただただ待っているだけ。

末摘花の姫は、自分から進んで何かをするような教養も嗜みもないから「お可哀想」でもありましょうが、和歌を詠んだり物語で気晴らしをしたり四季の景色を眺めるだけの感性をお持ちだったりお経を読むほどの進取の気性がおありの「普通の姫君」だったら、それをなさって〝つれづれをも紛らはし〟ということになる。程度の差はあれ、結局高貴の姫君のなさることは〝退屈を紛らわすこと〟だけなんですね。

こんな悲惨な状態に疑問を持たないでいられたのが、今から一千年前の光源氏の時代の恋のお相手——「女君」だったんですね。彼女達は一体退屈しなかったんでしょうか？一体こういう不思議な女性達のどこに、当時の男性は胸をときめかしたんでしょうか？

43　信仰の対象としての女性

『若菜下』の巻にはこんなセリフが出て来ます——。

〝「まことは、さばかり世になき御有様を見奉り馴れ給へる御心に、数にもあらず、あやしき馴れ姿をうちとけて御覧ぜられむとは、更に思ひかけぬ事なり。ただ一言物越しにて聞こえ知らすばかりは、何ばかりの御身のやつれにかはあらむ。神仏(かみほとけ)にも思ふこと申すは、罪あるわざかは」〟

（「実際は、そのようにこの世にまたとないような御立派なお方のお姿を常にご覧になっていらっしゃるようなお心に、私のように人の数にも入らないような者のみすぼらしい形(なり)を親しくお目にかけようなどとは思ってもいないことだ。ただ一言、物越しにお話し申し上げる程度のことが、どうしてお心汚しになろう。神仏に対して胸に思うことを口にするのが罪に価するとでもいうのか？」）

紫の上を初めとする数多くの夫人達が住む六条の院に降嫁した朱雀院の最愛の娘・女三の宮に対して恋心を抱いてしまった、柏木の衛門の督(えもんのかみ)の言葉です。話の相手は、女三の宮の乳母子(めのとご)である小侍従(こじじゅう)。「そのようにこの世にまたとないような御立派なお方」とは、光源氏のことです。

衛門の督は、女三の宮に会わせてくれと小侍従に懇願して、しかし小侍従は「とんでもない」と言って、一向に相手にしてくれない。

「あんなに御立派な内親王に対して、六条院（光源氏）は粗略な扱いしかしていない、女三の宮がお気の毒だ」と衛門の督が言えば、小侍従は「常の御夫婦仲とは違うのですよ、御出家遊ばされた朱雀院は、〝後に残される女三の宮がお可哀想〟だと仰せになって、それで六条院にお預けになった。言ってみればこれは御親子(しんし)のお間柄(なからい)に等しいものなのでございますよ」と言った後にこのセリフが続きます。

女三の宮と源氏の仲が芳しくないものであることは、小侍従も知っている。だから柏木の衛門の督に何やかやとまくし立てられれば、それに対してうっかり抗弁出来なくなってしまうようなところがある。だからといって、上皇に准ぜられて「六条院」と呼ばれるようになった光源氏の〝正妻〟であるやんごとない内親王・女三の宮の許へ男を手引きするなどということは、どうあっても出来ない。「夫婦ではない、親子だ」というのは、そのどうあっても出来ないことに対する、小侍従の最後の言いわけ＝建前なんですけれども、その後に、この衛門の督のセリフは続きます。

続いて、そうなってしまうと、もう小侍従は「だめです」とは言えなくなってしまうという、非常に重要な意味が隠されている言葉なんですね。

何故小侍従は何も言えなくなってしまうのか？

それは、彼女の仕える女三の宮が、「内親王」だからですね。

内親王というものは、「直人」と言われる「普通の人間」の身分を超えている皇族です。そういう相手に対してこれを言われてしまったら、もう反論のしようがないという言葉が、この柏木の衛門の督のセリフの中にはあるんですね。それが、「神仏にも思ふこと申すは、罪あるわざかは」というところです。

「神仏に対して胸に思うことを口にするのが罪に価するとでもいうのか？」というのは正にその通りで、内親王というのは、寺や神社に祭られている神や仏にも等しい存在なんですね。

「寺や神社にお参りして願い事をするのが許されるのなら、私が女三の宮に〝おいたわしいお身の上をお気の毒に存じます〟と申し上げるのは、それと同じことだ。それが何故いけない？」というのが、彼の論理です。

そう言われてしまったら、貴くやんごとない内親王にお仕えしている小侍従には、もう返す言葉がない。「なんとかお取り計らい致します」と言って、ここから源氏物語最大の悲劇である「女三の宮と柏木の密通」が始まることになるんですが、その引金となるのが「神仏にも思ふこと申すは、罪あるわざかは」なんですね。考えてみれば不思議なロジックではあるんですが、これがそのまんま通るのがこの時代です。

寝殿造りの庭には、一面に白砂が敷きつめてあります。庭の南には広大な池があり、築山（つきやま）があって、森のように木立が茂ってもいます。建物の周囲には前栽の植物が植えられてもいますが、その間の広大な空間は、すべて白砂の庭なんですね。要するに、寝殿造りは、神社の造りと同じなんです。

寝殿造りの邸に住んでいる皇族貴族達は、神社に住んでいるようなものです。彼らは、そこに訪れる人間達からは「崇められる対象」なんですね。

寝殿造りは、中心の寝殿が東西の対の屋に囲まれるようにして建っています。寝殿に住まうものこそが崇められる「御本尊」ということにもなりますが、この寝殿には誰が住んでいるのか？　源氏物語では、これがほとんど女性です。

女三の宮は、四町——四つの区画に分かれた六条の院の内で「春の町」に住んでいますが、彼女の住居は、その中心である「寝殿」です。源氏の最愛の女性紫の上は、ワンランク落ちて同じ春の町の「東の対」に住んでいて、それで「対(たい)の上(うえ)」とも呼ばれるんですが、それでは、この六条の院の主である光源氏はどこに住んでいるのでしょう？

彼は、紫の上と共に春の町の東の対に住んでいるのです。

当時の婚姻は、男が女の許にかよう「通い婚」ですが、この形は、男と女が同居してからも続きます。

婚姻の末に男と同居することになった女性は「北の方」と呼ばれますが、これは彼女達が寝殿の裏にある「北の対」に住んでいたからです。

妻とされる女は北の対に住んで、男は東の対とか西の対とか別の建物に住んで、妻の住むところへ通って行く。一つの家が幾つかの建物の集合で出来ている寝殿造りの生活では、各個人がそれぞれの居住空間を他から独立して確保していて、家族はその間を「行き来する＝通う」ことになるんですが、その中で中心となる「寝殿」というのは、普通、家族が居住する生活の場所ではないんですね。

ここは儀式のための大広間であり応接間のような役割を果たしている「客殿」なんですね。特別な「晴（ハレ）の場所」と言いましょうか。

家族の常の居住に使うようなものではない寝殿ですが、もしも主の男の娘が後宮に入って妃になどなっていたりした場合には、彼女の里帰りの時の住まいが、この寝殿です。聖なる帝の女性なんですから、家の中でも崇められるような場所に住む。

女三の宮もそれと同じで、この内親王という「高貴な正妻」は、「北の方」であるような妻とは違うんです。

女三の宮は、「崇められるべき妻」として寝殿に住む、だからこそ柏木の衛門の督は、その「高貴」に恋をしたということにもなるんです。

その十五

44　聖なるもの

源氏物語の時代に〝聖なるもの〟と言えば、まず帝です。次いで「下り居の帝」――即ち譲位した天皇＝上皇ですね。

ただ、帝と上皇とではどちらがより聖なるものかということになると、ちょっと難しいと思います。

上皇というのは太上天皇の略で、「太上」は「最も優れている」「至上」という意味ですから。ある意味で太上天皇は天皇の上にあるものですが、しかし「聖なるもの」という意味では、やはり天皇が上でしょう。

太上天皇がどういう点で天皇より上＝太上かと言えば、それは「徳」という点です。帝というものを立派にお勤めになってその後に御位を下りられた――だからその徳（〝人徳〟

とでも解して下さい）は、まだ義務を全うしていない在位の帝よりも優れている、ということにもなりましょうか。そう難しく考えず、「上皇は往々にして帝の父親だから、父を崇めるという意味で〝太上〟なのだ」ですませることも出来ましょう。

帝というものは、人を離れて神へ繋るものだから「聖」。上皇はその「聖」を退いて人に戻ったものだから「徳」ということになるのだと思います。

帝とは、聖なるものを人が演ずること、上皇とは、聖なるものが人を演ずること――であるかもしれません。「人である」ということと「聖なるもの」とは自ずから別で、しかしその「聖なるもの」は人によって演じられねばならないというギャップがあればこそ、「徳に関しては天皇より上である旧天皇」と、「太上ではないが聖である在位中の天皇」という二つが交錯するのだと思います。

日本という国の、この不思議な「聖別システム」を少し考えてみたいと思います。「源氏物語の時代には、〝聖なるもの〟がシステムとして存在していた」というのは、かなり重要なことかもしれません。なにしろ、光源氏という主人公自体が、この聖別システムから外れて臣下の位置に下された人物＝源氏なのですから。

源氏物語の時代に、「聖なるもの」である為には、まず「帝の子」として生まれなければなりません。身分という生別による区分けのある時代です。

「帝の子」として生まれたものは「聖なるもの」ですが、しかし身分という生来の区別が存在するこの時代に、その「聖」は恒久ではないのです。子として生まれたものは時と共に成長し、やがて人となります――この文章は至って当り前の文章ですが、よく考えるとすごい意味内容を含んでいます。

「成人」という言葉は今でも生きていますが、これは「人と成る」ですね。人と成った結果が成人なんだから、子供はまだ「人」ではない。子供に人権がないのではなくて、子供は「人とは違ってあるもの」なんですね。

子供はまだ「人」ではない。だから、その子供が「人」となる時、今迄とは全く違った処遇に訪れられても仕方がないということにもなります。ただ単に「めでたく人となった」というだけの子供もあれば、「めでたく人とはなったけれども、その結果以前の身分からは滑り落ちた」という子供もあって、だからこそ、「めでたく人となった時は、悲しい、い、い、く人となる時だった」ということも起こりうる――光源氏はこれですね。

「光君（ひかるきみ）」と呼ばれる桐壺帝の第二皇子は、十二の年に元服して人と成ります。〝この君の御童姿、いと変へま憂く思せど、十二にて御元服し給ふ〟です。

桐壺帝は、この光君と呼ばれる少年を大人にしたくなかった（変へま憂く思せど）。それが何故かというと、子供というものには、それ自体で完結した美しさがあったからですね――〝角髪結ひたまへる面つき顔のにほひ、さま変へ給はむこと惜しげなり〟。当時の少年は、髪を顔の両脇に結い上げる角髪という髪形にしていたけれども、帝はそれを大層惜しまれたわけです。その描写が、奇異と言えば奇異でもあります。

〝いと清らなる御髪を削ぐほど心苦しげなるを、主上は、「御息所の見ましかば」と思し出づるに、堪へがたきを心強く念じ返させ給ふ。冠したまひて、御休み所に罷で給ひて御衣奉り変へて下りて拝し奉り給ふ様に、皆人、涙落し給ふ。帝はた、ましてえ忍びあへ給はず、思し紛るる折もありつる昔のこと、取り返し悲しく思さる。「いとかう幼弱なるほどは上げ劣りや」と疑はしく思されつるを、あさましう美しげさ添ひ給へり〟

細かいことを抜きにしてこの原文を見ても、何やらを悲しんでいることだけは分かります。桐壺帝が「御息所（桐壺の更衣）の見ましかば」と思って泣き出しそうになってしまうのは、恐らく「御息所もこれを見たら悲しむだろう」からではなく、〝御息所もこれを見たら喜ぶだろう」と思われて感涙に咽ばれた〟でしょうね。

右の引用の中で、光君の成長を喜んで泣く可能性のある人は、死んだ桐壺の更衣だけなんです。みんな、その美しさが失われたことを嘆いて、あまりにも痛々しい新成人の登場に、同情の涙を落としている。光源氏となる新成人の美しさが感動の涙を催しそうだというのは、可能性として最後に登場するだけですからね。うっかりすると、これはめでたい成人式の描写ではなくて、誰かが世を捨てて出家した時の描写とも思われかねないところはあります。そしてそれは、正にその通りなんですね。子供としての世を捨てて、子供としての存在から出て行くんですから。

ただ、子供としての世を捨てるということは、そのまま大人の世に入って行くことですから、別に悲しいことではない。捨てっ放しの「出家」とは違います。「一度は悲しまれて、すぐにその悲しみは忘れられてしまう」ということにもなりましょうか。大人は勝手だからすぐに忘れますが、涙々の内に子供を捨てさせられた方は、きっと釈然としないものを内に残すでしょうね。

残して、しかしそれが痕跡を留めようもないものというところが、この心的外傷の厄介なところでもありましょうけれども。

さて、大人達の涙の内に光君は人と成った。ところでこの原文を読むと、既にこの以前、光君は「源氏の君」とも呼ばれている。臣籍に下されて「源」の姓を賜っているから、この光君は「源氏の君」なんですが、しかし光源氏が童形を失うことを嘆いても、光源氏が「聖なるもの」を失ったことを嘆く人間はいないんですね。「聖なるもの＝皇統」というのは、このような位相を持つものでもあるんです。

45　親王と諸王と大王(おおきみ)と直人(ただびと)

いつとは分からない御代の帝とその桐壺の更衣との間に生まれて、やがては「光源氏」と呼ばれるようになる人は、この源氏物語の中では〝世になく清らなる男御子(をのこみこ)〟として登場します。「光源氏」という呼び名が登場するのは『帚木』の巻からで、『桐壺』の巻では「光君」「源氏の君」ですが、この人は、まず最初に「御子(みこ)」と呼ばれ、「若宮」と呼ばれ、「宮」とも呼ばれ、そして「源氏の君」となります。「御子(みこ)」は「皇子(みこ)」でもあって「親王(みこ)」でもあるのですが、しかし「御子」と呼ばれ「宮」とも呼ばれた光源氏は「親王(みこ)」にはなれなかったのですね。

〝帝、畏き御心に倭相を仰せて思し寄りにける筋なれば、今までこの君（＝光源氏）を親王にもなさせ給はざりけるを、「相人はまことにかしこかりけり」と思して、「無品の親王の外戚の寄せなきにては漂はさじ、我が御代もいと定めなきを、直人にて朝廷の御後見をするなむ、行く先も頼もしげなめること」と思し定めて――〟と、源氏物語原文にはあります。

〝直人にはいと可惜しけれど、親王となり給ひなば、世の疑ひ負ひ給ひぬべくものし給へば――〟とも。

時の帝・桐壺帝には、既に弘徽殿の女御との間に「一の御子（後の朱雀院）」があって、その一の御子は春宮として帝の後継の地位は定められているのだけれども、帝の寵愛は「光君」と呼ばれる御子にあった。いつこの春宮の地位が覆されるかもしれないという危惧は、弘徽殿の一派にあって、だから帝は、そちら側の、「将来の攻撃」ということも考慮に入れて、「光君」を「親王」にはしていなかった。漢字というものが至って少ない原文であれば、〝いままでこの君をみこにもなさせたまはざりけるを〟になるでしょうね。「今迄〝御子〟と呼ばれていた人間が、どうして〝今迄この君を御子にもさせなかった〟になるんだ？」という疑問も生まれかねないところです。

帝の子として生まれれば「聖なるもの」だから、「御子」ではあって、その「御子」が「帝の御子」である「皇子」であることには将来ともに変わりはないけれども、その「みこ」が「親王」となるのには、ある手続きがいる、ということです。

その〝手続き〟を「親王宣下」と言います。

これを受ければ、「御子」は「親王」になれる。受けなければ、「御子」は「親王」になれないということです。「光君」は、それまで親王宣下を受けていなかったから「親王」ではない「御子」のままで、「帝の胤を享けた御子」として「宮」の呼称を人から奉られてもいたけれど、その機会（高麗の人相見に占われた機会）に、臣下の籍へ下されて、「聖なるもの」ではない「直人（文字通りの〝ただの人〟）」になり、臣下である以上〝姓〟というものが必要だから「源」の姓を賜って「源一族の人＝源氏」になったということですね。結構面倒な話でもあります。

源氏物語の時代、人間には「聖なるもの」と「聖ならざるもの（直人）」との二種類があった。「源氏」という一族は直人です。「聖なるもの」として生まれて、しかしその後に「聖なるもの」であり続ける手続きを受けずに「聖ならざるもの」となったのが、源氏物語の主人公光源氏です。

ここまでは、まァ分かりやすい話ですが、ここに、「子供の姿を捨てる時に人は悲しんでも、〝聖なるもの〟であることを捨てる時に人はあまり悲しまない」という不思議な一項を入れます。

「聖なるもの」は「聖なるもの」なんだから、やはり大したものではあろうはずのところ、実状というものはどうも違うらしいということです。その辺りを端的に説明するのが、〝無品の親王の外戚の寄せなきにては漂はさじ〟の一文ですね。〝官位を持たない無品の親王にしたはよいが、有力な外戚の後盾がないままに頼りなく過ごさせたくはない〟です。

親王（そして女である内親王）にも、普通の朝廷貴族と同じように「官位」というものはあって、こちらは「品位」と言います。一番上が一品、一番下は四品です。「無品の親王」というのは、この品位を持たない親王のことです。たとえて言えば、これは、「殿上人ではない貴族」のようなものです。

光君は桐壺帝に愛されているのだから、この御子が親王宣下を受けることになれば、どうしても「位の高い親王」になるしかない――父帝の愛着は、どうしてもそのようになるでしょう。しかしそれをすれば、春宮の生母である弘徽殿の女御が目を光らせる――「帝があの親王にあれほど高い位を与えられるということは、いつかあの親王を春宮の位にお即けになろうというお心づもりがあってのことだ」などと。その衝突を避けたいから、帝は「〝四品の宮〟などという格の低い扱いをするくらいなら、いっそランク外の〝無品の親王〟に」という発想をする。さえない規格内なら、それを超えた規格外の方がまだましという発想が、いきなりの「無品の親王の――」という発言になるんですね。「万年課長の役職なら、いっそ名誉職の実体のない方がまし」というようなものでもありましょうか。「最下位の四品の親王なら、いっそ無品の親王の方がまし」と帝はお思いになるけれども、しかし結局のところ、無品の親王というものも体のいい飼い殺しです。だから、「下手な管理職なら一生平の方がマシ」という発想で、臣籍降下は起こる。「聖なるもの」の「聖」とは、ただ名ばかりのもの、ということもあるからですね。

光源氏は、「それでは可哀想」で、臣下の直人になった。ということは、「この凡庸なら、それであっても可哀想ではないな」という発想で親王宣下を受ける御子だっている。そして、親王宣下も受けず、臣籍降下も受けない、「更にどうでもいい御子」というのもいます。

親王というものは、特別の待遇を受ける特別の存在で、だからこそ態々帝直々の御決裁である親王宣下（〝宣下〟は帝が仰せ出されること）という特別の手続きがある――ということは、「態々特別の待遇を与えたくない、そして、臣下にしても格別の能力がないから苦労するだけだろうから、臣下にしようとも思わない」という、ほとんど「聖なるもの」であることが宙ぶらりんの棚上げ状態を意味する御子だっている。

「母親の身分が低いから、とても〝聖なるもの〟とはしきれないから臣下になれ」というような源氏だっていれば、「母親に中途半端な身分しかないから、上にも行けず下にも行けずにそのまんま」という「聖なるもの」もあるんですね。その中途半端な御子達が、「諸王」と言われるものです。親王宣下を受けない「聖なるもの」です。

奈良時代以前、天皇のことを「大王」と呼びました。万葉集の「大王」は天皇ですけれど、しかし源氏物語の「大王」は、天皇ではないんですね。これは「諸王」のことです。源氏物語の中で、「大王」は「大君」であり「王」でもある。「〝大王＝天皇〟の血筋を引く者」が、源氏物語の時代の「大王」です。「大王筋」と言えば、「天皇の血筋を引く者＝源氏あるいは親王の子孫」ということになります。

『螢』の巻では、光源氏と螢兵部卿の宮の異母弟に当たる「帥の親王」という人物が登場して、皮肉屋の花散里から〝帥の親王、よくものしたまふめれど気配劣りて、大君気色にぞものしたまひける〟と評されます。「帥の親王はご立派に見せておいでだったけれど、御様子がお劣りになって〝大君風情〟としか申し上げられませんわね」というところです。

親王より「大君＝大王＝王」は、明らかに劣っている。花散里は、麗景殿の女御の妹で、身分の上では「聖ならざるもの」ですが、この人がこういうことを、平気で「聖なるもの」に関して言うんですね。

光源氏死後の物語である宇治十帖の『椎本』の巻には、「王四位」という言葉が出て来る。「〝王〟であって、しかし官位は四位でしかない人間達」のことです。四位という官位は、貴族で言えば「中流の上」ですから、こうなると、「聖なるもの」なのか「俗なるもの」なのか分からなくなって来る。

源氏物語に登場する最初の帝である桐壺帝には、少なくとも十人の皇子がいたことになっています。「冷泉院は第十番目の王子」という記述が、宇治十帖になって出て来ますから。源氏物語に登場するのは、この内光源氏も入れて八人。残りの二人は姿を見せません。どうやら、この二人は親王宣下を受けない「大君」なんでしょうね。直人の光源氏を除けば、ここには既に九人の「聖なるもの」がいる。そして勿論、この九人にはそれぞれに子供というものがあるはずです。

親王の子供は、普通「王」です。そして、親王の子供は、帝の孫に当るわけですから、これは同時に「孫王」です。そして「孫王」というのは、帝から数えて五代目までが該当します。これが全部、「聖なるもの」ですね。源姓の一族でも、血筋を誇れば、みんな「大王筋」です。一体、一人の帝は、どれほどの「聖なるもの」を作るのでしょうか？「聖なるもの」のインフレーションです。

「聖なるもの」の末端というのはあまり考えたくないので、かなり優遇された「聖なるもの」――親王について考えてみましょう。（たとえば、源氏と藤壺の間の密通の手引きをする「王の命婦」という女房がいます。「王」だから、彼女は「聖なるもの」の末端に属する女なんです。「聖なるもの」には、そういう未来だってあるんですね）

光源氏の異母弟で、どうやら桐壺帝の第三皇子である人が、「螢兵部卿の宮」です。この親王に対して、紫の上の継母に当たる「式部卿の宮の北の方」は、こんな風に言います――〝親王達は、長閑に二心なくて見給はむをだにこそ、華やかならぬ慰めには思ふべけれ〟。

もちろん、悪口を言っているんです。「親王という種族は、おっとりして浮気をしないということだけが取柄で、その取柄があればこそパッとしなくても我慢しておりますのよ！」です。

「式部卿の宮の北の方」というのは、紫式部自身が態々〝さがな者（性悪女）〟とことわりを入れているぐらいですから、こういうことを言います。「式部卿の宮の北の方」は、自分の孫娘である「真木柱の姫」の婿にした「螢兵部卿の宮」が、ちっとも寄りつかないことを怒ってこう言うんですね。

「親王なんてパッとしないんだから、おとなしく言うことを聞いているのだけが取柄のはずなのに、あの宮は何！」というところです。

しかしこれも凄じい皮肉だというのは、この発言をする「式部卿の宮の北の方」が、その呼び名通り、「式部卿の宮」という親王（みこ）の正妻だからですね。ということは、「親王達は、長閑に二心なく云々――」という認識を、一体彼女はどこから得たか？　ということです。

長年連れ添って来た自分の夫がそうだからこそ、彼女はここぞとばかりに〝さがな者〟ぶりを発揮する。しかも、「式部卿の宮」という人は、この北の方以外にも女性を持って、紫の上という娘を作った人です。そして、その浮気の進行中に、この北の方は大層怒ったという過去がある。だからどうかと言えば、「親王という種族は、おっとりして浮気をしないということだけが取柄で」というのが、まず最初の皮肉だということです。

率直に言ってしまえば、この彼女のセリフは、「親王なんていうものは一緒にいたっていい思いをすることなんて何もないくらいにパッとしないものなんだから、せめて浮気をしないぐらいの心構えを持ちなさい！」になるはずのものです。これがぶつけられる相手は、婿の螢兵部卿の宮ではなく、夫の式部卿の宮です。

女は夫の甲斐性のなさに怒り、その甲斐性のない夫は、自分の生活は人並以上には保証されていることに満足して、それ以上のことは無理をしてまで望もうともせず、その余ったエネルギーを「色好み」という方面に専ら発揮して、そのことによって更に、妻の「甲斐性なし！」という怒りを誘う――昔も今も変わりませんが、これが「聖なるもの」の、しかも上の部類の実態なんです。

この〝さがな者〟の北の方に罵られる「式部卿の宮」は、藤壺の女御の兄です。だから、藤壺の女御が桐壺帝に寵愛されていた頃には羽振りがよかった。しかし桐壺帝が位を下りて死んでしまったその後に、この中宮となった藤壺の女御を憎む弘徽殿の大后の天下になってからは、パッタリとその羽振りが止まる。

そして朱雀帝が譲位して、その母である弘徽殿の大后の勢力がなくなり、新帝たる冷泉帝の母藤壺に脚光が集まると、再び復活して来る。

藤壺の中宮が女院となり、そして死んでしまった後には、冷泉帝の唯一の血縁の伯父となって大層羽振りはいいはずなんですが、それでもこの北の方はそれを言う。恐らくそれを言う北の方の中には、「親王という〝聖なるもの〟は、本来ならもっと厚遇されてしかるべきなのに、それがどうしてこの程度なの！」という怒りがあるのでしょう。しかし残念ながら、この時代の「聖なるもの」には、その程度の力しかないのです。

「出世とは無縁であればこそ〝聖なるもの〟である」という規定をされてしまったのが、親王に代表される男の聖性で、この時代の「聖なるもの」の力は、内親王という女の中でしか輝かないのです。

つまり、男である親王は至って人間で、人間であることが明らかになったものの中に、聖性というのは宿りにくいものなんですね。

その十六

46　唯幻論の時代

ともかく分かりにくいものは、源氏物語の中に登場する人物達の世界観です。これだけ心理的でありながら、今の我々の思う「心理的」とはかなり異質な前提を持っていて、しかしにもかかわらず要所要所でピタリと合う。その合い方がかなり強烈で、「本当にこんな考え方をしていたのか？」と目を剝くようなところもあります。

たとえば「親子」というものに関する考え方です。

『葵』の巻には、こんな衝撃的な言葉も登場します。

〝「何事もいと斯うな思し入れそ。さりとも怪しうはおはせじ。如何なりとも必ず逢ふ瀬あなれば、対面はありなむ。大臣、宮なども、深き契りある仲は巡りても絶えざなれば、相ひ見るほどありなむと思(おぼ)せ」〟

〝「何事もそのように思い詰めなさいますな。お考えの程にはお悪くもないのですから。どのようなことになろうとも必ずその機会はあるのですから、お目にかかることは出来ましょう。大臣や宮にしましても、深い関係のある間柄というものは幾度生まれ変わっても絶えないものだと申しますから、再びお目にかかることも出来るのだとお思いなさい」〟

これは、源氏が臨終間近の正妻葵の上の手を取って言う言葉です。六条の御息所(みやすどころ)の生霊に祟られた懐妊中の葵の上は、「もうこれが御最期か」と誰の目にも見える。苦しい息の中で「源氏に会いたい」と彼女が言うものだから、源氏はその最期を看取るつもりでやって来る。源氏に励まされてしかし彼女はさめざめと泣いて、源氏は彼女が死別のつらさを嘆いているのだなと思い、彼女の心を慰めるつもりで右のことを言うのですね。

ここにあるのは、前世、現世、来世と続く輪廻転生を前提にしたものの考え方です。これがあるから、この時代の人達は、自分に都合の悪いことを全部「前世からの宿命(さだめ)です」で処理してしまう。『竹河』の巻では、「前世からの因縁などという目に見えないものを持ち出されて、なんの説得力があるのです!」と玉鬘の息子達が怒るところが出て来ます。一体「前世からの宿命」をこの当時の人がどれくらい信じていたのか——そして都合が悪くなれば「前世からの宿命」で通してしまおうとする人間達がかなりの数でいた——ということを窺わせる興味深い科白ですが、ともかく、「前世からの因縁」を前提とする世界観が大きく広がっていたことだけは確かです。

だからどうなのかというと、「人間は、輪廻転生を繰り返して極楽浄土に生まれ変わることを最終のゴールとするものであって、だから従って、今自分達の生きているこの現実は、〝現世〟と呼ばれる一つの通過段階に過ぎない」という前提があるということです。だからこそ、「この世は仮の世」ということになるんですね。

人間の魂というものは、陸上の長距離走のように、トラックの周囲を何回も何回も回って遂にゴールに辿り着くようなもので、そして、その人間があと何周すればゴールへ辿り着けるものなのかは、そのレースに出場している人間達の誰にも分からないということです。「死ねば浄土に行ける」というのはかなり短絡した間違いで、「この生を終えれば、少なくともゴールに一周だけ近づくことになる」というのが正しい認識なんですね。

「死んだから浄土に行った」というのは、かなり中世近世的な考え方で、この源氏物語の時代の人達は、「死んだあの人は今どこにいるのだろう？　浄土へ行ったのだろうか、それとも違うどこかへ行ったのだろうか？　一目なりとも会いたいものだ」などと、不思議な感慨を平気で洩らします。

　昔といっても三、四十年前ですが、遠くへ旅行する、海外へ移住するなどということになったら別れの水盃を取り交わすなどということが当り前にあった。遠くへ行くのは「もう会えない」という点で死別と同じだったからなんですが、源氏物語の世界の人間達は、死別と引っ越しとを一緒くたにするように、死んだ人に対して、「あの人はどうしているのだろう？」を平気で口にしたんですね。

　この前提があって、先の源氏の言葉が〝慰め〟として響きます。
彼が葵の上に言っていることは、「死んでも寂しくないですよ」なんですから。

　初めは、「そんなに悪くはないんだから死ぬはずはない」と、生きる方向で慰めている。でも「もうだめかもしれないな」ということは彼も分かっているから、その後では死ぬ方向で慰めている。こんな慰め方もあったんですね。

「あなたは死ぬとひとりぼっちで寂しいとお考えなのかもしれないが、そんなことはないのですよ。私とあなたは〝夫婦〟という関係を結んだのだから、いずれ又会えるような、しかるべき契機はある。あなたの父である左大臣や、母である大宮とも、〝父・母〟という深い関係を結ばれたのだから、〝再びお会いする機会もあるだろう〟と思っていればよろしいのですよ」——、源氏の言葉をその意味に従って訳せば、こうなるのです。

「男と女が仮に夫婦の契りを結んだのだから、この御縁は——」などということは、今でも結婚式の祝辞の前置きに使われたりもしますが、「赤の他人の男女が——」という発想は、親子にまで適用されるんですね。「大臣、宮なども、深き契りある仲は——」というのは、「左大臣という方、大宮という方も、あなたという人と〝父〟であり〝母〟であるという御関係をこの世で持たれたのだから——」です。

「父君、母君だって——」という〝親子〟に関する絶対の信仰などはここにはなくて、「大臣、宮」という、その人の社会的性格がまず先に来る。「大臣という人も、宮という方も——」という呼び掛けは、かなりクールなものですね。

この世は、長いゴールまでの一つの通過段階でしかないのだから〝仮の世〟で、仮の世にあるものはすべて仮の姿だということになれば、どうしたって、「左大臣という方、大宮という方も、あなたという人と〝父〟であり〝母〟であるという仮の関係をこの世で持たれたのだから──」になるのですね。

輪廻転生という神秘主義の極みのような世界観を前提とするこの時代は、であるが故に、現代以上の即物的な個人主義の様相を呈して来るんですね。

「人間というものは、既に存在している社会的制度的なものによって決定されるのではない。その逆で、人間というものは、社会的制度的なものとは別に、仮の関係を結んでいるだけだ」というのが、この時代の考え方でもあるんです。つまり、「私の前で一切は幻想である」なんですけれども。

それで、「しかし私は考える。〝我思う、故に我あり〟なのだ」になれば近代合理主義の目覚めですけれど、源氏物語の世界は、「だからしょうがないから眠っていよう」という、『死刑台のエレベーター』のジャンヌ・モローの独白に続いてしまうようなものです。

「眠っていよう」は別に冗談でもなんでもなくて、あの二、三十キロはある重い十二単を着ている女性達の最も普通の日常の姿は、実のところ「寝っ転がっている」です。

この国で習字といえば、まず「正座して！ 姿勢を正して！ 筆をちゃんと持って！」になりますが、『胡蝶』の巻では、玉鬘の姫がこうです──。

〝手習(てならひ)などしてうちとけたまへりけるを、起き上がり給ひて──〟

ということは、今迄彼女は腹這いに寝っ転がってお習字をしていたということですね。そこに養父となった源氏がやって来たからちょっと姿勢を正しただけで、別に寝っ転がっていることが悪いことでもない。

衣装は重い。することは何もない。運動などというものは思いもよらない。源氏物語の中に食事のシーンというのはまず出て来ませんが、これは当時の人がロクな物を食べていなかったから書きようがなかったのだとも言います。

出て来るものは、酒の肴としての木の実（果物も含む）、強飯（こわいい）（ふかし御飯＝おこわ）、粥（水で炊いた米＝お粥や現在の〝御飯〟）、水飯（すいはん）・湯漬け（ゆづけ）（お茶がまだないから〝お茶漬け〟にはならず、水か湯をかける）、それに〝餅〟ですね。メインディッシュはこれくらいで、他にはまず食べ物が出て来ない。

身動きがとれずにロクな物を食べずにじっとしているのが女達の日常なんですから、昼はごろごろしていて夜になると目が冴えて来るのは、身体生理の当然のようなもので、姫君方が何かというと「物思いに夜をお明かしになる」のも、当然のようなことです。紫式部だって、源氏物語のある部分を、腹這いになって寝っ転がって書いていたのかもしれません。

「この世は仮の世」で、「すべては幻想」で、しかも更にすべては「前世からの宿命」なんですから、「制度などという既成概念の幻想に縛られている必要はない!」という個人主義的な考えを一方で持ちながら、同時に、「運命なんだからしようがない」で、常ならぬ世の中を寝っ転がって生きてもいる。「無常」というのは「無情」ではなくて、「安定したものはない=激動」でもあるんですから、なんだか今から千年前は、とっても「現代」です。

47 意味という即物性

現代と源氏物語の時代の差は、その認識の主役を「現在の自分」という点にするか、幾つもの輪廻転生という流れにするかの違いだけでしょう。

現在が「主観的」なら、昔は「客観的」です。よく嚙みしめると、この「主観的」と「客観的」はかなり不思議な意味合いを持っていることがお分かりになるとは思います。

認識ということに関しては、源氏物語の時代の方が徹底しています。なにしろ「親子」でさえ、「人と人との仮の関係」ですから、この世界の認識は、今の目で見たらちょっとミもフタもありません。

もちろん、「だからこそ面白い」ということもあります。

そして、敢えて「退屈」という言葉を使いますと、源氏物語（の時代）の退屈は、それだけの認識を持って、しかも人間達がなんにもしないということです。知ったはいいが、その認識の存在する現在は、「仮の通過段階」の「幻想」なんですから、そこで何かをする——時代に働きかけるなんていうことは、何の意味もない。現在では、認識する自分が一つの〝点〟ですが、源氏物語の時代では、その自分の存在する時代そのものが一つの〝点〟なんですね。「悠久の時の流れから見たら、現在などというものは流れに浮かぶ泡のようなものだ」はいいんですが、そういう宇宙的な視野で日常生活を切られちゃうと、一切が萎えるんですね。

人生、いくら早死にでも三十年四十年はあります。これをただの〝点〟にされてしまうと、かなり苦しい。「何もしないように、何もしないように」と思い続ける三十年は、かなり苦しいんじゃないんでしょうか？

でも、源氏物語の女性達の前提は、これなんですね。

優雅で嗜（たしな）みのある女性達が、あるところで「出家したい」と言い出したり、あるいはあっけなく死んでしまうというのも、分からなくはありません。

現代で「幻想だ、幻想だ」と言い続けていれば、「何をぶつぶつ言ってるんだ、働け！」と言われるか、精神科やカウンセラーの許を訪れるしかなくなるというところもあります。現代というのは、基本的に自分で何かをしなければならない時代ですから。

定年になって「何もしなくていい」ということになると、「何か趣味をお持ちになることです」というアドヴァイスが自動的にやって来る。人間というのはやはり、何かをしなければならないエネルギー体なんですね。だから、何もしないでブラブラしているという状態を、そうそう長く続けていることは出来ない。

ところで、源氏物語の時代というのは、そうではないんです。自分で何かをしなければならないのは、身分の低い人間で、高貴な人間は、自分では何もしないんです。すべては、仕える女房の仕事。「何もしない」というシステムが、やんごとない人々の為に出来上がっている。だから、何もしないままでも、そうそう苦しくはないのです。だがしかし、そのシステムの中にいる人が「何かをしたい」「何とかしたい」と思ったら、とんでもないことにはなります。

都で最も優雅で気品のある女性と言われていたのが、六条の御息所です。若き日の光源氏は、この六条の御息所の筆跡を見て、「なんという優美！」で、恋に落ちてしまう。そこからこの二人の凄惨な関係が始まるわけですが、六条の御息所は、この「何もしない」というシステムの中に完全に順応して生きていた人なんですね。

毎日、「何もしない」ということに打ち込んで忙しくしていた。だからこそ「都で最も優雅で気品のある女性」になっていることが出来た。

「〝何もしない〟というシステム」とは、「美学の達成」ということです。

生活の心配をしないで、日常生活や人間関係に煩わされないですむ人だけが、このシステムを持つことが出来る。だから、六条の御息所は「何もしない」ということに勤しむことが出来て、安定していた。ところがしかし、そのことによって「高貴」という意味を演じて、「信仰の対象としての女性」という役割を果していた彼女には、それ以外のことは全く許されていなかった――「何もしない」というシステムは、彼女の為に「美学の達成」以外のシステムを用意していなかった。だから、「何かをしたい――何かをしなければ」と彼女が思った時、彼女はそのシステムの外へ出て行かなければならなかった。

本来ならば自分の所へ訪れて来て、「信仰の対象としての女性」という役割を果している自分を崇めて、彼女自身のシステム機能を満足させねばならないはずの男がやって来ない。

これで普通の女性だったら、「待つしかない」です。何しろ、そうした女性に用意されているのは「何もしない」を達成する為のモロモロだけなんですから。「探しに行く」とか「迎えに行く」なんていう機能は、このシステムには用意されていない。だから、普通はそれをしない――がしかし、「それをしたい」と思った六条の御息所は、自分というシステムを踏み越えて、それをしてしまった。

夕顔と光源氏が眠っている某の院に、生霊となって彼女はやって来て、〝己がいと愛でたしと見奉るをば、尋ね思ほさで、斯く異なることなき人を率ておはして時めかし給ふこそ、いと目覚ましくつらけれ〟と訴える。

結局彼女は、探しに来て、迎えに来たんですね。

源氏の胤を宿した葵の上の所にも、同じようにやって来る。

〝身の上のいと苦しきを、暫時休め給へと聞こえむとてなむ。斯く参り来むとも更に思はぬを、物思ふ人の魂は、実に憧がるるものになむありける〟

どうして〝斯く参り来むとも更に（一向に）思はぬ〟のかといえば、「何もしない」という、美学を達成する為のシステムの中にいる人には、〝やって来る〟（参り来む）などという機能が与えられていないからですね。つまり、それをしてはいけないなんです。「何もしない」ということを前提にして生きている人は、「何かを始めたい」と思ってもその為の訓練が出来ていないのだから、出来ない。だから、「何かを始めたい」と思ったら、とても苦しくなる。だから、六条の御息所はそういうことになった。

魂が「憧がるる＝さまよい出る」です。

この時代は、そのように合理的で、あっけにとられるほどミもフタもなく、実際的なのです。

「生霊がさまよい出る」ということになれば、これは「合理的」とか「実際的」とかとは正反対の世界ですけれども、この時代には、病気というものがそもそも「物の怪の仕業」だったんです。

生霊も含めた物の怪は、病気の原因として実在している。実在していないものになるんだったら非合理的か神秘的かもしれないけれども、この「何もしない」ということさえも「上流階級の生活」としてシステム化されている時代には、生霊だって実在しているんです。だから、「六条の御息所は、浅ましいことに、自身の欲望に引かれて、お忍びで〝生霊〟になってしまった」なんです。

浅ましいことは、「欲望に引かれること」であって、「生霊になること」ではなかったのかもしれない。生霊になること自体が、欲望に引かされて自分を成り立たせるシステムの外に出てしまうことで、その〝逸脱〟こそが浅ましいんですね。

〝生霊〟という言葉を〝娼婦〟に置き換えれば、「お忍びで」という表現も生きるかもしれません。余談ですが、古代のローマ帝国では、上流の婦人達がお忍びで売春婦に身をやつすのは、至って日常的なことだったと言います。六条の御息所だとて、古代ローマ帝国に生まれていれば、なにも生霊などという、「今一つ生きている実感の湧かないもの」に変身する必要はなかったんですけれどもね。

六条の御息所は、「都で最も優雅で気品のある女性」でしたけれども、それは彼女が、「都で最も優雅で気品のある女性」であることに、実際的な意味を見出していたからなんです。「都で最も優雅で気品のある女性」といったら、ある女性につく修飾語のようなものとお思いかもしれませんが、これは〝実務〟に等しい実際だったんです。

現在と平安時代とで違うのは、現在の我々は同時に複数の意味を自分の上に掲げて、それをいろんな風に適当に使い分けているけれども、平安時代の人間達は、「一つの人間に一つの意味」というような、かなり厳密な使い分けをしていたというところです。

身分の高い人ほどその純度というものは高いから、六条の御息所のような「自由で豊かな未亡人」は、専ら「優雅な気品」をその職務と考えていた。内親王という、「独身を前提にする女性」なら、専ら「神聖なる高貴」を果すことを職務にしていた——というような〝実際〟が起きるんですね。少なくとも、紫式部はそのように、自分の生きる時代を把握していた。

だから、性悪女（さがなもの）の式部卿の宮の北の方は、「親王なんてパッとしないんだから」と言う——これは悪口じゃなくて、「親王というものは〝高貴〟以外に何も演ずる役割がないものだということは誰もが知っている。それでいいように世の中のシステムは出来ている」という、紫式部の直截な〝認識〟なんです。

源氏物語の時代というのは、すべてがパターン化されて、「その役を果す」ということが徹底しているから、認識ということを始めれば、いとも簡単に、「ミもフタもないそれだけ」になってしまうんですね。

「女とは恋愛の対象である」という前提があるから、実際の姿を見たこともない、相手に関する知識が何もない状態でも、平気で男は「以前からお慕いしていました」という、熱烈な求愛が出来る。熱烈でステロタイプの求愛です。

「恋があるから様式（スタイル）がある」ではないんですね。「様式があれば恋がある」「様式がなければ何もない」なんですね。

この、現代に比べてずっと欲望が先に立っているようにも見える源氏物語の世界が、実はそうでもないというのは、この時代が、欲望のパターンが決定された後の、「様式（スタイル）に合わせて欲望を作り出す」という美学の時代だったからですね。

美学と欲望が合致すればよいけれど、美学に嵌（はま）って欲望が空回りしていることに気づけない人は大勢いただろうし、だからこそ、美学と欲望の間に〝逸脱〟――つまり生霊になる――という無茶な回路を設定して、苦しんでいた人も大勢いたでしょうね。

以前に「五条の女＝下賤＝夕顔」「六条の女＝高貴＝朝顔」というお話をしましたが、この時代に〝美学〟というものは、こういう「物に即した実際的な認識手段」でもあったんですね。

人間は心理を持っている。しかし人間はその以前に与えられた役割という記号（コード）を持っている。源氏物語が不思議に、心理的なのは、「心理が書かれているから」ではなくして、「記号（コード）が心理的に見えるように配列されているから」なんだと私は思います。だから心理とは、「書かれない行間に漂うもの」です。

問題は、「藤壺の女御との道ならぬ恋に悩む源氏の心理」ではなくして、「光源氏と呼ばれたある特殊な設定の男」「その父であるように設定された帝」「その帝の後宮の藤壺に入った女性に与えられた彼女なりの設定」といったものの〝配置〟で、この、絵の構図のような〝配置〟の妙こそが、当時の人達には最大の心理描写だった――ということになるのではないでしょうか。

その十七

48　果してそれは「タブー」だったのか？

果して、源氏物語の中の源氏と藤壺の女御との恋は、「絶対の禁忌（タブー）」だったのでしょうか？

源氏物語の論はこのことを揺るぎない前提にしているんですが、果してこれは本当に、当時の人にとってはタブーだったんでしょうか？

たとえば『乙女』の巻には、こんなセリフが出て来ます――。

〝「かやうの事は、限りなき帝の御いつき女（むすめ）も、自（おの）づからあやまつ例（ためし）、昔物語にもあめれど、けしきを知り伝ふる人、さるべき隙（ひま）にてこそあらめ」〟

（「こうした事＝男女の間違いは、やんごとなさの限りない帝の御寵愛深い姫君でも自然に冒されてしまうのだということは、昔物語にもございますけれど、それは内情というものをよく知る女房がしでかしてしまうものでございましょうよ」)

幼い源氏の息子夕霧と内大臣の娘「雲居の雁（くもいのかり）」との恋愛が露見して、娘の父である内大臣が騒ぎ出した時の、その邸の女房達の感想です。「帝の娘＝内親王の密会事件だって世間にはあって、それは不心得な女房の手引によるものだろうけれど、今度のことは私達のせいじゃない」という、なんとも無責任な感想ですね。

「夕霧と雲居の雁の二人は幼な馴染みとして一緒に育てられているから、自然と男女の関係に進んでも仕方がない。それは私達女房の責任なんかじゃない」ということになるんですが、独身を前提とされているはずの神聖な内親王が、ここでは「平然と色事をしでかすお姫様」になっている。ここで女房達が語っているのは、「いいことではないけれど、しかしそれはありがちなことだ」という、とんでもなくノンキな調子なんですね。

帝の后との恋が由々しい重大事であるのなら、当然のこととして帝の寵愛厚い内親王の密通だって「重い禁忌」に近いものであっていいはずなのに、それがここではいともあっけらかんと語られている。考えてみれば、このことはとても不思議です。

もう一つ例を挙げましょう。『若菜下』の巻には、こういう文章も登場します——。

〝帝の御妃を(みめ)も取り過ちて(あやま)、事の聞こえあらむに、斯(か)ばかり覚えむ事ゆゑは、身のいたづらにならむ苦しく思(おぼ)ゆまじ。然(しか)いちじるき罪には当たらずとも、この院に目をそばめられ奉らむ事は、いと恐ろしく、恥づかしく思ゆ〟

柏木の衛門(えもん)の督(かみ)が源氏の正妻となった女三の宮と密通してしまった後の、恐ろしさに震える述懐です。恋した男の理屈というのは、いつでも自分に都合よく解釈されてしまうものですから、あまり説得力というのはないんですが、それにしても、ここに展開されている論理というのは、かなり不思議なものです。

まず彼は、こわがっています。これは確かなことです。そして、そのこわがり方を説明するのに、とんでもない比喩を持って来る――〝帝の御妃をも取り過ちて、事の聞こえあらむに、斯ばかり覚えむ事ゆゑは、身のいたづらにならむ苦しく思ゆまじ〟（もし帝の妃と間違って密通をしでかして、それが露見しても、これほどの苦しさを味わうことがなかったなら、それで死んでしまっても別に構わない）

「帝の妃との密通は大変な重大事ではあるけれども、この事の恐ろしさに比べればまだましだ」と、柏木は思うんですね。「帝の妃との密通は、罪としては重大だろうけれども、まだこわくはない」と。

平安時代というのは大変な時代で、保元平治の乱の頃になるまで、何百年も死刑というものが行われたことがない。最大の刑罰は「都から遠ざけられる」というノンキな時代ですから、この「死に該当する（身のいたづらにならむ）」というのも、「それほど重大な」という一種の比喩でしょう。

だからこの時代の人が、「罪の重大」ということを、実際問題どれほど深刻なものとして受け止めていたのかは、よく分からない。「罪は罪としてあるが、しかしその罪に関してはあまりリアリティーが湧かない」という風に考えていたというのが正解のような気もします。「怖いのは、抽象的な〝罪〟という規定ではなく、それを動かすだけの権力者の力だ」というのが、この現実的（あるいは即物的）な時代の人間の考え方ではないかと思います。

柏木の衛門の督が「恐ろしい」と思うのは、「帝」に象徴されるような公的な「罪」ではなく、六条院＝光源氏という世に威勢を奮う権力者なんですね――〝然いちじるき罪には当たらずとも、この院に目をそばめられ奉らむ事は、いと恐ろしく、恥づかしく思ゆ〟（そんなにひどい罪に当たらずとも、この六条院に睨まれたら、こわくてとても身の置き所がない）です。

源氏物語が「国文学の精粋」として評価を確立してしまうのは、天皇を絶対の中心とする明治以降の国粋主義の時代です。この時代に天皇は改めて「神」となってしまったのですから、皇室を汚すことに関する禁忌というものは、とんでもなく重大なものになりました。「不敬罪」という規定が改めて重大な罪として法によって規定され、そこから「恐ろしいほどのタブー」というものも生まれて来た。だからこの時代に、帝の后との密通を描く源氏物語というのは、発禁に近いものだということにもなって来る。

帝とは「神聖ニシテ侵スベカラザル」ものなんですから、その妻に当たる后との恋などというのはもっての外ですね。それに、日本の近代は戦前まで「姦通罪」という、「夫の所有にかかる妻というものを犯してはならない、不貞を働いて夫の名誉を傷つけてはならない」という罪の規定がありましたから、源氏と藤壺の恋は、二重の意味で恐ろしい罪だった。しかし、果して平安時代もそうだったんだろうか？　ということだってあります。既に、柏木の衛門の督は、「帝より、帝にあらざる六条院の方が恐ろしい」と言っているんですからね。

柏木の衛門の督が源氏の正妻である女三の宮との間に密通をしでかした年に、源氏は四十七歳、朱雀院の子である今上帝は二十一歳です。帝は未だに若く、御代の実権を握っている時の太政大臣は、頭の中将時分以来の源氏の〝親友〟で、もっと突っ込んだことを言ってしまえば、源氏を愛していると言ってもいい。柏木の衛門の督は、その太政大臣の息子です。

彼が源氏の正妻たる女三の宮を犯したということが露見してしまえば、源氏はもちろん怒るだろうし、彼を愛する衛門の督の父親の太政大臣だって怒る。政界の実力者二人に睨まれてしまったら、もう彼には生きて行く望みなどないに等しいものとなってしまう。「帝の女と通じてしまった罪」などという抽象的な規定よりも、時の権力者と父親との両方に睨まれることの方が、ずっと現実的な恐ろしさをもって迫って来ることでしょう。衛門の督の述懐の中にある〝然いちじるき罪には当たらずとも、この院に目をそばめられ奉らむ事は、いと恐ろしく、恥づかしく思ゆ〟というのは、それなんですね。タブーを冒すことのこわさよりも、もっと実際的なこわさの方が、由々しいんです。

たとえば、源氏の父親である桐壺帝と、この『若菜下』の巻の二十一歳の今上帝とを比べてみましょう。桐壺帝は、源氏の父親であると同時に御代の勢威ある帝です。『若菜下』の巻の今上帝と六条院＝源氏を一つにしたようなキャラクターでもあります。「力のある男で神聖なる帝である人を怒らせるようなことをしたらどうなるか分からない」というのが、藤壺の女御との密通をしでかしてしまった源氏の苦悩であり恐怖でしょう。

源氏と藤壺の女御の密通は、父帝の在位中に起こる。もしもこれが譲位の帝となった上皇桐壺院の妻と源氏との密通ということになったら、源氏の恐怖は、必ずや柏木の衛門の督のそれと同じようなものになると思いますね。〝帝の御妃をも取り過ちて、事の聞こえあらむに、斯ばかり覚えむ事ゆゑは、身のいたづらにならむ苦しく思ゆまじ。然いちじるき罪には当たらずとも、この院に目をそばめられ奉らむ事は、いと恐ろしく、恥づかしく思ゆ〟と。

当時の帝は、源氏の柔弱な兄である朱雀帝で、しかも源氏はこの兄の〝女〟である朧(おぼろ)月夜(づきよ)の尚侍(ないしのかみ)と密通をしているんですから。

「帝の女なら平気だが、この院（桐壺院）を裏切るなどということがばれたらこわくてしようがない」というのは、この時の源氏の心境そのものでしょう。「禁忌は〝天皇の妻〟にある」のではなく、「恐怖は権力者の視線にある」と言った方が正解だと思いますが、しかしそれだけではまだ説明出来かねるところもあるのですね。

何かというと、それは桐壺院の愛情――「帝なる男が、もしもその妻と密通することになる男を愛していたら」という条件が、源氏と藤壺の関係には入って来るからです。

源氏は、自分の妻と密通する柏木の衛門の督を、愛してはいません。そして柏木の衛門の督の方も、どうやらそれほど源氏を愛してはいません。源氏は柏木に目をかけてやってはいるし、柏木も源氏を尊敬してはいる、がしかし、どうやらこの二人の間に濃厚な〝愛情〟というものはない。源氏がこの時期に愛している男は、自分の息子である夕霧の左大将だし、太政大臣家の息子で源氏を慕って六条の院を訪れるのは、柏木の弟である後の「紅梅の大納言――当時の左大弁」です。どうやらこの美声で有名な太政大臣家の次男坊は、子供の時に源氏と肉体関係があったらしい。源氏死後の『紅梅』の巻での慕い方を見るとそんな風にも思われます。

(『紅梅』の巻では、この次男の大納言が自分の幼い息子と源氏の孫である匂宮との睦まじい〝関係〟を見て、昔を涙ながらに追憶するシーンがあります)

源氏は柏木を愛してはいない。そして、源氏は女三の宮も愛してはいない。彼女が藤壺の姪であったということだけに惹かれて妻にはしたけれども、すぐにそれが間違いだったと後悔している。源氏は女三の宮を愛してはいないけれども、形の上では彼の「妻＝所有する女」であることを崩してはいないから、この〝事実〟を侵されれば、「自分の名誉が汚された」といって怒るのは目に見えている。

柏木が、それでは女三の宮を愛しているのかというと、彼はただ「高位の妻」を得られなかった欲求不満を癒す為だけに、この女三の宮との関係を望んでいる。それでは女三の宮の方はどうかと言えば、夜中に忍び込んで来るこの柏木の衛門の督を、終始一貫いやがっている。

「いやな男がやって来て、知らない間に妊娠させられていて、それが露見した段階で、唯一の頼りとも思う源氏から憎まれる」という、誰がこの三角関係の中で哀れかといったら、「助けて」あるいは「いや」の一言が言えなかった、幼い女三の宮ということになりましょう。

「ありふれた」というのはへんな表現かもしれませんが、この点で源氏と柏木と女三の宮の三角関係は、世の常の三角関係ですね（ただ、終始一貫「いや」と思い続ける女と、その女に愛情があると思い込んでいる若い男の描き方は、恐ろしいほどの〝非凡〟ではありますけれど）。

『若菜下』の巻で明らかになる三角関係と、それ以前の源氏と藤壺の女御と桐壺帝の三角関係は、明らかに違います。何故かと言えば、三角関係の頂点になる時の権力者桐壺帝は、源氏も藤壺の女御も、どちらも同じように愛しているからです。この「愛している」という条件があるかないかは、源氏物語の中ではとても重要な位置を占めるものだと、私には思われるのですが、そのことに行く前に、「果して〝それ〟は本当にタブーだったのか？」

という問題のカタをつけておきたいと思います。

49　「物笑いの種」というタブー

果して、源氏の正妻である女三の宮と密通した柏木の衛門の督は、〝本当に帝の妃と密通することに「禁忌」という意識をもっていたのでしょうか？　当時の人に、果してそれは本当に「禁忌」だったのでしょうか？

〝帝の女〟である朧月夜の尚侍との密通が露顕して須磨へ身を退けなければならなくなった源氏を待ち受けるのは、失意の内に都との縁を絶った明石の入道ですが、夫の入道が源氏と娘との縁組を画策していることを知った明石の尼は、このように言います——。

〝「あな、かたはや。京の人の語るを聞けば、やむごとなき御妻（おんめ）どもいと多く持ち給ひて、その余り、忍び忍び帝の御妻（おんめ）をさへ過（あやま）ち給ひて、斯（か）くも騒がれ給ふなる人は、まさに漸くあやしき山樵（やまがつ）を心とどめ給ひてむや」〟

（「なにをとんでもないことを。都の人が語るのを聞けば、身分の高い奥様方を沢山お持ちになって、その上に、帝の奥様とだってこっそりと過ちを犯されて、それでこうも大騒ぎになるお方なんですよ。どうしてこんな田舎者の娘にお心を留められるんですよ？」）

〝帝の御妻〟というのは微妙な表現ですが、朧月夜の尚侍は、朱雀帝の正式の〝妃〟ではないんですね。

朱雀帝の春宮時代に春宮妃として予定されていたのが、源氏との関係が顕れて、朧月夜は妃になれなくなってしまった。

「尚侍」というのは、帝の〝妻〟ではない、女性の役職の一つで、后妃を「奥の女」とすれば尚侍は「表の女」です。ただ、この尚侍は帝の寵愛を受けることが多かったから、妃に準じるもののような扱いを受けていた。だから世間は当然のことのように、朧月夜の尚侍を〝帝の妻〟として扱った。そして源氏は、即位した兄の〝妻〟となったこの朧月夜の尚侍と半ば公然たる関係を持っていた。

〝帝の妻〟との密通でいえば、父帝の后たる藤壺の女御との恋も、兄帝の妻たる朧月夜の尚侍との恋も同じ〝禁忌〟であってしかるべきなんですが、どうしたって源氏は、この朧月夜との関係を恐れてはいない。兄朱雀帝の母たる弘徽殿大后への挑発もかねて、公然と密会を続けている。

こわいのは帝の母であり、その父の右大臣であって、別に源氏にとって、この兄たる帝は恐ろしくはない。だから、この源氏に罪状というものが存在するのなら、「帝を公然と軽んじた」ということにしかならないでしょう。

だから、〝その余り、忍び忍び帝の御妻をさへ過ち給ひて〟と、明石の尼は、「そんなに恐ろしいことをした」ではなく、「そんなに高い身分の女性との恋に恵まれている」と諦めの声を洩らす。がしかし、この明石の尼だとて、その結構な御身分の女性に取り巻かれている光源氏なる男が〝罪〟を受けた人間であることを知らないわけでもない。

彼女はまた、こうも言います――。

〝「などか、めでたくとも、物の始めに罪に当たりて流されておはしたらむ人をしも、思ひかけむ。さても心をとどめ給ふべくはこそあらめ。戯（たはぶ）れにてもあるまじきことなり」〟

（「いくら素晴らしい方だとは言っても、初めて婿を迎える娘の相手に、罪を得て流されて来た人を選ぶことはないでしょう。それでもしも、こちらにお心をかけていただくことがあるというのなら話は別ですけれど、冗談にでもそんなお気は起こされないと思いますわね」）

すると、それに答えて夫の入道は言います――。

〝「罪に当たることは、唐土にも我が朝廷にも、斯く世に優れ、何事にも人に異になりぬる人の、必ずあることなり」〟

（「罪に問われることは、中国でも日本でも、世に傑出した人間なら必ず遭遇することだ」）

〝タブー〟なんていうものは、どこにもありませんね。

妻は、「なにも〝傷物〟を婿に取ることはない」と言うし、夫は「罪は傑物の証拠だ」と言う。問題になるのは、「そのやんごとない都人の彼が、田舎臭い娘に興味を持ってくれるかどうかだ」という、それだけなんですから。

帝というものが生きて神聖な存在であったはずの時代に、この即物的な発想はなんだろうといいたくなるぐらいに、ここには「神聖」も「禁忌」もないんですね。こういう人物達が徘徊する源氏物語の中で、「源氏と藤壺の禁断の恋」というのは、どれくらいの説得力を持つでしょうか？　私には疑問だとしか思えません。

男は高貴な女に「神聖」というイメージを持つ。だから、中宮であり後には上皇に准じて「女院」にまでなる藤壺の女御との恋に「危険な色彩」を発見してもいいんですが、しかしその高貴な女性に「高位の妻が欲しい」という即物的な価値しか見出さない柏木の衛門の督を登場させてしまう作者は、その衛門の督の述懐に続けて、こういう恐ろしい地の文さえも出します――。

〝限りなき女と聞こゆれど、少し世づきたる心ばへまじり、上は故あり子めかしきにも従はぬ下の心添ひたるこそ、とある事かかる事に打ち靡き、心交はし給ふ類もありけれ――〟

（やんごとなさの限りない女性だって、その気になることはある。表面は気取ってあどけなく見せていても、内心は別だということもあるのだから、容易に密会に応じてしまうこともある）

こういう作者のつぶやきが公然と登場してしまう物語の中で、「帝の后との密通という大禁忌」ということは成り立たないと思うのですけれどもね。

それでは一体、この源氏と藤壺との「かなわぬ恋」というのはなんでしょう？　何故源氏は、藤壺との恋にこうも苦しむのでしょうか？

答は二つ、「恋というものが、そもそもかなわぬものだから」ですね。この方がずーっと重要なテーマで、そして「禁断の恋」というのが何故苦しいのかと言えば、「世間の口がうるさいから」ですね。

帝の后と臣下の男の密通が大禁忌ではないにしても、だからといってそれを公言するわけにはいかない。光源氏は藤壺の女御との仲を終生口にはしませんし、桐壺院が世を去り、朱雀院が冷泉帝に譲位して我が世の春が来たからと言って、それで女院となった藤壺との関係を復活させようとは思わない。藤壺との仲は永遠に闇へと葬り去られてしまうようなものですが、一体これは何故なのかと言ったら、その考えられる最大の理由は、当時の感覚でいけば、「世間の口がうるさいから」でしょうね。

ともかく、源氏物語の登場人物達は、あきれるほどに「世間の思惑」を気にします。自分の体から生霊が抜け出ていくのを直感してしまった六条の御息所が、〝さならぬことだに、人の御為にはよさまのことをしも言ひ出でぬ世なれば〟（大したことでなくとも、身分の高い人間のこととなったらロクなことは言い出さない世の中だから）と、体裁の悪さを嘆くのに始まって、女という女は、みんなこれを嘆くと言っても過言ではないでしょう。

外聞の悪さは最大の敵で、縁組ということが問題になって来ると、源氏物語のやんごとない登場人物達はすべて、「人笑へ＝物笑いの種になること」を心配します。このことから超然としているのは、ここに宮仕えに上がっている女房達だけです。

使用人は平気で主人の不幸の可能性を嘲笑い、高貴な主人達はみんなこの外聞の悪さを気にします。

「既に紫の上という人がいる源氏は、私の娘をもらってくれるだろうか？　もしも私の娘があまり彼に愛されなかったら物笑いの種になるし」と、時の帝の父である朱雀院は女三の宮の縁談で悩む。

夫である柏木の衛門の督に死なれてしまった、女三の宮の姉である女二の宮も、「外聞が悪い」と言って泣く——その後で夕霧の左大将に言い寄られた時も、「既に夫を一度失った女だから、外聞が悪くていやだ」と言って拒む。

どうもこの国には、男女間の不幸を「可哀想」と言う風習はなくて、「いい気味だ」と笑う風習しかなかったらしいんですね。当時の人達は、帝に纏わる禁忌なんかより、この外聞の悪さをずーっと気にしていた——源氏物語の存在する平和な社会の前提というのは、どうも「この外聞の悪さを最大のタブーとする」だったらしいんですね。

その十八

50　三角関係の定理

宝塚歌劇の作劇の基本は「三角関係」なんだそうです。三角関係で、「その中心になったヒロインが最後には死んでしまう」――このドラマが最も観客に受けるんだそうです。なんとなく分かります。ここをもうちょっと突っ込んでみましょう。

ヒロインが死ぬことによって解決のつく三角関係のメロドラマには、性格の違う二人の男が必要です。一人は放浪型の男、もう一人は定住型の男で、この二人は親友に近い設定です。

たとえば、ヒロインを含む三人が同一の社会の中で暮している。そうなると、ヒロインは放浪型の男の方に憧れます。何故かといえば、放浪型の男は、自分の定着している社会に飽き足りないものを感じている、意識の高い男だからです。

飽き足りないからこそ、彼はそこから出て行こうとする。そういう危険性は、閉じたその社会の中では傑出した輝きのように見えて、ヒロインにとっては十分魅力的である。

放浪型の男もヒロインに魅力を感じてはいるのだけれど、いかんせんそのヒロインの魅力というものは、彼が「飽き足りない」と思ってしまった社会の中でしか輝かないようなものだから、彼女をその外へ連れ出すことは彼女を不幸にすることにしかならない。だから彼は、後に残して行くヒロインを、自分の親友である定住型の男に預けなければならない――これがドラマの基本です。

このメロドラマを見る「幸福な観客」というものは、みんなこの定住型の男と生活を共にして、しかしそこで何か飽き足りないものを感じるからこそ、社会を否定して放浪を選ぶような男の登場する――主役になる――メロドラマの観客になる。

だから当然観客は、安全な定住型の男の方が、魅力としては劣ることを知っている。だからこそその観客達の為に、このメロドラマのヒロインは、預けられた定住型の男と、去って行く放浪型の男との間で葛藤を演じなければならない。

しかしここで問題があるというのは、彼女がその間でさまよっている二人の男が、一方は社会を捨てる男、一方が社会に安住する男という、社会に関する最終的な決断を迫る二人だからですね。　安住を選べば魅力はない。　魅力を選べば生活の困難が訪れる。この選択は極端で、なろうことなら「選択をする」という事態を回避したいようなものだから、その結果として、ヒロインは死を選ぶ。死ねば、彼女を捨てた放浪型の男も、彼女の死を悼んで泣いてくれる。ヒロインは「この社会を捨てるか否か」という極端な選択を観客に突きつけることを回避出来て、後には「永遠の愛」という甘美だけが残る。予定調和とは斯くもあらんという、見事な「ヒロインの死」です。

まさか、こうして死んでしまったヒロインに、社会を捨ててさすらう男が「バカな女だ」と言うはずはないので、この悲しいハッピイエンドは万全の終わり方をします。「女は常に社会の犠牲者である」ということは、恋愛というものの甘美を成り立たせるのに不可欠なモチーフなんですが、ここではそれが見事に成り立っているのですね。

この三角関係で、ヒロインが魅力を感じる男は、必ず放浪型の男で、この男が何故放浪を選ぶのかと言えば、彼が自分及びヒロインの所属する社会に対して問題を突きつけることを、回避するからですね。

彼はその社会に飽き足りないものを感じている。そのことをそのまま表明してしまえば、彼はその社会の転覆を計画する革命家にならざるをえない。それはそのまま、その社会の最もよい部分を象徴しているはずのヒロインの無知を指摘して、彼女を根本から否定することになってしまう。だから、心優しい彼は、社会も否定せずヒロインも否定せずに、自ら進んで放浪者となることを選ぶ。だから、「この社会にはどこかに矛盾が潜んでいるような気がする」という直感がある限り――それが直感で留まっている限り、この、ヒロインと定住型の男と放浪型の男の三角関係は不滅です。

というところで源氏物語を見てみます。

二人の男の板挟みになってヒロインが死を選ぶというパターンに最も近いのは、源氏物語の最終局面に登場する宇治十帖の浮舟（うきふね）だけです。

彼女に恋する二人の男は、己の出生の秘密を知って苦悩する薫（かおる）という放浪型の男と、次の御代の春宮であることをほぼ約束されている定住型の匂宮（におうみや）――この布陣は完璧です。

この二人の間で彼女は苦しむが、しかし彼女は死を選ばない――選択を回避するということをしない。どちらかの男を選ぶということもしない。彼女は、「私は私自身の選択をしたい」と思って、「誰も選択しない」という選択をする――そこのところで源氏物語は終わります。

ヒロインが死んでしまうという三角関係では、夕顔がいます。この時期の源氏は、専ら

「恋の放浪者」でもありますし、彼女に逃げられた頭の中将は定住型の男でもあります。ただしかし、この三角関係が浮舟のものとは違うというのは、夕顔の中にあまり葛藤がないということですね。彼女は、頭の中将の訪れを待っていないわけではないけれども、新しい庇護者として源氏が現れればわりと簡単にこれを受け入れてしまうし、頭の中将は頭の中将で、源氏と夕顔が深い関係になっていることを全く知らない。夕顔が三角関係の中心人物になるのだとしたら、これは源氏と頭の中将との間ではなく、源氏と六条の御息所で作る三角関係の中でです。

源氏物語の特徴は、男二人女一人の三角関係の中で男同士はあまり争わない（だから緊張感はあまりない）けれど、男一人と女二人の三角関係になるとこれがガラリと変わって来るということですね。

源氏と夕顔と六条の御息所の三角関係の中で、夕顔は死ぬ。源氏と葵の上と六条の御息所の三角関係の中で、葵の上は死ぬ。源氏と紫の上と明石の上の三角関係の中で、明石の上は取り残される。源氏と紫の上と女三の宮の三角関係の中で、紫の上は後の死に至るような病に落ちる。更にこの『若菜上』の巻には、紫の上と女三の宮という二人の「六条の院の女」に対する、朱雀院の許から離れた朧月夜（おぼろづきよ）と源氏という、そういう三角関係も含まれている。

三角関係に於ける緊張感の強さは、「男二人と女一人」よりも、「男一人と女二人」の場合の方がずっと強いということが言えるでしょう。

源氏は、男とは争わずに女を手に入れ、女達は争って源氏を手に入れようとする——そんな関係です。「男一人と女二人」の三角関係は緊張をはらみ、それが最終局面に至って、「選択する女＝浮舟」を浮かび上がらせる「男二人女一人」の三角関係になると言った方がいいかもしれません。

51 夕顔の系譜

「源氏物語の根本モチーフは、源氏と父帝と藤壺の中宮、源氏と柏木と女三の宮という、三角関係の密通にあるというのに、一体お前は何を詮索しているのだ?」と仰言るかもしれません。しかし私は、「果してそうか?」と言います。

源氏物語の主役は言うまでもなく光源氏ですが、しかしこの主人公は物語の三分の二が終わったところで死んでしまいます。源氏物語は一貫した流れを持った〝物語〟ですが、光源氏を中心にしてこの物語を辿って行くと、どこかでプツンと切れてしまいます。最後の最後、『夢浮橋』の巻で主役となるのは、果して「拒まれた、源氏の血のつながらない息子薫」なのか、〝拒んだ女浮舟〟なのかということになれば、この答えは明らかに「拒んだ女」だと思います。

「男の光源氏の物語」が、最後には「女の浮舟の物語」となってしまって、この二人の間には、ほとんどなんの連関もないという、不思議な構造を持つのが源氏物語です。

しかし、「それでは――」というので、こういう発想はどうでしょう?

「一体、源氏物語の〝影の主役〟は誰か?」

女性が女性の読者を想定する仮名文字の物語を書いて、これに全編を貫く女の主人公がいないというのは、ヘンだと思いませんか? 長大な源氏物語をどこかで一貫させるような、ある人物がいて、その為には光源氏でさえも脇役であるということだってあるかもしれない。光源氏が途中で死んでしまうということは、その作者の構想の故であるかもしれないと――。

源氏物語は、「男の物語」であるよりも「女の物語」である方が相応しいと思うのですが、どうしてその「女の主人公」が見えて来ないのか、ということもあると思います。

私に言わせれば、その〝影の主人公〟は、夕顔です。源氏物語のいわば導入部に当るところで死んでしまった彼女が、どうしてこの大長編の影の主役となるのか？

須磨から戻った源氏が権力の中枢に位置を占め、そのことが確立されると、その最大の支援者であった藤壺の中宮は世を去る。『朝顔』の巻では、その死後の源氏の心のたゆたいが描かれて、そのまま光源氏の物語はストップしてしまう。『朝顔』の巻に続くのは、それまでとは全く趣を変えた、源氏の息子夕霧を主人公とする物語です。新たな若者の物語である『乙女』の巻の最後に、光源氏の物語の後半部の舞台となる六条の院の完成が描かれて、今まで流れ続けて来た物語の川は、ここで大きな池を作って、流れるのをやめてしまう。

そして登場するのが、夕顔と頭の中将の間に生まれた娘・玉鬘（たまかずら）です。『玉鬘』の巻から『真木柱』の巻までは、源氏と玉鬘の関係こそが物語を動かす中心となる。

『玉鬘』の巻の書き出しはこうですね――。

〝年月隔たりぬれど、飽かざりし夕顔をつゆ忘れ給はず〟

源氏は夕顔への思いが冷めたわけではない。「死んでしまったからそのままになっていたけれども、彼女への思いは、続けようと思えばいつでもそのまま続けられるほどに生きていた」ということですね。その夕顔の娘の話が、全盛の六条の院の四季の移り変わりと共に語られる。玉鬘は、髭黒という男に奪われるようにして六条の院を去り、物語は改めて、『若菜上』から源氏の死へと向かって進められて行く。

源氏は死んで、『匂宮』の巻で「その後」が語られ、そのまま宇治十帖へ続くのかと思いきや、その途中に『紅梅』『竹河』という不思議な二帖がある。ともかくもすんなりと語り始められる『紅梅』の按察使の大納言一家の物語はともかく、次の『竹河』の巻は少し異常です。

〝これは、源氏の御族にも離れたまへりし、後の大殿わたりにありけるわる御達の落ちとまり残れるが問はず語りしおきたる――〟と、『竹河』の巻は始まります。

「これは、源氏の一族とは別の、髭黒の大殿の許に残っていたおしゃべりな女房達が問わず語りに語り出したものですが――」という、「別系統の話だ」という断り書きが初めにある。

ここで語られているのは、太政大臣にまでなった髭黒に死なれてしまった玉鬘の後日談――後家となった玉鬘の奮闘記ですが、これは決してハッピイエンドではない。薫や、夕霧の末息子である蔵人の少将の恋物語を前面に立ててはいるけれども、この巻の眼目は、

「高貴」というポジションを占めてしまった女達の、その後の変貌でしょう。

上皇となった冷泉院の許へ、玉鬘の娘は側室として上がり、初めはよかったが、徐々に古くからの妃達の嫉妬によって苦しめられて行く。かつては「秋好む中宮」と呼ばれたおとなしやかな女性が、六十を過ぎて嫉妬を剝き出しにする。その事態に堪えかねた玉鬘は、遂にヒステリーを起こしてしまって、『竹河』の巻は終わる。

何故こういう帖がわざわざあるのかといえば、紫式部が「夕顔――玉鬘」の系譜を特別扱いしたかったからでしょうし、夕顔と玉鬘を対比させたかったからでしょうね。「夕顔は儚く死んだ、その娘は苦労をしたが、その後は大家(たいけ)の北の方となった」が『真木柱』の巻までならば、『竹河』の巻は、「しかしそれは、幸福なその後へ続く道ではなかった」です。

そして、「どうして家の子供達はみんなロクな出世をしないの！」という玉鬘の絶叫で終えられる『竹河』の巻は、そのまま、光源氏の存在故に一生を不遇で終えるしかなかった宇治の八の宮の物語――『橋姫(はしひめ)』へと移ってしまう。

「夕顔――玉鬘」の路線は消えてしまうのだけれども、それが最終局面で浮かび上がって来るのが、父八の宮に認知されずに終わった娘・浮舟です。

八の宮は、北の方の死後に、女房として仕えているその北の方の姪に手を付ける。その女房は妊娠して、清潔好きの八の宮は自己嫌悪に駆られてこの女を追い出す。認知されない娘を生んだ女は、「前の常陸の守」という受領の北の方となり、その娘は継父である受領に邪慳にされる——これが浮舟ですね。

一体この浮舟と夕顔の間に、どういう関係があるのか？

こういう関係です——。

52　放浪する女

浮舟は、継父のせいで結婚が出来なくなる。その娘を哀れんだ母親は、娘を二条の院に移す。二条の院の主は匂宮で、そこには浮舟とは腹違いの姉に当る八の宮の娘「宇治の中の君」が女主人として住んでいる。浮舟の母はこの中の君を頼って二条の院に娘の身柄を預ける——そこへ好色な匂宮が入り込んで、怯えた浮舟は母の手によって再び〝三条辺りの小家〟という隠れ家へ移される。表向きは、匂宮の魔の手を避ける為だけれども、その背後には、「もし匂宮との関係が出来て、異母姉である中の君の嫉妬をかったら大変なことになる」というモチーフもちゃんと隠されています。

浮舟は三条の小家に隠れ住んでいて、死んでしまった宇治の八の宮のもう一人の娘「大君」を忘れられない薫は、その面影を求めてこの隠れ家へと忍んで来る。そこは都のはずれで、朝になるといかがわしい連中の声がするようなところで、薫は「こんな朝も気が変わって面白いか」と思う。しかし薫は、亡き人の由縁の女をそんな所に置いておくつもりもないから、今は空家となった宇治の八の宮の山荘へと、彼女をこっそり誘(いざな)って行く。『東屋(あずまや)』の巻に描かれる話ですが、これはそのまま、『夕顔』の巻のヴァリエーションですね。『夕顔』の巻で描かれたことを、もう一度念入りにリアルに再現して、ヒロインを殺さないようにして、「最後の選択」を彼女にさせるべく、『夢浮橋』へと続けて行く。

浮舟は、死ななかった夕顔――女の嫉妬に殺されなかった夕顔であり、出世を拒んだ玉鬘でもありましょう。源氏物語の影を作る女の流れは、この「夕顔――玉鬘――浮舟」なんです。

この三人の女には、共通点があります。一つは、父を持たないこと。二つは、放浪せざるをえなかったことです。

夕顔の父は近衛の中将で、既に死んでいる。彼女は頭の中将と関わりを持って一女を生んだが、彼の北の方の嫉妬によって都の内をさすらわなければならなくなっている。

母・夕顔や父・頭の中将と別れて暮していた幼い玉鬘は、それを育てる夕顔の乳母一家と共に西国へ下る。夕顔の乳母の夫が、西国へ下る受領だったからですね。都へ戻った玉鬘は、父ではない源氏に引き取られて、父というものを曖昧なままにされている。浮舟は父の認知を得られずに、受領の妻となった母と共に東国で年月を過ごす。

そしてこの源氏物語を書いた紫式部は、「越前の国の守」となった父と共に北国へ下って行った女性です。受領の階層の娘なら、父と共に都を下るのは当り前の体験ですが、しかし都という世界は何を卑しめるのかというと、「都を離れる人間」を最も卑しめます。そこのところを逆手に取って、「近衛の中将の位置をなげうって、進んで地方へ下った大臣家の息子＝明石の入道」というキャラクターを出した紫式部は、その辺りをどのように思うのでしょう？

恋の主人公となるやんごとない姫君は、都の内を一歩も動かない。しかし受領の娘なら、それは出来ない相談。だから紫式部は、「地方へ下った女でも、まともな女ならば、かえって都の女よりも頭がいい」という見解を出して来ます。

田舎育ちの、教養などというものとは無縁の玉鬘が、六条の院の主たる源氏の手によって、時の帝の寵を受ける才色兼備の尚侍（ないしのかみ）という役職を与えられるシンデレラ物語の主人公になるのは、紫式部が「都の外を知っている女は頭がよく聡明だ」と主張した結果ではないかと思われます。だからこそ、東国という地方世界を知った浮舟は、最後の最後に、「決断」という物語全体を締めくくる選択をなしえるのではないかと——。

浮舟の物語が夕顔の物語であるという前提に立つと、非常に面白いことが分かります。源氏物語の冒頭『桐壺』の巻で描かれたことが何であったかを思い出して下さい。

按察使の大納言という人が死んで、その未亡人は古い由緒ある家柄の出身の人だが、この人が夫の遺志を継いで娘を入内させる、というところから物語は始まります。入内した娘は帝の寵を得たが、後宮の女達の嫉妬を受けて死んで行く——このエピソードが、実は光源氏死後の物語の冒頭にもう一度形を変えて再現されているのです。

『匂宮』の巻では、御代の主立った人物の紹介。勢力ある右大臣(夕霧)が美貌の娘(六の君)を、御代を代表する男性に与えたいと思うのだが、肝心の相手(匂宮)はなかなか言うことをきかない——つまり、源氏と左大臣家の娘・葵の上とのことが再現されているのです。

『紅梅』の巻では、娘の入内を策すのんきな按察使の大納言一家の不思議なホームドラマが描かれて、ここで重要なのは「按察使の大納言家には娘が一人ではなく複数いた」ということです。

『竹河』の巻では、「娘を入内させたはいいが、そこが帝の後宮ではなく、現役を退いた上皇の御所だった」という設定から、パッとしないその上に、男子を生んだが故に先輩の女達から妬まれる娘の不幸と、母たる未亡人・玉鬘の怒りが描かれていて、しかも驚くべきセリフが男性主人公から吐かれる。

「お妃方の嫉妬をなんとかしてもらえませんか」と懇願する玉鬘に対して、第二の光源氏であるはずの薫中将は、こう言うんですね——。


〝「人は何の咎と見ぬことも、我が御身にとりては恨めしくなむ、あいなきことに心を動かい給ふこと、女御、后の常の御癖なるべし。さばかりのまぎれもあらじものとてやは思し立ちけむ」〟

(「人が見ればなんでもないことでも、あちらにとっては恨めしくて、つまらないことに一々興奮するのは、女御・后という人達の癖ですよ。それくらいのこともご存じなく、そうした諍いがあるともお思いにならなくて、それで宮仕えの決心なんかなさったんですか?」)

『桐壺』の巻の悲劇がガラガラと音を立てて崩れて行くような凄じいセリフです。この『竹河』の巻を受けて、「浮舟の選択」へと至る宇治十帖は始まるんですね。

浮舟が、「もう一人の夕顔」であっても決して不思議はないんですが、同時にここには、「男二人と女一人の三角関係」を別の形で改めて成り立たせる為の新しい要素——〝姉妹〟というモチーフが導入されるのです。

その十九

53　姉妹というモチーフ

光源氏死後の源氏物語には、それ以前にはない要素が登場します。複数形の女——姉妹です。

『紅梅』の巻の舞台となる柏木の弟・按察使(あぜち)の大納言家には、先妻腹の「大君」「中の君」という姉妹と、後妻である「真木柱(まきばしら)」の連れ子である「宮の御方(おんかた)」という義理の姉もいます。

この「宮の御方」は、義理の妹達と仲がよくて、「男と結婚したくない」と言って、更には母たる真木柱に顔を見せようともしない。

血縁ではない姉妹に顔を見せて母親には顔を見せない女性というのは、ちょっと尋常ではありません。どういうことかと言えば、「この宮の御方の内には、母親には顔を見せられない何かが育っていて、それは血の繋がらなくて親しい女性達とは平気で分かち合えるものだった」ということだからです。

「見る」ということに「性交」という意味合いも含められるこの時代でこういう設定を持っているということは、「宮の御方がレスビアンである」ということですね。以前に「源氏物語に女の同性愛があるかないか分からない。それは、この時代に〝女の為の恋の様式〟がなくて、それがない以上、レスビアンは存在しても書きようがない」と言いましたけれども、それはこういうことです。

「血の繋がらない妹達とだけ仲がよい」「母親には顔を見せない」「男とは結婚したくないと言う」——これだけの条件を持つ人物として宮の御方は書かれ、しかしそれ以上は書かれない。彼女は単に「思春期特有の同性愛的感情を昂ぶらせただけの存在」なのかもしれない。しかし、紫式部が公然とこういう女性を存在させたというのは、結構重要なことかもしれません。

『竹河』の巻に登場するのは、髭黒の太政大臣と玉鬘の間に出来た「大君」「中の君」の姉妹です（「大君」は「長女」、「中の君」は「次女」という意味の普通名詞ですから、按察使の大納言家にも玉鬘家にも、同じように「大君」「中の君」の姉妹はいるのです）。姉の大君は、後に「冷泉院の御息所」と呼ばれて、后妃達のいじめに遭う「もう一人の桐壺の更衣」、妹の中の君は、母玉鬘の後を継いで宮中の尚侍（ないしのかみ）となる女性です。

過去に冷泉院との行き掛かりのある玉鬘は、どうしても冷泉の御所に足を運びたくなくて、妹娘のいる宮中の方ばかりに行く。院の御所では先輩后妃達の嫉妬にあって、しかも母親にはあまり構ってもらえない大君は、「死んだお父様は私を愛してくれたのに、お母様は昔から私に冷たい」と怒る。

按察使の大納言家では、姉の大君が春宮（とうぐう）の後宮に入内し、継母の真木柱がこの世話を焼く。妹の中の君はまだ去就定まらずというところなんですが、この『紅梅』の巻で入内した按察使の大納言家の姉娘が「女御」なのか「更衣」なのか、紫式部は一言も明かさない。彼女はただ「麗景殿（れいけいでん）」「春宮の御方」と書かれているだけなんですが、「大臣家の娘は女御、大納言家の娘は更衣」と身分の別がはっきりしている以上――だから「按察使の大納言の娘」でもある光源氏の生母は「桐壺の更衣」なんですけど――この大君は当然「更衣」です。

源氏物語の世界では明らかに「更衣」という身分はワンランク低いものとして書かれて

います（その典型は、まるで「芸者上がりの側室様」と言われているのに等しい、『夕霧』の巻に登場する「更衣上がりの今めいた御息所＝一条の御息所」でしょう）。しかし『紅梅』の巻ではそんな雰囲気がかけらもなく、のんきな按察使の大納言一家は、娘の栄光をのんきに喜んでいる。

「両親が揃って、娘を春宮という未来の存在に進呈してしまえれば、別にその娘が更衣であろうと女御であろうと構わない」と言うような『紅梅』の巻に対するのが、「たとえ太政大臣家の娘であっても、父がなく、その宮仕えの先が上皇という過去の存在であったなら惨めなだけ」という『竹河』の巻でしょう。

姉妹という設定があって、宮仕えという栄達の手段があって、父がいたりいなかったり、母がいたりいなかったり、母を疎んだり慕ったりという条件が、この『紅梅』と『竹河』の巻でややこしいばかりに並べられます。それはほとんど、作者の紫式部が、「私はどの条件があれば女の幸福というものが得られるのか、その可能性を検討しているのだ」と言わぬばかりです。

それでは、その紫式部の検討し尽した〝可能性〟の答とはなんでしょう？『紅梅』と『竹河』の二帖ではっきりするのはただ一つ、「宮仕え（入内）による女の出世には意味がない」です。

紫式部というのは不思議な人で、「身分の高い女性は素晴しい、身分の低い女は卑しい」という決めつけを簡単にするくせに、身分の高い女性がある限界を超えると、必ず冷淡になります。

葵の上の母親にして桐壺院の姉である「大宮」は、威厳と品位と優しさを備えた素晴しい女性として描かれていたはずなのに、『乙女』の巻に至ると、老耄の無残を衝かれる。情緒纏綿たる『花散里』の巻の主人公は、その後になって「美しくないから源氏は寄り着かない」と書かれる。

源氏の娘の明石中宮などは、入内した途端源氏に全く関心を持たれなくなる。

晩年の悲劇を同情の筆で描かれるのは紫の上と朧月夜ぐらいで、その生涯を全うした姿を称えられるのは、准太上天皇と遇されて「女院」となった藤壺の中宮唯一人です。そして、その理由がどうやら説明されるのは、この『竹河』の巻なんです。

「女性の幸福は結婚であるし、その結婚の最も素晴しい結果が、帝の後宮に入り皇后となることだ――ということになっているが、それは嘘だ」と。

近衛の中将である父を失った娘が、時の頭の中将と巡り会って一児を儲ける。男には時の右大臣の娘という正妻がいて、その妻は夫の愛人に嫉妬して脅迫する。怯えた女は身を隠し、光源氏という御代に随一の貴公子と関係を持つが、程なくして急死してしまう。その母に死なれた幼い娘は、母親の乳母(めのと)の一族と共に西国へ下り、都へ戻る伝手(つて)を失ってしまう。虚しく辺境に身を埋めるかと思われた娘は、彼女を守る一家と共に苦労して都へ戻り、都の内をさまよう。頭の中将であった父は時の内大臣となっていたが、伝手を持たない彼女はその父に会えず、かえって亡き母の恋人だった御代の太政大臣の邸に養女として引き取られることになる。

養父となった太政大臣は、彼女に最も相応しい婿を選び出すと言いながら、しかし彼女に道ならぬ関係を迫って来る。彼女には御代を代表するような男達が求婚し、遂にはその競争の中に帝さえも登場するという竹取物語のような展開を経て、彼女は次の御代の権力者となる髭黒(ひげくろ)という男の妻になる。

その男は果して次の御代の最高権力者たる太政大臣となったが、やがて彼女を残して死んでしまう。彼女は夫の遺志に従うべくして娘の入内を計画するが、男の後ろ盾を欠いた娘が帝の後宮での栄達を望めないと見て、腹違いの妹が女御となっている上皇の御所へと娘を上げる。

妹は彼女の娘＝姪の面倒を見ると言っていたのに、その娘が上皇の寵を得ると掌を返したように冷淡になり、更に、その娘がそれまで男子を持たなかった上皇の為に男子を生むと、明らかに敵対を表明する。妹の女御ばかりでなく、物静かな人と言われていた上皇の后さえもが公然と嫉妬を剝き出しにする。

その結末は、「妃というのはつまらないことで嫉妬をするものです」という男性主人公の断定に封じられ、王朝最大のシンデレラ・ストーリーの主人公だったはずの彼女・玉鬘は、ヒステリーを起こす。

「すべての女は、本質的に〝いずれ輝いてしかるべき高貴の姫君〟で、その最大の幸福は力ある男の正式の妻になることである」という、当時の女性の幸福幻想を支えるものは、ここですべて完全に崩れ去っている。『竹河』の巻で描かれた「玉鬘のその後」には、これだけのものがあるのですね。そしてそこに、紫式部は更に二つの〝無意味〟も籠めている。

源氏に引き取られて六条の院に入った玉鬘は、帝の要請で尚侍（ないしのかみ）のポストを与えられ、源氏もこれをよしとする。尚侍というのは後宮に侍る妃ではなく、表の女官の官職です。帝の寵を得ることも当然あるが、尚侍は当時のキャリア・ガールのトップに立つようなプレステイジの高い官職です。

紫式部は、「女の幸福が結局は男に依存することにしかならないのはいやだ」と、千年前に思ったのでしょう。玉鬘というシンデレラ・ストーリーの主人公に、この官職を与えた。「彼女は、たとえ名門の北の方に収まったにしろ、単なる専業主婦ではない、キャリアを持った自立した主婦だ」と言いたかったのでしょう。

しかし結局、当時の女性の官職のトップである尚侍の彼女は、「夫を失ってすがれ行く太政大臣家の北の方」でしかなくて、「尚侍」なるキャリアは、夫という後援者抜きにしては何の意味もなさない――だから彼女の娘は、「日の当らない上皇御所の宮仕え」という選択をしなければならない。

「女御后という高貴な女達でさえ、結局はロクでもない女の正体を隠さないもので、彼女達の傲慢を成り立たせる帝というものが、女の幸福にはなんの意味もなさないのと同時に、朝廷という男達の権力機構も、女には意味をもたない」と言っているようです。

だから、『竹河』の巻を終えた紫式部は、その男社会のシステムから排除されて宇治という辺境に身を潜めなければならなかった、「桐壺院の八の宮」という不遇な皇子を、物語の中心に引き出すのでしょう。

「それは無意味だ」と、彼女は〝都〟という当時の社会全体にさえ言っている。

そして更にもう一つ、『竹河』の巻では、玉鬘とその腹違いの妹達の葛藤を書いて、「男に拠って秩序に安住してしまった女達はエゴイストばかりだ」とさえも言っている。

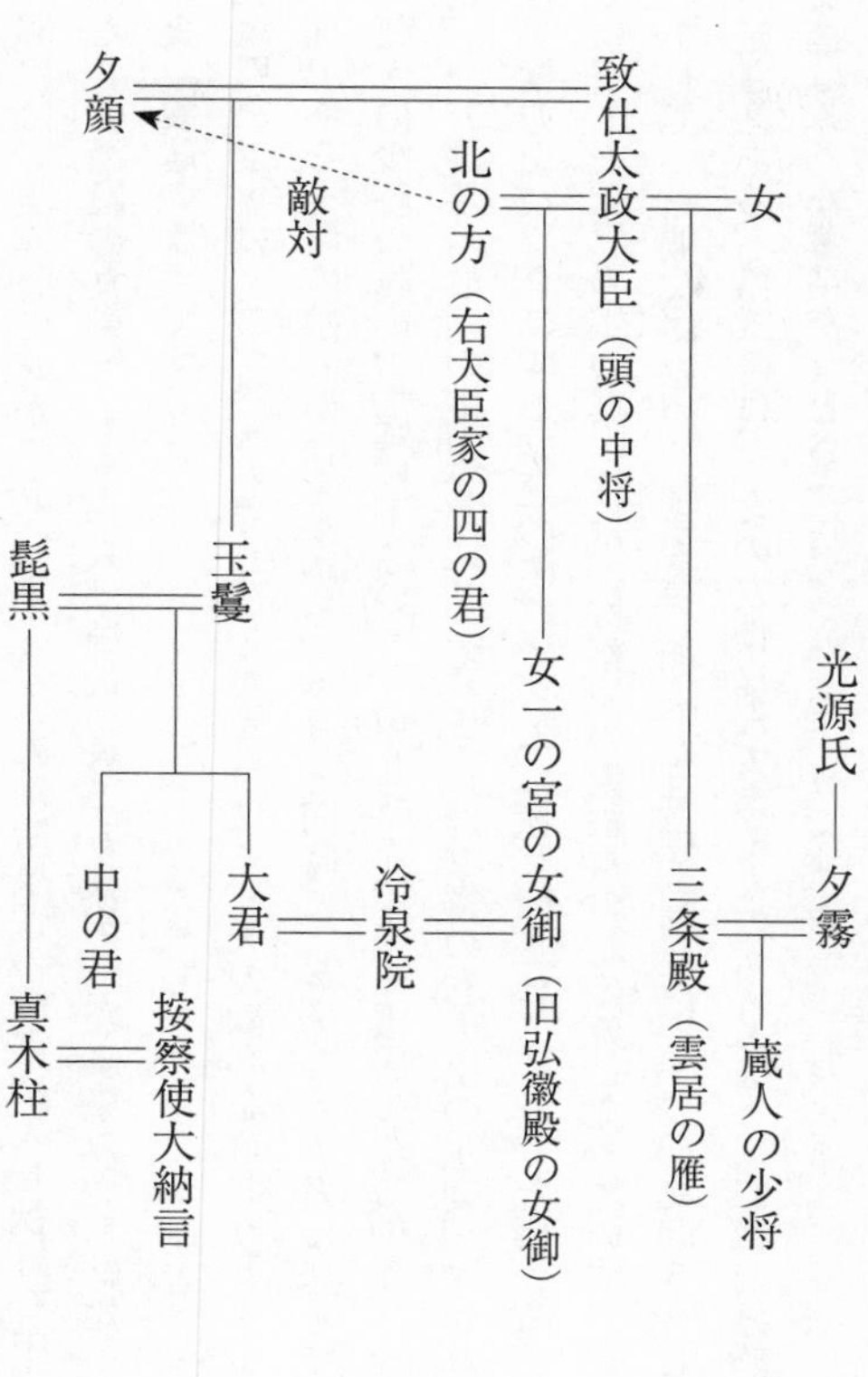

系図を見ていただければ分かるのですが、かつての頭の中将（致仕太政大臣）を父とした玉鬘には、腹違いの妹が二人います。一人は冷泉帝の後宮に入り秋好む中宮と絵合（えあわせ）を戦った「弘徽殿の女御」、もう一人は源氏の息子夕霧の幼な馴染みから結婚へと進んだその正妻「雲居の雁」です。

弘徽殿の女御は、「冷泉院の思し召しだから」と、夫の歓心を買おうとする老妻のように、姪である玉鬘の娘の出仕を求める。それと同時に、その同じ大君に恋してしまった息子・蔵人の少将の為に、「嫁に下さい」と申し込んで来る雲居の雁もいる。一方は上皇の寵妃、一方は時の最大の権力者となってしまった夕霧の右大臣の正妻。すがれた後家の玉鬘は、権力をバックにする妹達のエゴイズムに振り回されてくたくたになる。

更に、亡夫髭黒の娘の真木柱は、按察使の大納言の北の方となっていて、その昔寂しい思いをしていた彼女に慰めの手を差し伸べた継母玉鬘には、「今や見向きもしない」という設定さえある。紫式部は、「女の友情なんてあるんだろうか？　〝幸福な結婚〟をしている女達はみんな薄情だ」とさえ言っているようです。

『紅梅』『竹河』と、かなり無残な暴露を続けて行く物語は、それと同時に、〝姉妹〟という女同士の「横の関係」を提出し続けて、『橋姫』以降の宇治十帖の中心人物ともなる、宇治の八の宮とその二人の娘――大君と中の君の〝姉妹〟を出して来るんですね。

54　父という男のエゴイズム

ここで紫式部の家庭環境を見てみましょう。

彼女の父為時は藤原氏の傍流で、越前の守となるまでかなり不遇の年月を過していました。

彼女の母は、紫式部が幼い頃に死んでいます。

彼女に姉はいますが、紫式部が結婚する少し前に死んでいます。

姉が死んで寂しかった彼女は、同じ一族の女性で同じ頃に妹を亡くした人と、〝姉妹〟の約束をして親しくしていた。

紫式部にはもう一人弟（あるいは兄）に当る兄弟がいますが、これを除外してしまうと、紫式部の家庭は、そのまま「宇治の八の宮一家」です。

光源氏の隠された実子である冷泉帝がまだ春宮であった時分、藤壺の中宮を憎む弘徽殿の大后は、この幼い春宮を排除しようとして、桐壺院の第八皇子を春宮に擁立することを画策する。しかしその計画は須磨から戻った源氏によって頓挫し、第八皇子＝八の宮は永遠に社会から抹殺されるような境遇になる。

八の宮の北の方は、不遇の内に大君、中の君という二人の娘を生むが、間もなく死んで、娘の養育は八の宮が受け持つことになる。

姉の大君は源氏の〝末子〟たる薫中将に求婚されるが、これを拒んで、死んでしまう。するとやがて、妹の中の君は匂宮との結婚生活に入る。

紫式部自身に最もその境遇が似ている人物を源氏物語の中で探せば、それはこの「宇治の中の君」になるというようなものでしょう。(ただしかし、紫式部はそれほど単純な選択をしない人物でもあろうとは思いますが)

源氏物語には二つの視点があると思います。

光源氏生存中の物語は、当時の物語を物語として成り立たせるような「男の視点」で書かれていますが、光源氏死後の物語は、当時の物語の根本を突き崩してしまうような「女の視点」で書かれているようです。

もっと正確に言えば、光源氏死後の物語は、「一方では物語を成り立たせるような男の視点で述べられ、それが更に紫式部という個を持った女の視点で崩されて行く」と。

ここでは、「一般にはこう思われるはずの人だからそのように書くが、しかしこの人にはこういう面もある」という二重性が保たれています。宇治十帖の人物描写の重層性は、そのように考えられるべきでしょう。

世に容れられない八の宮は、宇治の地で娘を育てながら、もっぱら仏教への傾きを示しています。この人に共鳴するのが、「自分の出生には重大な疑問があるらしい」と気がついてしまった厭世的な貴公子・薫です。

薫は、女性に関心がないわけではない。実は大ありなんですけれども、それを露わにしてしまうと自分の〝苦悩〟が成り立たなくなってしまうと思って、それをないことにしようとする、悲しい近代青年です。

世に容れられない八の宮と、世を拒絶したい薫は仲がいい。八の宮は、「本当は何もかも捨てて出家したいのだけれども、娘がいるからそれが出来ない」と、保留にして来た人。その人が、自分の寿命が尽きかけていることを知って、娘の世話を薫に託す。宇治の二人の姫君を巡る錯綜はここから始まるのですが、しかし一方、宇治の八の宮は、娘達には「結婚するな、山里に閉じ籠って人との関わりを持つな」という、恐ろしいことを言い残します。

自分の余命がどれほどもなさそうだと感じた八の宮は、一方では信頼出来るはずの男に「娘を頼む」と言い、他方では娘に「誰とも結婚するな」と言い置いて、それで「やっと肩の荷が下りた」とばかりに宇治山の寺に籠って、出家をせずにそのまま死んでしまう。宇治十帖の錯綜のもう一つの理由はこの八の宮の遺言の矛盾にあるのですが、それでは「何故八の宮が娘に〝結婚するな〟と言ったのか？」ですね。

八の宮は、その理由を娘には言わず、その後で女房達だけに言う——「つまらない男に引っかかって家名を汚すといけないから」と。

ここまでで、薫という「人生の苦悩を背負った近代青年」を惹きつける、八の宮という「厭世の人」が、かなりいかがわしいもののように見えて来ますが、紫式部は、それに二つの追い討ちをかけます。

一つは、浮舟という外腹の娘の存在ですね。

北の方に死なれた八の宮は、その後妻を迎えるということをせず、ストイックに娘を慈しむことだけを生活の目的としたと書かれてはいるのですが、それが後になって、「実は女房に手を付けていた」と書き加えられます。

北の方の由縁の女房にこっそりと手を付けて極秘にしていたのだけれども、その女が妊娠して女児を出産した途端、〝あいなくわづらはしくものしきやうに思しなりて〟（認め難く迷惑で不快なようにお思いになって）絶縁を言い渡してしまうのですね。

幼な子を抱えたその女房は行き所がなくなって、受領の妻になる。その八の宮に認知されなかった外腹の娘が浮舟ですが、浮舟の母はかなりこのことを恨んでいる。

八の宮は、うっかり手を付けて、それだけですむものと思っていた自分の〝欲望〟の結果が「娘の誕生」という事実に結びついてしまって、「そのことにショックを受け、それ以来八の宮は、女を遠ざけてもっぱら仏道修行の聖めいた暮しに入るようになった」と、紫式部は記しています。

この八の宮という人、不遇であることはいいけれども、しかしその実で、ひ弱な気取り屋のエゴイストなんですね。でもそんなことは知らずに、父親を絶対視する娘達は、父親の遺訓に従おうとする。

「娘を養育することに生涯の大半を費していた八の宮は、しかし本当に娘を愛していたのだろうか?」という疑問だって生まれます。

「生まれてしまった娘は最愛の北の方の形見でもあるから捨てるわけにはいかない。仕方ないから養育はしたが、娘はもう一人前の年頃だから置き去りにして私は寺に逃げてしまおう。その後で娘がつまらない男と関わりを持って家名を汚されたら困るから、結婚するなと言っておこう」という、ただそれだけの人に思われます。

全部を投げ捨てて寺に籠ったはいいけれども、出家して僧になったというわけでもない八の宮がどういう人物であったのかということを、紫式部は「その死後のエピソード」として、宇治山の阿闍梨(あざり)に語らせます。
「生前あれほど仏道に御専念だった宮は必ず極楽往生間違いなしと存じておりましたのに、私の夢にお姿を現わされた宮は、未だ御生前のままのお姿で、悔しがっておいででした」と。

阿闍梨の夢に現われた八の宮の霊は、「娘が気にかかって往生出来ないから助けてくれ」と告げる。告げられた阿闍梨は念仏を上げて、その他に〝思うたまへ得たることはべりて〟(思い当るところがございまして)、常不軽(じょうふきょう)という行(ぎょう)を弟子の僧に命じます。一体この阿闍梨が何を思い当ったのかに関しては、紫式部は何も語りません。ただ「常不軽をさせた」と、そればかりです。

常不軽の行というのは、「人はすべて成仏の道へ至る為の師となる存在だ」ということを唱えて、道行く人すべての前に跪(ひざまず)いて額をつけて拝む行なんですね。
「何という恐ろしい〝意味〟をこの人は置くのだろう」と、私は作者の紫式部に対して思います。

如何に仏教に志し、如何にそれに身を入れ、自身は世に容れられない「悲劇の親王」であっても、この八の宮が親王である限り、絶対に道行く人の前で跪くなどということはしないでしょう。そして、出家をするということは、絶対にそれをしない親王が、そのことを強制されるということですね。

しかし出家をしないで親王のままだった八の宮は、それをしなかった。〝生前のままの姿〟で現われた八の宮の霊を夢に見て阿闍梨の思い当ったことというのはこれですね。「彼はそれをしていない」――つまり、彼は「傲慢の罪」によって、今もどこかをさまよっている、と。

身分というものが絶対に崩れない千年前の世界で、紫式部という人は、なんという恐ろしい〝意味〟を平然と置くのでしょう。

彼女は、「宇治の八の宮を、傲慢で臆病なエゴイストと解釈してもらっても一向に構わない」と言っているのですね。

その二十

55 「弘徽殿の女御」の意味

源氏物語に於ける最大の敵役は、勿論、桐壺帝の御代の「弘徽殿の女御（弘徽殿の大后）」です。後に「朱雀帝」となる桐壺院の一の御子の生母たる、右大臣家の女御。

源氏物語の中には図像学的な解釈をした方がいいような部分がいくらでもあると思うのですが――典型的な例としては「五条の夕顔」と「六条の朝顔＝六条の御息所」――この「弘徽殿」にも、そんな意味がこめられているような気がします。

弘徽殿というのは、源氏物語の中では「敵役の女御の入る殿舎」なんですね。

源氏物語の中には桐壺帝・朱雀帝・冷泉帝・今上帝と四人の「御代の帝」が登場して、そのそれぞれに「藤壺の女御」「弘徽殿の女御」が存在します。

桐壺帝の御代の「藤壺の女御」は、もちろん源氏に慕われたあの藤壺の女御です。

朱雀帝の御代に於ける「藤壺の女御」は、一般には「源氏の宮」と呼ばれている、「女三の宮の生母」です。

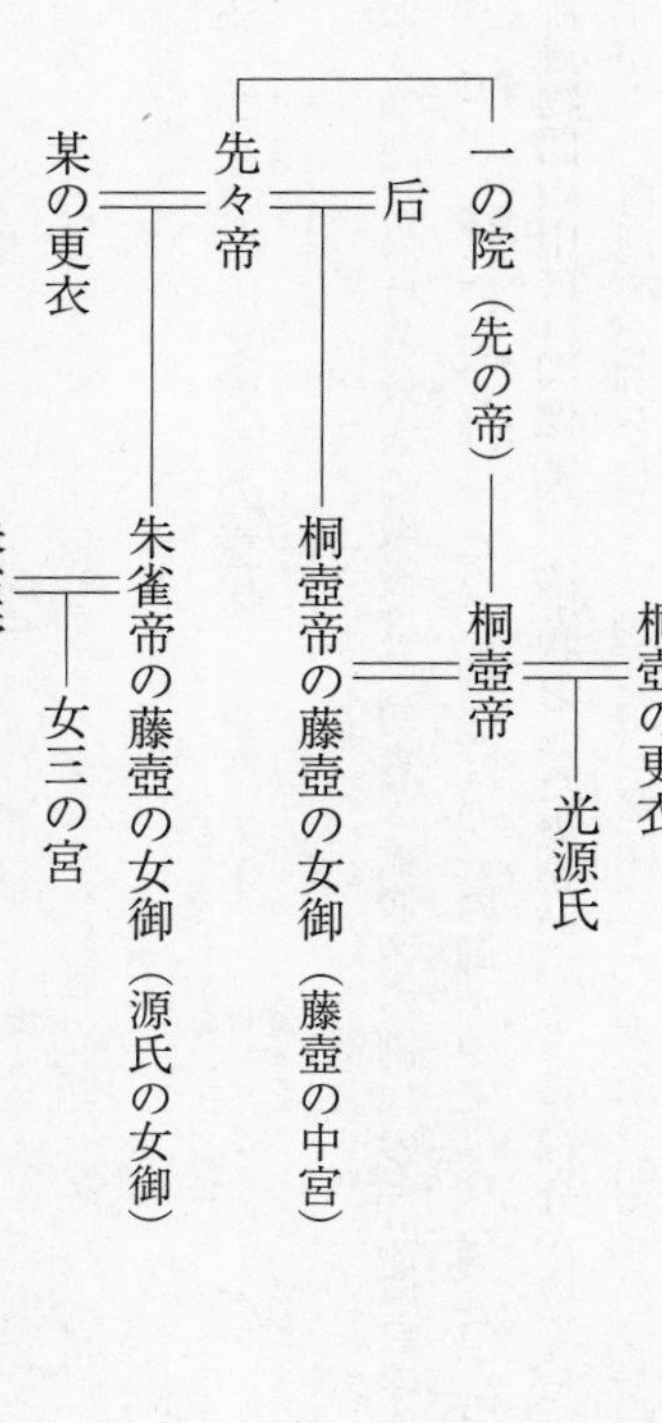

光源氏の愛する藤壺の女御の父帝の後宮で、更衣(こうい)だった女性から生まれ、内親王にはな

れずに臣籍へ降されたからこそ「源」姓を持つこの女性が、朱雀帝の後宮に入って「藤壺の女御」となり、後に光源氏の正妻として六条の院に降嫁することになる女三の宮を生む。臣籍に降された人を「宮」と呼ぶのはおかしいなと思って、私の『窯変源氏物語』では、この人を「源氏の女御」と呼ぶようにしました。

朱雀帝の後宮にはこの「藤壺の女御＝源氏の女御」がいる。それでは、この時の弘徽殿には誰がいるのかというと、光源氏との密通が発覚して妃にはなれなかった「朧月夜の君」が、尚侍としています。

「朱雀帝がまだ春宮だった時分に入内をしていて、本来だったら中宮の位に上ってもいい人だったのだが、取り立てての後見もなく、母方もさして有力ではない〝更衣〟だったので、この藤壺の女御は、後宮での暮らしも心細げにしていたのだけれども、更に、朱雀帝の生母である大后が朧月夜の君を尚侍として後宮に入れてしまった後には、その威勢に押されることになり、朱雀帝も内心では〝気の毒〟と思っていたのだが、しかしその帝さえもすぐに御譲位ということになってしまったので、すべてに関して甲斐というものはなく、この女御は、世の中を恨むようにしてお亡くなりになった」と、『若菜上』の巻の冒頭にはあります。

「そのためもあってか、譲位した朱雀院は、その腹に生まれた女三の宮を大層に可愛がった」とでも言いたげな続き方で、この「朱雀帝の藤壺の女御」の存在は説明されるんですね。

この〝源氏晩年の悲劇〟を語り始める『若菜上』の冒頭は、「桐壺帝の御代の弘徽殿の女御は、死んだ桐壺の更衣の身代わりのようにして後宮へ入った藤壺の女御を憎んだ」という『桐壺』の巻のヴァリエーションのような布置で始められます。つまり、「朱雀帝の藤壺の女御」は、不幸な人なんですね。

尚侍として弘徽殿に住まう朧月夜の君は、桐壺帝の御代の弘徽殿の女御の妹なんですから、「朱雀帝の後宮には、〝弘徽殿対藤壺の対立〟が公然と生きていた」と言ってもよいでしょう。

朱雀帝が譲位した後の冷泉帝の後宮には、新しい「弘徽殿の女御」がいます。

朱雀院の御代に皇太后となった弘徽殿の大后の妹であるかつての「右大臣家の四の君」と、かつての頭(とう)の中将である「権中納言(ごんちゅうなごん)」との間に出来た娘は、女御となって弘徽殿にいます。

これに対して光源氏は、死んだ六条の御息所の娘を「斎宮(さいぐう)の女御」として入内させる。「内大臣になった源氏と権中納言になった頭の中将」という、二人の新しい権力者の対立が「絵合(えあわせ)」という宮廷の一大ページェントとして描かれるのが『絵合』の巻です。

　ここでは明らかに、新しい「弘徽殿の女御」が「源氏に対立するもの」として描かれています。

　それでは、こうした「弘徽殿の女御」のいる冷泉帝の御代に、一体誰が「藤壺」という殿舎に入っていたのかというと、はっきりしません。源氏の後押しを得て、後に「秋好む中宮」となる斎宮の女御の住まいは「梅壺」なんですから、おそらくは、「女院」となって女性としての栄華を上りつめてしまった、冷泉帝の生母たる「桐壺院の藤壺の中宮」が、藤壺を「宮中に於ける自身の住まい」としていたのでしょう。

　藤壺の女院は、斎宮の女御を推す源氏の後押しをします。つまり、「弘徽殿対藤壺の対

- 太皇太后(たいこうたいごう)（桐壺帝の弘徽殿の女御）
- 朧月夜の尚侍（朱雀帝の弘徽殿）
- 四の君
  - ＝権中納言（頭の中将）
    - 冷泉帝の弘徽殿の女御

立は、まだここでも生きている」ということは言えるのです。

最後は、今上帝の後宮です。

ここでは、それまでの布陣が、とんでもないねじれ方をします。源氏と明石の女の間に生まれた「明石の姫」は、春宮（とうぐう）の女御として入内をします。その入内した「明石の姫」が住む後宮の殿舎が、なんとあの「桐壺」なんです。そして、この春宮が即位をして今上帝となる。この「桐壺の女御」は「明石中宮」となるわけなんですが、そうなった時のこの人の住む殿舎が、「弘徽殿」なんです。

桐壺の更衣の子として生まれ、弘徽殿の女御に憎まれた光源氏の娘が「桐壺の女御」となり、やがては「弘徽殿の女御」となる。これは、とんでもなく皮肉な結果だとしか思えません。

「弘徽殿」が「女性の華やかな栄光」の象徴で、「源氏の敵」の象徴であるのなら、この時点で、源氏には「敵」なるものが完全にいなくなるということにもなるんですが、しかしこの「弘徽殿」が、「〝藤壺〟なる形で象徴されるような女性」に敵対するものであるのならば、この時点で源氏の娘は、「敵役」になってしまった、ということにもなります。

どうなんでしょう？

当然のことながら、この今上帝の後宮にも「藤壺の女御」はいます。『寄生（やどりぎ）』の巻には、こう書かれています――。

〝その頃「藤壺」と聞こゆるは、故左大臣殿の女御になむおはしける。まだ春宮と聞こえさせし時、人より先に参り給ひにしかば、睦ましくあはれなる方の御思ひは殊にものし給ふめれど、その徴と見ゆるふしもなくて年経給ふに、中宮には宮達さへ数多、ここら大人び給ふめるに、左様のことも少なくて、ただ女宮一所をぞ持ち奉り給へりける〟

（その頃「藤壺」と申し上げたのは、故左大臣殿の女御におわしました。今上帝が未だ春宮におわしました時に、他のお妃方に先んじて入内を遂げられて、御寵愛は格別でもあられたのだが、御懐妊のことがないままに時が経ってしまい、明石中宮には大勢の御子達がおいでになったのに、こちらには女宮がお一方おいでになるだけだった）

この「今上帝の藤壺の女御」のただ一人の女宮が、「今上帝の女二の宮」――つまり、柏木と女三の宮の密通によって生まれた不義の子・薫に対して、今上帝から「正妻」として下される女性です。

その女二の宮一人を後に残して死んで行くことになる「今上帝の藤壺の女御」の、書かれ方の哀れさは、どこか、女三の宮の生母である「源氏の女御＝朱雀帝の藤壺の女御」に似通ったものがあります。この生母である「今上帝の藤壺の女御」を亡くした女二の宮は、父たる今上帝の後押しによって薫に縁づけられて、でもそのことに対して、「継母」に当たる、弘徽殿に住む明石中宮はノー・タッチです。当然といえば当然のことなのですが。

かつて朱雀院が女三の宮にしたような花やいだ支度を、この今上帝も女二の宮のためにする。そして、その花やいだ嫁入り支度の結果に出来上がった女二の宮と薫のカップルの間には、かつての光源氏と女三の宮のように、寒々とした隙間風が吹いている。

この最後の「今上帝の藤壺の女御」にまで来ると、「藤壺の女御＝哀愁のヒロイン」ではなく、「藤壺の女御＝惨めな敗残者」にも思えてしまうのですが、それでも、「弘徽殿＝藤壺の抑圧者」という構図だけは、変わらないんですね。

「今上帝の藤壺の女御」は、桐壺に入り、やがては弘徽殿に住むことになった源氏の娘・明石中宮の勢いに押されて、結局は寂しい死を遂げてしまうことになるんですから。

「明石中宮は、果して〝敵役〟なのか？」ということになると、どうもそうだとは言いにくいんですが、「弘徽殿＝花やかな栄華＝敵役」という構図が、これを娘に持ってしまった源氏の上に、微妙な影を投げかけていることだけは確かだと思います。

源氏物語に登場する四代の帝――桐壺・朱雀・冷泉・今上と、光源氏との関係というものにも、おもしろいものはあります。「光源氏は、どの帝を最も愛していたか？」ということになったら、その答は、当然「冷泉帝」でしょう。「実は自分の子供でもあった」ということもありますが、光源氏は、この冷泉帝を、非常に愛していると思います。「光源氏が最も愛した人は誰か？」というこ

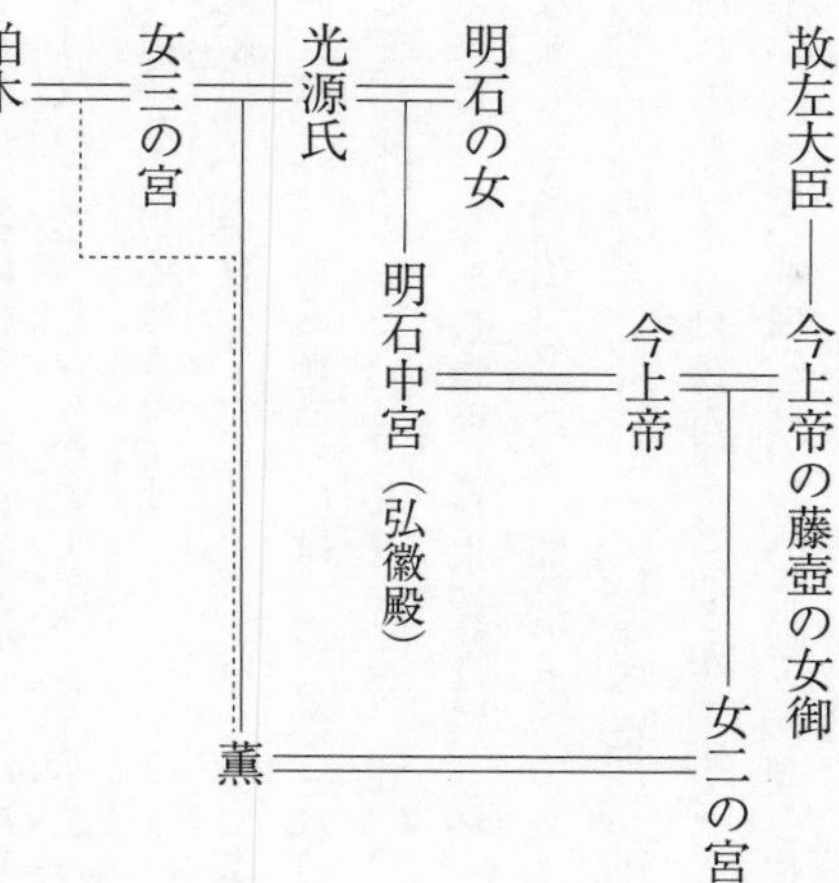

とになったら、私は藤壺の中宮よりも、この冷泉帝だったと答えます。

理由は改めて述べるつもりですが、それがこの当時としては当然のことだったと、今の段階では申し上げるばかりです。

それでは、「光源氏がどの帝を最も疎んじていたか?」です。

光源氏は、父である桐壺帝には、専ら愛されることばかりを願っていたし、偉大なるものとして、尊敬もしていた。朱雀帝に関しては、ある時期からバカにするようにもなっていたけれども、しかし譲位した朱雀院は、〝我、女ならば、同じ姉弟(はらから)なりとも、必ず睦び寄りなまし〟(私が女だったら、姉弟であっても、絶対に愛してもらいたいと思う)と言って、「その娘を自分の身代わりのように源氏に押し付ける」という反撃に出るこわい人ですから、源氏もそうそうは疎んじることが出来ない。私は、源氏の朱雀院に対する憎悪は、『若菜下』の巻で、「彼の賀の祝いを延々と遅らせる」という行為に表れていると見るのですが、朱雀院は、ちょっと恨むにはその祟(たた)りが恐ろし過ぎるところもあります。

だから、「光源氏がどの帝を最も疎んじていたか?」の答は、「その朱雀院の子である今上帝」ということになるのだと、思うのです。

この今上帝に対しては、紫式部も、「早熟で女に飢えていて、音楽の嗜みも今一つ」という書き方をします。こんな書かれ方をする帝は、今上帝の以前にはいません。源氏物語の中の今上帝は、「その以前の三代の帝達よりも、〝輝き〟という点ではワンランク落ちていた人」ということになるのではないでしょうか。

しかも、准太上天皇に遇されて「六条院」と呼ばれるようになった光源氏は、もうその天皇に仕える「臣下」ではないのです。

光源氏は、天皇と対等でもあるような大権力者ですから、今上帝と光源氏の間には、その対立に由来するような、緊張感さえもあります。あるいは更に、自分よりも源氏を愛する父朱雀院の偏愛に対する、今上帝の反発のようなものも。

光源氏は、そういう帝の後宮に、自分の最愛の一人娘であるはずの「明石の姫」を入内させていて、この娘が「弘徽殿の女御」になる。

源氏がこの娘を入内させる準備に奔走するシーンは、『梅枝』の巻に描かれます。「なるほど、源氏は娘のために大層な準備をしたな」と思わせるだけの書き方がされてはいるのですが、ここで不思議なのは、それをする源氏の「娘への愛情」というものが、ほとんど描かれてはいない、ということです。

源氏は、この「明石の姫」を非常に愛していた。葵の上との間に出来た一人息子の夕霧が、ほとんど「邪慳にされていた」としか言いようのない時期に、源氏の愛情はひたすらこの一人娘である「明石の姫」の上に注がれていたと言ってもいいのですが、それがこの

『梅枝』から『藤裏葉』の巻にかけては、いささか様相が変わって来ます。

娘の入内の準備には熱心であるけれども、しかし肝腎の娘への愛情はどこかへ行ってしまったような源氏は、娘の世話を明石の女に押し付けて平気でいる。源氏の愛情は、いつの間にか、娘よりも「入内競争」という政治、女の世界から男の世界、娘から息子の夕霧へというように、移ってしまっているんですね。

光源氏は、いつの間にか娘を愛さなくなっていて、そしてその娘が、さして尊敬に価しないような帝の後宮の中心である「弘徽殿」にいる。これは、かなり不思議な構図なのだと思います。

56　美しい男と美しくない男

実のところ私には、何故「弘徽殿」に敵役のイメージが与えられてしまったのか、その理由がよく分かりません。

「帝の常の御殿」であるところの宮中清涼殿には、夜のお勤めをする妃達の控室として、「上の御局」というのが、二箇所あります。「弘徽殿の上の御局」と「藤壺の上の御局」です。後宮の妃達はこのどちらかへ入って、それから帝の寝室に侍る。数多ある後宮の殿舎の妃達が、「弘徽殿」と「藤壺」との二つに区分されていたのは間違いがないと思うのですが、それでは何故、「弘徽殿＝輝かしい悪役」「藤壺＝控え目なヒロイン」という性格付けがされてしまったのかということになると、私にはよく分かりません。なんらかの事情があってのことか、それとも紫式部の直感、あるいは創作によるものなのかも。確かなのは、そういう性格付けがあって、その上に「光源氏に対する最大の敵役」としての「弘徽殿の女御＝弘徽殿の大后」が登場するということです。

さてそして、その弘徽殿の女御（大后）のことです。

私は、こんなにおもしろいキャラクターがいていいものかとさえ思います。ある意味で、弘徽殿の女御（大后）は、女の願望と女の限界と、その両方を示して、そして更にその上で、男の中に隠されてある〝何か〟を暗示してさえもいるからです。

男の中に隠された〝何か〟を暗示する――それ故にこそ弘徽殿の女御（大后）は「敵役」となったのだと、そう言ってもいいのではないかと思います。

源氏物語の中で、光源氏を憎む人は、弘徽殿の女御（大后）以外にいません。六条の御息所が源氏を憎むと言ったところで、これは恋愛の結果による「愛憎のもつれ」というやつで、正確には、「憎む」ではなく「恨む」でしょう。光源氏に「政敵」というものがいないわけではないのに、しかし意外なことに、源氏物語に光源氏を憎む男は一人も出て来ない。彼を憎む人間は、女性である弘徽殿の女御（大后）唯一人なんです。

すべての男は、光源氏を愛している、愛そうとしている。積極的にそれをしなかったのは、六条の院に住む彼の「正妻」となった女三の宮の異母兄である、今上帝だけでしょう。女三の宮に思いを懸けて密通をしてしまった柏木は、源氏と張り合おうとした。この点で、柏木は今上帝と同じですけれども、結局彼は、源氏を恐れた。あるいは「自身の欲望に引きずられて、源氏を愛し損ねた」と言うべきなのかもしれません。

平安時代という身分制の時代は、下剋上の戦国時代とは違う、「信仰の時代」です。上に立つものは美しく、それであるが故に、下のものの「畏敬の念」というものを集められる。そういう「神聖なるもの」を根本理念として時代制度が出来上がっていたんですから、美しく、そして身分高い光源氏が愛されないわけはない。彼を愛するということは、朝廷というものを中心にして生きる男達にとっては、至って当たり前の「社会的行為」だったのです。

平安時代に争いがなかったわけはありません。その最大のものは、お妃達が前面に立たされる立后の争いで、これは「女の戦さ」の形を取った、男達の代理戦争です。この時代の争いは、すべて出世競争で、それが起こるのは都の朝廷というところだけ。だから当然、この争いは、男達にとっては「人事の戦争」で、「人間関係の争い」でもある。勝ったものは出世して、負けたものは無視される。

社会的存在である男が、「唯一の社会」であるような朝廷から無視されてしまっては、その存在理由をなくすだけです。存在理由をなくした男に誰かが近寄るわけもなく、無視された男は、勝手に朽ち果てるだけです。須磨に退去した源氏の嘆きは、この「無視されている」に尽きますし、この時期に弘徽殿の大后の策謀によって「次期春宮」に擬された宇治の八の宮は、「永遠の日陰者」のままです。

落ちぶれて、しかし一応の身分のある男なら、娘が玉の輿に乗って日の目を見るということもあるけれど、これだってうまくやらなければ、「せっかくの玉の輿に乗ったはよいけれど、後見の父親に力がなくて、娘の寵愛が権力者の娘に奪われてしまう」ということだって起こります。

力ない父親が力を獲得する方法は、まずない。そう言い切ってしまってもいいというのは、男が社会の中で力を獲得する方法とは、唯一、「力のある男に愛されること」だったからです。

美しく若い男ならば、権力者の寵を得ることは出来るけれども、美しくもなくパッともせずに若くもない男に、それが起こるとは思えない。こういう人間の出世の手段は、受領という、「富による都の外での出世」だけです。

勿論、都の中で「富」というものは意味を持つけれども、「都の外」というのはマイナスのステイタスにしかならないものですね。

何故、若くて美しい男なら権力者の寵愛を得ることが出来るのか？　それは、当時の社会が平和で、なんにもすることがなかったからです。

男達の能力が問われるのは、楽器の演奏だとか舞の腕だとか詩歌の才という文化的な側面だけで、それ以外に技量というものはまず要求されない。だからこそ、身分の高い「公達」と呼ばれる名門家の息子達は、大手を振って出世をして行ったんですね。

能力は何も問われずに、しかし維持されるべき社会はあって、その人事だけはある――ということになったら、ここで必要なものは、「従順で、しかも見た目がよい、美しい男」ということにしかならないでしょう。それが当然の結果と言うものでしょう。

しかしそれでは、本当にこの時代の男達にとって、「美しい」ということは、十分に意味のあることだったんでしょうか？

　私なんかは、意外と、「能力というものに意味がなかったのと同じように、美しいということも、結局はそれほどの意味を持たなかった」なんじゃないかと思います。だからこそ、光源氏は、「絶世の美男＝万能の天才」という、二つの意味を同時に持っていたのではないかと。


　この時代に、「美しくない万能の天才」というのは、ありえないと思います。だって、既にして「美しい」という属性が、（たいしたことはなくとも）才能の一つであるかのような位置づけを得ていたんですから、「美しくない」ということは、それ自体で一つの才能を欠くことになります。従って、「美しくない万能の天才」というのは、ありえないのです。あるのは、「美しくはないが、万能の天才に近いような才能を発揮する男」だけです。

　それでは、「美しくはないが、万能の天才に近いような才能を発揮する男」と、「美しいだけの男」とを並べましょう。一体、この二種類の男のどちらのステイタスが高いか？

　当然のことながら、これは、「美しいだけの男」でしょうね。「美しさを欠いて、しかも才能の持主でもある男」というのは、「身分のない職人＝技工」とおんなじものなんですから。

身分というのは、生まれついてのもので、だからこそ身分の高い人には「神聖」という価値が備わります。「美しい」ということも、どうやら生まれながらのものなんですから、これは「身分」とおんなじようなものでしょう。だからこそ、「美貌＝神聖」でもある。

若い時に美しかった男が、時が経つに従って美しくなくなって行くということはよくありますが、当時の人達は、このことをどう解していたのでしょうか？

これも存外簡単なことです。「時が経つに従って美しさをなくして行くのは、〝身分の低い男〟、時が経っても美しいのは〝身分の高い男〟」と、そのように決まっていただけなんです。

源氏物語の中で、「年老いてますます御立派でお美しい」と言われるのは、帝・上皇・大臣・親王クラスの男だけなんですね。

男の美しさには、「身分の輝き」というものも含められるから、「美しさを保つための努力」と「栄達」とは、実のところでイコールなんです。そのように、社会制度に合致して、「男の美の体系」も出来上がっていた。それだけの話でしょう。

当時の男は、親王の身分でもない限り、少年時代は皆「召し使い」として働きました。高貴な身分の少年なら、「殿上童(てんじょうわらわ)」として宮中に上がるし、それより下の身分の者でも、身分身分に応じて、上級者の邸で侍童(じどう)として働く。この少年の中で、「美しい」と言われるような者は、当然のことながら、主人であるような男達からの寵愛を受ける。そのことを、将来の出世への足掛かりとする。「上級者の愛情」というものは、当時最大の出世の手蔓(てづる)です。

身分は低いけれども、その少年が「美しい少年」であったならば、その少年は、成人前の期間および元服直後の時期には、かなりのポストを与えられて重用はされるだろうけれども、しかし、「その先の出世」ということになったら、もう分からない。「少年の美しさと、大人の男の美しさは別だ」というのが当時の考え方で、「少年が大人の男になる」は、ほとんど「美女がむくつけき男になる」と同じくらいのものだったのですから。

美しい少年にとって、「大人になる」ということは、ほとんど「それと同時に彼の没落が始まる」というようなものでもあります。これはほとんど、現代に於ける「アイドル歌手をやっている少年のその後」と似たようなもんです。

つまり、男にとっても、「美しい」ということには、それくらいの意味――あるいは、その程度の意味があったということなんですね。

その二十一

57 横川の僧都の変心

源氏物語の最終局面『夢浮橋』の巻には、不思議な〝心変わり〟が登場します。

薫と匂宮の愛情の板挟みになった浮舟は宇治川に身を投げ、通りかかった横川の僧都に救われます。僧都の妹である小野の尼君は、死んだ娘の身代わりとして彼女を養いたいと思い、浮舟はその庵に誘われます。小野の尼君は浮舟を大切に思い、しかし一切の関わりを断ちたいと思う浮舟は、横川の僧都に頼んで髪を下ろしてしまう。

浮舟は死んだものとばかりに聞かされていた薫は、このことを明石中宮から教えられ、彼女を取り戻そうとして、僧都の住む横川へと赴く。

薫は僧都に手引を頼み、僧都はそのことをいやがります。

薫は、従者として召し使っていた浮舟の弟・小君を僧都に紹介して、こう言います。

〝これなむ、その人の近き縁なるを、これをかつがつものせむ。御文一行賜へ〟

（「これはその女の縁の者です。これをとりあえずは送りたいと思います。御文を一行なりともお書き下さい」）

僧都はそれを聞いて、こう言います——。

〝某、この案内にて必ず罪得はべりなむ。事のありさまは詳しく取り申しつ。今は、御自ら立ち寄らせ給ひて、あるべからむことはものせさせ給はむに、何の咎かはべらむ〟

（「拙僧はこのお手引きで、必ず罪を得ましょう。事の次第は詳しく申し上げました。今は御自身にお立ち寄り遊ばされて、然るべき御処置をお取り遊ばされましても、何の不都合もございますまい」）

僧都は薫の依頼を断って、しかし僧都の〝罪〟という言葉を聞いた薫は、笑います——

「私にはそんな気はないのだ」と。

「自分はたまたま在俗の形をしているだけで、心はもう遠い昔から出家の身と同じだ。女犯の罪を犯すようなことは思いもよらない。私はただ出家した彼女（浮舟）と、話をして、心を落ち着けたいだけなのだ」と、薫は言います。

しかし僧都がそんなことを信じるはずもなく、ただ、貴い公達の口にする嘘に対して、〝いとど尊きこと〟（大層尊いこと）と頷くだけなのですが、それが突然に変わるのです。

僧都は頷いて、そればかりで一向に言うことは聞きません。日は暮れかかって、薫は仕方なく山を下りようとするのですが、その時に僧都は、薫のそばにいる小君に目をとめます――〝この弟の童を、僧都目とめてほめ給ふ〟と。

この小君は、〝容貌も清げなるを〟（清らかに美しい）と書かれるような少年です。

横川の僧都は、その少年に目をとめてほめる――「愛らしい稚児だ」などとでも言ったのでしょう。本文にそのセリフはなくて、すぐに薫の言葉に続きます。

〝これにつけて、まづ、ほのめかし給へ〟（この者にことづけて、まずはあらましをお知らせ下さい）と。

少し前に断られた、女に宛てる〝御文一行〟を、薫は改めて催促するのですね。

ずです。

「今ならそれをしても大丈夫だ」という目算が、薫にはあったのでしょう。「これにことづけて――」と言われた僧都は、すぐに〝文書きて取らせ給ふ〟です。〝（僧都は）取らせ給ふ〟とある以上、この文は、僧都から直接小君の手へと渡されたはずです。

文を渡して僧都は言います。

〝「時々は、山におはして遊び給へよ。すずろなるやうには思すまじきゆゑもありけり」〟（「時々は横川にもお遊びにおいでなさいよ。変な意味にお取りになる必要はないような、御縁というものはあるのですからね」）

〝すずろなるやうには思すまじきゆゑ〟（変な意味にお取りになる必要はないような理由）というのは、横川の僧都が、この小君の姉である浮舟の出家の導師となったことを指すのですが、ここに〝すずろ〟（根拠がなくて意味不明で心外な気がする）という言葉を使ってあるのが微妙です。

言われて小君は、〝心も得ねど、文取りて御供に出づ〟（よく分からないけれど、文を持って出立の御供に加わった）なんですが、明らかに横川の僧都は、この〝清げなる〟小君を、口説いているんですね。

「そんな風な解釈をしたくない」と思えば、そんな風な解釈をしなくてもすむ。でも、そう思った方が、全体の色彩・作者の意図がはっきりするところです。

源氏物語はその最後、「戻れ」という薫の誘いを浮舟が拒絶し、その答を聞いた薫が、「ひょっとしたらあの女には、他に男がいるのかもしれない」という、とぼけた述懐を漏らす形で終わります。「一体なんという終わり方だろう」というようなものですが、光源氏死後の主人公である薫は、苦悩するばかりで恋をすることが出来ない男なんです。

彼には、「愛情」というものが、よく分からない。「理性的で物静かで、しかし〝恋〟という感情が理解出来なくて、そこのところでは、〝乱暴〟と言いたいばかりの雑駁を平気で露呈してしまうエゴイスト」ということを、紫式部は延々と書き綴っています。

浮舟へ対して最後に書き送った手紙も、「愛しているから戻ってほしい」というのではなく、「あなたは重罪人にも等しくて、どうしてそのあなたを許そうという気があるのか、私は自分でも不思議なのだが」という、奇っ怪なものです。

これで戻って来る女がいるとは到底思えなくて、しかも拒絶された男は、「他に男がいるのかもしれないな」などとうそぶくほどの、ピンぼけです。

自分の生きた時代にありうる「恋の物語」を延々と書き綴って来た紫式部は、結局、

「恋というものは成り立たない、現実の男には、女が望むような恋は理解出来ないのだから」として筆を擱いたのだとしか思えません。

最後に残った「恋のヒーロー」たる薫大将の論理は破綻していて、その時代の理性の象徴でもあるはずの僧侶＝横川の僧都も、不思議にドロドロした内面を隠し持っている。

横川の僧都という人は、「一度出家した女を、いやがる男の許に帰すことは出来ない」と言う人ではなく、「この勢威ご盛んな右大将殿の想い女を無断で出家させてしまったことがばれたら、自分はどんなお咎めに遭うか分からない」とビクビクする僧侶です。浮舟を匿う小野の里の尼君達も、実はかなりの俗物で、紫式部はこっそりと、「世を捨てたところで、果して救いがあるかどうかは分からない」と言っているのですが、そうした局面で、浮舟という源氏物語最後のヒロインは、一切を拒絶したままに口を閉ざす。

だとしたら、当然、この横川の僧都も「生身のままの人間」であった方がいいでしょう。「人間達は、誰一人として彼女のことを理解せず、自分自身の思惑と欲望に足を取られて生きていた」という意味で。

「比叡の山の横川に籠る徳の高い僧都は、さすがに、一度出家した女を還俗させて男の許に帰すための仲立ちをしようという気はなかった。がしかし、その僧都もやはり人で、美しい少年への欲望には目が眩んで、ついふらふらとそれをしてしまった」というのが、この解釈なのではないでしょうか？

そして勿論、小君という少年をこの僧都の前に引き出した薫という男性は、その一部始終を承知していたのだと。

後に〝稚児信仰〟という形で中世を覆う少年愛の発祥地は、この比叡山という男だけの世界でもあったわけですから、横川の僧都が浮舟の弟に手紙を託す時、彼の手を握ったというのは当然あったでしょう。あるいは、「横川の僧都は、ふと見た美しい少年の手を握りたくなって、それで、今まで渋っていた少年の姉への手紙を書いた」なのかもしれません。

平安時代に男同士の同性愛はなくとも、「少年愛」というのは、あったでしょう。なにしろ、元服前の少年は、「男ではない」という点で、「女」と同じものなのですから――。

58 愛とは無縁の権力者

源氏物語最大の敵役・弘徽殿の女御（大后）は、男（桐壺帝）に愛されなかった女ですね。だから、弘徽殿の女御は、光源氏を憎む。

光源氏は、弘徽殿の女御よりも、桐壺帝に愛されていたのですから、桐壺帝に愛されない弘徽殿の女御が、この美しい少年を憎むのは当然です。

さてそれでは、「弘徽殿の女御は、光源氏と藤壺の女御のどちらを憎んでいたか？」という設問はどうでしょう。

私ならこの答は、「光源氏」だと思います。

弘徽殿の女御の藤壺の女御への憎悪は、「政治的なもの」です。ですけれども、同じ彼女の中にある光源氏への憎悪は、おそらく、「いわく言いがたいもの」であったはずだからです。

藤壺の女御と弘徽殿の女御の争いは、どちらが中宮（皇后）になるかという争いです。同じ帝の寵を競うにしても、目的がある。どちらか一方が勝って中宮になれば、この争いは終わりです。その証拠に、「桐壺帝の譲位から朱雀帝の即位」という流れの中で、朱雀帝の生母である弘徽殿の大后は、「皇太后（こうたいごう）」という位を得ます。

「皇太后」も「中宮（皇后）」も、「后」であることでは同じです。「皇后という〝帝の妻の位〟を得られなかった女は、皇太后という〝帝の母の位〟を得た」——ということになって、この「后になる争い」は、引き分けになったんです。だから、「后の位」を得た弘徽殿の大后は、もうライバルの藤壺の中宮を、それ以上は追おうとしないんです。

別にそれで藤壺の中宮が好きになったわけではないけれども、戦いは終わったのだから、もう弘徽殿の大后もそれ以上は憎い女を追わない——追えない。

でもしかし、その弘徽殿の大后と光源氏との争いは、どうも違うんです。

皇太后となって、我が子朱雀帝の後見をする——そういう意味では、ほとんど「摂政」のような位置に就いてしまった弘徽殿の大后にとって、譲位した桐壺院の皇子である春宮（後の冷泉帝）の後見をする光源氏は、その政権を脅かすような存在で、それ故に彼女は光源氏を忌避し憎むんです。

これは当然、「男と女の争い」じゃありませんね。「男同士の政争」と同じ種類のものです。「男同士の争い」でもあって、そして、男＝桐壺帝に愛されない弘徽殿の大后（女御）

は、一貫して、光源氏の「政敵」として存在するんです。

藤壺の中宮との関係でいえば、「自分が藤壺より上位に立って、〝后〟の地位を確保出来てしまえば、桐壺帝からの愛情などというものは、どうでもいい」というのが、弘徽殿の女御（大后）の胸の内でしょう。これだって、ほとんど「男同士の政争」と同じものです。しかし、権力者である弘徽殿の大后を脅かすものは、果して「政敵」なんでしょうか？

政敵なら、権力というものを使って駆逐することは出来る。がしかし、「恋のライバル」にその手は通用しない。ある時期、藤壺の女御よりも桐壺帝から愛されていた光源氏は、男（＝桐壺帝）に愛されない弘徽殿の女御にとって、「表向きの地位を脅かしはしないけれども、しかしもっと本質的なところで彼女を脅かす」というような、「不可解な恋のライバル」であったはずなのです。

後宮に権勢並びない「右大臣家の女御」としてある彼女を、帝は忌避することが出来ない。愛情などというものはなくとも、弘徽殿の女御の権勢は揺るがない。だから、弘徽殿の女御は、彼女の誇りを傷つけられなければ、愛情などというものがなくても構わない。がしかし、その権勢を脅かすものは、「愛情」という、権勢とは無縁のものだった。まずそれを示したのは、光源氏の生母であった桐壺の更衣。

女御より身分の低い「更衣」は、どうやら排除することが出来た。でもしかし、その後に残ったのは、彼女とは制度的に何一つとして抵触するはずのない、後宮とは無縁の、光源氏という「男」だった。

困ったことに、光源氏は美しくて、それに対する弘徽殿の女御は、「美しい」に類するような形容詞を、作者から奉られることのない女性だった。源氏物語の中での弘徽殿の女御（大后）の存在がおもしろいというのは、光源氏と彼女とでは、男女の役割がほとんど逆転してしまっているという、そういう位相の奇妙さによるものだと思うのです。

59　紅梅の大納言の悲しみ

光源氏の死後、光源氏を慕って涙を流した女性は、何人いるでしょう？

意外なことに、この答は「ゼロ」です。作者の紫式部が、「源氏と関わりを持った女性達のその後」というものをほとんど書かなかったからそうなるのですが、しかし、それは何故なんでしょう？

女達にとって、自分を愛してくれた男に死なれるということは、そのまま生活不安に訪れられることなのです。生活の心配をするのに忙しければ、死んでしまった男への愛にかかずらっている暇はないということになりましょうか。

光源氏は死に、女性の処遇に関して周到だった彼は、多分、その死後も女達の生活が困らないような処置をしたのでしょう。女達は、光源氏の死後もそれなりの生き方をしていて、そして多分、それだけだったのです。

〝光隠れ給ひにし後、かの御影(みかげ)に立ち継ぎ給ふべき人、そこらの御末々にありがたかりけり〟——これが本文のない『雲隠(くもがくれ)』の巻に続く『匂宮(におうみや)』の巻の書き出しです。「光は隠れた、そしてその輝きを継ぐ人は、その子孫の中にはなかなか見出だしにくかった」です。

〝御影〟の〝影〟は〝光線〟の意味ですから、別にここで「光が隠れて闇になった」と言っているわけではないのです。

読者は、うっかりと〝光隠れ給ひにし後〟の後に〝闇〟を見てしまうけれども、別に作者がそう言っているわけではない。作者も登場人物達も、存外淡々としています。

〝天(あめ)の下の人、院を恋ひきこえぬなく、とにかくにつけても、世はただ火(ひ)を消ちたるやうに、何事も栄なき嘆きをせぬ折なかりけり〟――つまり「光源氏（六条院）の死後は火が消えたようで、何をしても世の中がパッとしなくなってしまった」ということですね。

光源氏は、既に「世を輝かせる」と言われるにふさわしい「権力者」としてあって、個人的な思い出の中に生きる人ではなかったということでしょう。この評価は、絶世の美男であって、しかも源氏物語という「恋の遍歴ドラマ」の主人公の「その後」としては、些か意外なような気もするのですが、しかしここにただ一人だけ、「ああ！」と嘆きの声を漏らす人物がいるのです。

それは誰か？　それが『紅梅』の巻の主人公である「按察使の大納言」なのです。

かつては光源氏の「好敵手」であった頭の中将（後に太政大臣の位に上って「致仕の大臣」と呼ばれる）の次男で、柏木の衛門の督の弟に当たる人物です。

『紅梅』の巻で、この人はこう言って嘆きます――。

〝「あはれ。〝光源氏〟と言はゆる御盛りの大将などにおはせし頃、童にてかやうにて交らひ馴れきこえしこそ、世と共に恋しうはべれ。この宮達を、世人もいと殊に思ひきこえ、実に人に愛でられむとなり給へる御ありさまなれど、端が端にも覚え給はぬは、なほ類あらじと思ひきこえし心のなしにやありけむ。大方にて思ひ出で奉るに、胸あく世なく悲しきを、気近き人の後れ奉りて生きめぐらふは、おぼろけの命長さならじかしとこそ、覚えはべれ」〟

(「ああ！　〝光源氏〟と言われたその盛りの頃、あの方は大将の官におわして、私はまだ少年だった。今のこの人のように親しくお付き合いいただいていた——その頃が時と共に懐かしく思い出される。その御子孫の親王方を、世人は格別の方々とほめそやして、なるほど格別な御様子の方々ではあろうが、〝あの方〟と比べれば、並以下としか私には思えない。〝この方ばかりが比類のないお方〟を存じ上げたその昔の記憶が、今でもそう思わせるのだろうか？　公人として〝あの方〟を思い出すのでさえ、胸がふさがるように寂しいのに——。〝あの方〟と共にお暮らしになった方々は、今もまだこの世にお残りなっている。寂しさを胸に抱いたまま生きる、その生きる時の長さ、つらさとはいかばかりのものであろうかと、お察しするのでさえつらいのですよ」)

少し意訳をまぜましたが、「光源氏を惜しむ声」というのは、かくあってしかるべきと思われる「嘆きの声」です。こういう嘆きの声が本編には満ち満ちていて然るべきものだとは思うのですが、既に申しました通り、それを口にするのは、この人だけです。〝気近き人の後れ奉りて〟（身近に暮らして、その後に残られた）という方々――つまり夫人達の声は、源氏物語の中に登場しないのです。一体、こういう感慨を漏らす按察使の大納言とは、どういう人なのでしょう？

この述懐の中にある、〝かやうにて交らひ馴れきこえし〟の〝かやうにて〟は、〝この人と同じようにして〟です。〝この人と同じようにして、親しくお付き合いいただいていた〟の〝この人〟とは、「若君」と呼ばれる按察使の大納言の一人息子です。

この一人息子は、光源氏の孫である匂宮に大層可愛がられているんですね。その一人息子に、按察使の大納言は、匂宮への手紙を託す。「若君」は美しく装って、〝あの方＝光源氏〟の孫である匂宮のいる宮中へと出掛けて行くんですね。その姿を見て、按察使の大納言は、「ああ！」と嘆くんです。嘆いて、涙に昏れる。そこに昔の自分を見るからですね。

この「若君」と匂宮との関係を見れば、その父である按察使の大納言と、大将だった時分の光源氏との〝関係〟というのも、あらかたの察しはつこうというものです。

按察使の大納言の息子の「若君」は、宮中へ行きます。そこにある匂宮の宿直所で、この「若君」は一夜を過ごすんですね。

〝（匂宮は）この君召し放ちて語らひ給へば、人々は近くも参らず、罷で散りなどしてしめやかになりぬれば〟（匂宮は、この若君ばかりをお召しになってお語らいになるので、人々はお側にも参らず、退出するなどしてしまったのでひっそりとしてしまった。そこで――）と語れるように、この二人の仲は〝親密〟なんです。

ひっそりと二人きりになった宿直所の中で、匂宮が何を語るのかというと、「嫉妬」を語ります。

「春宮の御寵愛が薄れて、お前はかたなしだな。いつもお側からお放しにはならなかったのにな」と。

この若君は春宮の寵臣であったのだけれども、その春宮の後宮には若君の姉が入内して、春宮の関心は姉の方に移ってしまった。「そうなると、さすがのお前もかたなしだな」というのが、匂宮の「嫉妬」です。

匂宮の「嫉妬」というのも、結構複雑です。「複雑」というよりは、「とらえどころがない」と言った方が正確かもしれません。色好みの王朝貴族の関心というものの、実のところどこにあるのか分からないようなとらえどころのなさを示しているからです。

「匂宮は、その愛らしい若君が、春宮にばかりべったりくっついているようでおもしろくなかった」というのが一つあります。春宮は匂宮の兄に当たる人で、春宮の位についている以上、自分よりは重い。その重い身分に人が従ってしまうことが、匂宮にはおもしろくないんですね。

「春宮のところになら按察使の大納言は娘をやる。しかし私のところには来ない。それがおもしろくない」というのもあります。勿論、匂宮だって有力な皇子だから、こちらに娘を縁づけたがっている貴族は大勢いる。按察使の大納言だってそれは考えているんだけれども、それを承知の上で、匂宮はあえてヘソを曲げている。

按察使の大納言には、妻の連れ子もまぜて娘は三人いる。按察使の大納言は、自分の下の娘の方を匂宮に縁づけようと思っているのだけれど、匂宮は「妻の連れ子の方がほしい」と言う。

色好みの貴公子はわがままで、何が一番の望みかというと、その自分のわがままを押し通すことこそが、最大の望みなんです。だからそのために匂宮は、「どうせ自分の思いは容れられないのだ」とすねて、その望みの女の弟に当たる若君に、手引きをさせようとしている。そのためには、少年の気を引いて、「どうせお前は、私のことなんか愛してくれないんだろう……?」というような恨み言をほのめかすわけなんですね。

匂宮の関心がどこにあるのかは、分からない。一体彼に「特定の人への関心」などというものがあるのかどうかさえも、本当のところは分からないのですが、しかし、「手引きをしろよ」と言いながら、匂宮が若君なる少年に愛情をちらつかせているのだけは確かです。

匂宮と若君が、その宿直所でなにをしていたのかは知りませんが、ともかく一夜は明けます。夜が明けると、この若君は、匂宮の兄に当たる春宮の御前へと参上する。するとそこには、「按察使の大納言夫人」である若君の母＝真木柱(まきばしら)がいて、息子の発散する雰囲気に気づくんですね。

宮中から退出して帰邸した、この若君の母・真木柱は、夫の按察使の大納言にこう言います——。

〝「若君の一夜宿直(とのゐ)して罷り出でたりし匂ひのいとをかしかりしを、人は〝なほ〟と思ひしを、宮のいと思ほし寄りて、〝兵部卿の宮に近付ききこえにけり、うべ我をばすさめたり〟と気色取り怨じ給へりしこそ、をかしかりしか」〟

(「若君が先日の夜に宿直をして、その退出した時には大層素晴らしい匂いがしましたわ。人はそれほどとも思わなかったようですけれど、春宮はすぐにお気づかれてね、〝匂宮と仲よしになっていたな、道理で私を嫌うはずだ〟とお様子をお察しになってお怨みになりましたの。結構なことと、嬉しく思いましたわ」）

この〝若君〟の年は、十一、二歳というところでしょうか。自分の息子が春宮と匂宮の間で取り合いになっていることを、この母親は喜んでいる。息子の体に男の移り香が残っていて、それは他の人間には気づかれないのだけれど、春宮と母親にだけは分かる。これは、「特別な関係にあるからこそ鋭敏に気づく」ということでしょう。恋人だからすぐにその相手の移り香に気づくというような。

そういう気づき方をした春宮が、からかいながら怨み言を言う。母親はそれを喜んでいる。息子が、今の御代を代表し、そして次の御代の帝となるような皇子達に愛されている、そのことを母親は喜んでいる。この「愛されている」は、明らかに肉体関係のある「愛されている」でしょう。

随分とんでもない親子関係です。

母親は、息子が二人の男の間で取り合いになるような寵愛を受けていることを、単純に喜んでいる。それを聞かされる父親は、なんとなくむず痒い思いをしているのでしょう。あるいは、この母親は、息子と匂宮あるいは春宮との間に肉体関係があるとは思っていないのかもしれません。原文を読むと、「母親は息子の寵遇を喜んではいるが、しかしなんとなくピンとこないままで、父親はどこかで話をぼかそうとしている」という風にも思えますから。

しかし母親はいざ知らず、父親の按察使の大納言が、息子の実情を知らないはずはないですね。それでなければ、宮中へ出掛ける息子の晴れ姿を見て、〝あはれ。光源氏と言はゆる――〟以下の述懐なんかはしないはずなんですから。

〝大方(おほかた)にて思ひ出て奉るに、胸あく世なく悲しきを〟の〝大方にて〟は、〝一般的に〟というような意味ですね。〝一般的な関係としてあの方を思うのでさえ胸がふさがるように寂しいのに、まして――〟ですね。その後に〝気近き人の後れ奉りて生きめぐらふは、おぼろけの命長さならじかしとこそ、覚えはべれ〟(あの方と共にお暮らしになった方々は、今もまだこの世にお残りなっている。寂しさを胸に抱いたまま生きる、その生きる時の長さ、つらさとはいかばかりのものであろうかと、お察しするのでさえつらいのですよ)というのが続く。

〝気近き人〟とは、光源氏の死後に残された夫人達のことです。〝一般的な関係〟だけでは満足出来ない按察使の大納言は、後に残された夫人達を引き合いに出してまで、「きっと悲しいはずだ(ああ羨ましい)、私だって悲しい」と言っているとしか思えないんですね。

この『紅梅』の巻の按察使の大納言が源氏物語に初めて登場するのは、『賢木』の巻で、光源氏は二十五歳、官位は近衛の大将です。按察使の大納言は、この時に「三位の中将」となっている頭の中将の次男――〝今年初めて殿上する八つ九つばかりにて、声いとおもしろく、笙の笛吹きなどする〟少年として登場します。

後に「美声」を特徴として、「少納言・弁の少将・頭の弁」と呼ばれていた「紅梅の按察使の大納言」は、この時に既に愛らしい声で、催馬楽の『高砂』を歌っていました。源氏は〝美しびもて遊び給ふ〟(可愛いと思ってお相手をなさる)し、誉めて〝御衣脱ぎてかづけ給ふ〟(御自身のお召し物を脱いでお授けになる)です。「あはれ。〝光源氏〟と言はゆる御盛りの大将などにおはせし頃、童にて――」と後になって述懐されるエピソードは、この頃のことなんですね。

紅梅の按察使の大納言は、頭の中将の「次男」です。その次男は、『賢木』の巻に登場する。がしかし、その兄であって、後に「女三の宮との密通」という重要な役割を演じる長男の柏木は、なかなか源氏物語の中に登場しないんです。兄の柏木は、『賢木』の巻から下ったずーっと後、『胡蝶』の巻に至って、ようやく「玉鬘への求婚者」として姿を現します。

そこに初登場した柏木は、すぐに姿を消して、その後は、『若菜上』の巻の最後近くになるまで、姿を見せないのです。

重要な兄は、その役割が近づくまで、ほとんど姿を見せず、このさして重要な役割を演じない美声の弟の方は、何故かちょくちょく六条の院へ遊びに来ます。

彼が光源氏のそばで美声を披露する度に、作者の紫式部は、「ほら、あの『高砂』を歌った若君ですよ」と、読者の注意を喚起する。そういう不思議な厚遇を受けて、一向にその役割のはっきりしなかった「紅梅の按察使の大納言」は、光源氏死後の『紅梅』の巻にいたって、やっとその役割をはっきりさせるんですね。

つまり、この紅梅の大納言の役割とは、「そういう少年期を持つ、この当時のありふれた男のその後」なんです。

「男達は、その少年期に於いて男達から愛され、その多くはそのことを忘れてしまうが、稀には忘れない男もいる」ということの例証が、この人でしょう。

「弘徽殿の女御は男（＝帝）に愛されない。しかし光源氏は人（＝男）に愛される」――至って単純な公式ですが、でも、この当時の「愛される」は、そうそう単純な一般的表現なんかではないんですね。

「愛される」ということが、男女を通じてかなり重要な処世の手段であったその時代に、

「愛される」ということから無縁である権力者がいた。そしてその権力者は女だったということは、結構重要なことなんじゃないかと思います。

その二十二

60　一千年前のキャリア・ウーマン達

紫式部は、父親が「この子が男だったら……」と慨嘆したと伝えられるほどに、才能と教養のあった女性です。

彼女の父藤原為時は、大学寮から官吏登用試験である省試を経て式部省の役人になった人。彼女の女房名である「紫式部」「藤式部」の「式部」は、この父親の官名から来ています（「藤式部」の「藤」は藤原氏の出身ということ）。

家柄というものに頼ることの出来ない当時の中下流貴族で、しかも知性というものに自負心があったならば、必ずや大学寮というところに入ったでありましょう。それがこの当時の官吏の常識です。藤原為時はそういう経歴の人で、彼がそういう経歴の人間である以上、彼は自分の息子達にもそうした道を歩ませようとして、自身で教育を施そうとした。

しかし、息子達は今ひとつ呑み込みが悪くて、娘である紫式部の方がずっと優れた才を発揮した。父親の為時は男だから、「この子が男だったら……」と発想しましたが、しかし彼女は、本当に男であった方がよかったのでしょうか？

彼女が男であったなら、せいぜい中級の受領の一人として終わって、歴史に名を残すなどということもなかったでしょう。教養の用いようのない女だからこそ、才筆を謳われて、歴史に名も残した。その盛名あればこそ、夫宣孝との間に生まれた娘も、「大弐の三位」と呼ばれるような縁に恵まれたのではないでしょうか（宣孝との間に生まれた娘は、普通には「大宰の大弐」と呼ばれる大宰府長官の夫人となり、従三位の位を授けられたので「大弐の三位」と呼ばれます）。

彼女が源氏物語を書かなければ、彼女が藤原道長に召し出されることもなかっただろうし、中宮彰子の側近くにつかえるということもなかったはずですが、もしも彼女が男だったら、そのような「出世」というのは起こりえなかった。父為時のように、「自分は地方へ赴く受領ではない、本来ならば、宮中にある内官として順調に位を上せているはずなのに」というジレンマを噛みしめて、権力者のご機嫌取りに汲々としていなければならなかったでしょう。

別に父為時は、紫式部が「女として生まれたのが不幸」と思っていたのではないかもしれません。出来の悪い息子と、学問などというものが必要でない女の子とを比べて、「娘(こっち)の方が男であったならば、私もつまらない苦労をせずともよいのだが」という愚痴をこぼしただけなのでしょう。どっちにしろ、この時代の父親は、娘に漢文の才などというものを期待なんかしなかった。漢文の才などというものは、下級官吏になるのに必須のものではあっても、教養ある女性に必要なものでは（表向き）なかったのですから。

父親の感慨は、どうでもよいことです。重要なことは、「紫式部が、自分自身に漢文の才があることをどのように思っていたか」です。

以前にも申し上げましたように、紫式部自身は、「女とは、漢文の知識を表沙汰にすべきものではない」という当時の常識を、素直に受け入れてはいませんでした。「自分が好きなものを読んで何故悪いのだ」というようなことを、『紫式部日記』の中であからさまに表明しています。「女が漢文の教養を持っていると色気がない」という常識は当時のものですが、それは、漢文というのが、官吏の持つ公用語に近いものだったからですね。

紫式部にとって、それはごく自然な自分の「楽しみ」の一つだったが、周囲の人間には、とてもそうは思えなかった。それを読めない人間にとって、そんな「難解なもの」を「楽しみの一つ」などと言ってしまえる人間は、「とても普通の人間ではない」ということになるだけなのです。

紫式部と同じく漢文の教養のあった清少納言は、『枕草子』の中で、「女は宮仕えに出るべきだ」ということを言っていますが、その件に関して、紫式部はどう思っていたのでしょう？

彼女は別に、「宮仕えに出るべきだ」とは言っていません。彼女のモノローグだけで書かれた『紫式部日記』の中では、逆に、「宮仕えはいやだ」とだけ言っています。

紫式部は、果たして「宮仕え」ということをどのように考えていたのでしょうか？

当時の「宮仕え」というものは、現代に於ける「女性の職業＝キャリア」というものに近いのだと思います。

紫式部が「宮仕えはいやだ」と思ったことの理由の一つには、「周囲の女性のレベルの低さ」があげられるでしょう。もしも、彼女の周囲にいた女房達にもっと教養があったら、積極性があったら、彼女はそんなにも宮仕えに失望しなかったのではないかと思えるのです。

紫式部の仕えた中宮彰子のサロンは、「娘のために」を思う父・藤原道長が、身分の高い上流家庭の子女の中から選りすぐりの女性達を女房として集めたものです。だから、みんなおっとりとしておとなしい人揃いだった。彰子自身もおっとりとした人で、そこでは、「才知」というものよりも、まず「気品」だとか「おとなしさ」だとかが評価された。

状況が違っていれば、紫式部の感慨だってまた違ったものになっていたかもしれません。でも、紫式部が宮仕えに上がった場所は、女房の「教養」よりも「身分」の方が重要な場所だったのです。そこは「身分による安定」が前提となっている場所で、その秩序を侵すような、才知教養といった「力」は、邪魔なもの、あるいは排斥されかねないものであった——というようなことです。

平安の女房文学と言えば「宮廷女房の才知」というのが通り相場ですが、しかしだと言って、すべての女房がそうであったとは限らない。全体の女房のレベルがそう高くはないからこそ、かえって「才知」を謳われる数少ない女房の質が輝いた、ということもありましょう。

男達が、一種の「フリークス」として才知ある女房達をおもしろがったとしても、結局それが「ちやほやされる評価」なんですから、「並の女房達は、その才知ある女房の〝才知〟なるものを憎んだ」ということにだってなります。

紫式部の「宮仕えはいやだ」という嘆きには、どうもそういう色彩が濃厚にあるような気がします。

女房達が才知を表に立てて許されるかどうかは、サロンの色彩によっていた。つまり、その女房達を召し使う、女主の器量一つによっていたということですね。

61　紫式部と清少納言

清少納言は、『枕草子』の中で、紫式部の夫宣孝のことをからかっています。

これは、既に源氏物語の作者として名の高かった紫式部への反発心のさせたものだという説もあります。それに対して紫式部は、『紫式部日記』の中で、「あんなにしたり顔の女はいない。平気で漢字を書き散らしているけれど、よく見れば間違いだらけだ」と、口を極めて清少納言を罵(ののし)っている。

紫式部の人柄から言って、私は何故ああも清少納言にきつく当たらなければならないのかと、いささか不思議に思いもします。

紫式部の仕えた中宮彰子は、一条天皇の后です。そして、清少納言の仕えた中宮定子(ていし)も、同じ一条天皇の后です。定子が先に中宮としていたところに、新たなる権力者藤原道長が割り込んで来て、既にある中宮の定子を「皇后」として、自分の娘の彰子を「中宮」にするということをしてしまった結果の、二后並立(にごうへいりつ)ですね。

天皇の後宮に妃は複数でいるけれども、中宮＝皇后であるような存在は一人だけというのが朝廷の原則ですから、これは異常事態と言えるようなものでしょう。

清少納言は中宮定子に仕えた。

この中宮定子は摂政関白藤原道隆(みちたか)の娘で、非常に教養のある素晴らしい女性だった（らしい）。清少納言は、『枕草子』の中で、終始一貫彼女の素晴らしさを誉め称えています。

一方、後に中宮となった彰子は、定子より十二歳年下で、どちらかと言えば、おっとりと幼い性質だった（らしい）。

紫式部は、『紫式部日記』の中で、この彰子を決して手放しで誉め称えてはいません。

あるいは、六条の院に降嫁して来た幼いだけの女三の宮のモデルは、この中宮彰子であったのかもしれません。

清少納言は中宮定子に仕え、その時分にはまだ道長の力もさほどではなかった。権力の中心は、道長の兄である中宮定子の父・関白道隆のものでした。

清少納言は、全盛の中宮定子の御殿で幸福だった。その頃に紫式部が何をしていたのかと言えば、「まだ名もない少女だった」と言っておかしくないような存在だった。紫式部はまだ独身で、宣孝と結婚もしていなかったし、宣孝の関心は紫式部の姉の方にあったらしい。

清少納言は文壇のベストセラー作家かマスコミの寵児(ちょうじ)、紫式部は「名もない文学少女」と言ったところでしょう。

そして、やがて中宮定子の父親である関白道隆は死に、権力の中心は、道隆の弟である道長に移る。道長は、その権力を掌握した当時、「右大臣」でした。「右大臣」というのは、源氏物語最大の敵役である弘徽殿(こきでん)の女御(大后)の生家です。

紫式部が才知と教養を持つ少女で、遥か遠い宮中には才知と美貌を謳われる素晴らしい「中宮」がいて、そこには「才女」と呼ばれるような素晴らしい女房達もいる——だとしたら、後に「紫式部」と呼ばれることになる少女が、そこにある種の憧れを持ったとしても、不思議ではありません。その日記で宮仕えに関する失望を隠さない紫式部が、その初めに宮仕えへの憧れを持っていなかったという証拠は、どこにもないのですから。

「紫式部は、中宮のサロンに憧れを持っていた。しかし彼女が呼び寄せられたサロンは、彼女が憧れていた中宮のサロンとは、違うサロンだった」――というのはどうでしょう？

彼女が憧れていた「素晴らしい中宮のサロン」とは、その彼女にイヤミを言うような「いやな女房＝清少納言」がいた中宮定子のサロンで、実際に紫式部が上がったのは、全盛を極めるのに十分な力を持った権勢家の右大臣が後押しをする、幼い中宮彰子のサロンだったのですから、この想像はそう的外れではないと思います。

紫式部は、中宮彰子のサロンに、女房として召し寄せられました。中宮彰子のバックにいるのは、時の最大の権力者藤原道長です。当人の気持ちとは別に、そのサロンにいる女房の名ばかりは高くなりましょう。それを嫉妬する人間がいても不思議ではありませんね。殊に、それが「かつては盛名を誇っていたライバル」の側に当たるような人間であれば、なおさらです。

彰子が入内してほどなく、中宮定子は世を去ります。中宮定子のサロンで盛名を得ていた女房達は散り散りになり、ひっそりと実家に身を落ち着けるしかありません。新しい中宮のサロンに集まった女達の華やぎに対して、そんな女房達は、黙って指を咥(くわ)えて見ているしかありません。

落ち目の清少納言が、若くて上り坂の紫式部に対してイヤミの一つを言ったとしても、不思議はありません。言われた紫式部が、「どうしてそんなことを言う！ 自分は、さんざんいい思いをしたくせに！」と、罵り返しても不思議はない。「私は、定子中宮のサロンにこそ憧れを持っていたのに……！」と。

紫式部は、中宮定子という「サロンの主」に憧れ、清少納言は、中宮彰子の父藤原道長という「サロンのパトロン」に憧れていたという図式だって、ないとは言えないでしょう。

62　弘徽殿の大后の見識

『枕草子』の有名なエピソードに、「香炉峰(こうろほう)の雪」というのがあります。

雪の降った日、中宮定子は清少納言に対して、「少納言よ、香炉峰の雪、如何ならむ」

と仰せになった。問われた清少納言は、すかさず御簾（みす）を揚（かか）げた——という話ですが、これの元になるのは、白楽天（はくらくてん）の七言律詩（しちごんりっし）です。

清少納言はこの詩の意味を知っていたので、すかさず「御簾を揚げる」という行為に出た。その時に中宮のお側にいた女房達も、勿論この詩を知ってはいたのだけれど、咄嗟には、どうしたらいいのかが分からなかった。

「分からなかったけれども、知らないわけではなかった」——つまり、当時の女性の常識に「漢文がなかった」というのは間違いで、当然のこととして、それは「あった」んです。

しかし一方、『紫式部日記』では違います。紫式部は、「漢字は、〝一〟という文字でさえもよく書けませんという顔をしていた」と、書いています。

中宮彰子にはあまり漢文の知識がなかったのだけれど、それが興味を持って、紫式部に『白氏文集（はくしもんじゅう）』の講義をさせたという話も載っています。中宮彰子が十八歳頃の話です。

「漢字の知識をひけらかす」と紫式部に罵られる清少納言は、しかし一方的にひけらかしているのではなくて、その主である中宮定子の知識と教養の下で、それが活かされているだけなんです。それが、清少納言と中宮定子の時代から十年以上経った中宮彰子と紫式部の時代では、主と従の関係が逆転してしまっているのですね。

「香炉峯の雪」の一件は、しかしそう難解な教養ではないかもしれません。当時の貴族や女房の多くに漢詩の知識はあって、しかもそれが、全員原典に当たっているわけでもないようなところがあるからです。わざわざ、白楽天の書いた『白氏文集』や、その他の漢籍に当たらなくても、この時代には、便利なダイジェスト版があったんです。『和漢朗詠集』というのがそれです。

『和漢朗詠集』は、漢詩と和歌の有名なものを集めて、それを声に出して朗詠するための、当時のソングブックのようなものです。この中に収録されている漢詩は、声に出して朗詠するための二行だけというのが、編集の方針なんです。つまり、これを読んでいさえすれば、教養のあらましだけはマスター出来るという、至って便利なものだったんですね。教養などというものは、「便利なダイジェスト」という普及版でもなければ、なかなか一般的にはならないものですから、この存在は大きかったでしょう。

ちょっとした女房なら、この『和漢朗詠集』ぐらいはかじっているだろうから、「香炉峯の雪は簾を撥げて看る」を知ってはいるでしょう。がしかし、それを口にした中宮定子の教養は、おそらくそんな「ダイジェスト版」によるものではないでしょうね。

「女房の才知」に隠れてあまり表には現れませんが、当時の皇后達の教養というのは、大変なものだったのだろうと、たやすく想像されます。だからこそ、「幼い」ばかりの年齢で入内した中宮彰子も、やがて、紫式部に『白氏文集』の講読を依頼するようになるんでしょう。

当然、皇后・中宮であるような位高い女達の中には、漢籍の教養が、隠されてあります。ということになると、それでは、源氏物語の中で、最もこうした教養を発揮する女性は、誰なんでしょう？

その答は当然、朱雀帝の母・弘徽殿の大后です。

源氏を須磨の地に追いやったはいいけれども、源氏を欠く都の宮廷は、どこやら不安定に揺らいでいて、朱雀帝の心も揺らいでいる。朱雀帝は、本当だったら弟の源氏を呼び戻したくてしようがないのだけれども、それを「いけない！」と禁じるのは、ほとんど摂政のような位置を占めてしまってた後見役の母后・弘徽殿の大后なんですね。

その彼女は、こんなことを言います——。

〝「朝廷の勘事なる人は、心に任せてこの世の味はひをだに知ること難うこそあなれ。おもしろき家居して世の中を譏りもどきて、彼の〝鹿を馬と言ひけむ人〟の僻めるやう

に追従する」〃

（「朝廷のお咎めを受けた人は、毎日の食事を味わいながら食べることさえも遠慮しなければならないと言います。それなのに、あの源氏は風雅な住居を構えて、世を批判し、世の人々は、『史記』の記述にある趙高におもねった人間達のようにして、源氏にお世辞を言っている！」）

あるいは――。

〃「世のもどき、軽々しきやうなるべし。罪に懼ぢて都を去りし人を、三年をだに過ぐさず許されむことは、世の人も如何言ひ伝へはべらむ」〃

（「源氏を呼び戻すなどということをなさったら、世間も〃軽々しいことだ〃と、御聖断を批判いたしましょうね。罪ある身であることを自身に畏れて都を去った人です。そんな人は、最低三年の間、都に呼び戻されるということがあってはならないはずです。お定めをお曲げになるなどということをなされては、後の世にも悪い例証を残しましょうね」）

源氏物語中最大の敵役たる弘徽殿の大后は、実に論理的に物事を判断する人です。朱雀帝に対して忠告をするにしても、至って冷静に、『史記』の中にあるエピソードまで持ち出して、意見を述べる。

勿論『史記』というのは、女が読むような本ではない、漢籍です。教養も十分にある。「源氏がいなくて心細い……。お隠れの桐壺院もお叱りになっていらっしゃる……」などと言って、「朝廷の定めなど曲げて、いっそ源氏を呼び戻してしまおうか……」などと考える朱雀帝とは、全然違います。

源氏が須磨退去に至るきっかけとなった「朧月夜(おぼろづきよ)の尚侍(ないしのかみ)との密通事件」に対しても、父親の右大臣が、「なんとかこれを穏便に処理出来ないか」と考えるのに対して、娘である弘徽殿の大后は、「そもそも帝が人々に軽んじられるのは、あの源氏という人の存在があればこそです」と、理路整然と、それまでの経緯を述べ立てる。弘徽殿の大后は、並の男なんかよりも、ずーっと論理的かつ明晰な頭脳を持った女性なんですね。

「だからこそこの人は憎たらしい」と、今の人なら読むかもしれませんが、しかし当時で言えば、「后であるような地位にある方だからこそ、こうした見識高いお言葉を吐かれることもあろう」ということにはなるでしょう。「后」というのは、なにしろ当代の女性の中では最も高い教養を持つように育てられた人だからですね。

ただ、この弘徽殿の大后という人は、時としてその男性的な教養をあまりにも露わに出し過ぎて、「女性的ではない――だから憎々しくて色気がない」ということになってしまうような女性なのです。

紫式部は、当時の皇后である彰子に漢籍の講義をするような、高い教養の持主です。明晰な論理の持主でもあるでしょう。ある意味では、紫式部こそが最も弘徽殿の大后的な内実を持っている人であるはずです。その人が、一体どうして弘徽殿の大后を〝敵役〟にしたのでしょうか？

あるいは、本来だったら光源氏の最大の政敵であるはずの「右大臣」という存在を越えて、どうして弘徽殿の大后は、「源氏物語最大の敵役」になれたのでしょうか？

弘徽殿の大后の存在は、「結婚よりも仕事」「男よりも仕事」という選択をして、うっかり男性社会の敵役になってしまう現代女性の粗型、「夫よりも子供」という選択をして「教育ママ」と呼ばれざるをえなくなる現代女性の限界を暗示しているものなんだと思います。がしかし、それと同時に、源氏物語という小説が、「求愛する男を拒絶したまま〝出家〟という判断放棄に立て籠らざるをえない女性・浮舟によって終えられる物語」であるということを考えた時、そうならざるをえないような「時代の限界」はあって、その

「時代の限界」を暗示するようなものが「弘徽殿の大后＝敵役」という設定なのではないかと、私には思えるのです。

おそらくは、夫である桐壺帝よりも年上の妻で、最初の皇子を生みながら、その夫の愛が得られない。夫帝の愛を、桐壺の更衣という、「さして身分が低いわけではないけれども、決して〝女御〟と並ぶことは出来ないはずの身分の新参者」に奪われてしまう身分高い女性――それが、「右大臣家の女御」でもある弘徽殿の女御（＝大后）です。

その桐壺の更衣が死んで一安心と思ったけれども、夫の愛情は相変わらず死んだ女の上にある。第一皇子である自分の子供の位置を、死んだ女の腹による第二皇子＝光源氏によって脅かされる、後宮一の「重い女性」。

自分の子供が春宮に決定したのはよいけれども、夫たる桐壺帝の愛情は、新しく入内した藤壺の女御という、先帝の内親王に奪われたままの女性。

藤壺の女御には確かな後見がなく、自分には時の右大臣という確かな実力者がついていながら、中宮の位につけない女性。

夫は、自分の愛する女を「正式の妻＝中宮」として、本来ならば正妻であるはずの彼女を、「跡継ぎ息子の母＝皇太后」としてだけ保証する。譲位を決意した桐壺帝が、藤壺の女御を中宮にし、弘徽殿の女御に対しては、「あなたは新帝の母になって、自動的に〝皇太后〟の位を得ることになるのだからそれでよいではないか」と言うのは、そういうことなんですね。

紫式部が源氏物語を書いた時代は、皇后定子と中宮彰子の二后並立の時代ですが、譲位を決めた桐壺帝も、同じように「二后並立」を口にします。中宮＝皇后＝藤壺の女御と、皇太后＝弘徽殿の女御――なんとも不思議な構図ですが、「皇太后であっても、女性の至高の地位である〝后〟に変わりはない」として、この処置を受け入れるのが、男性以上の高い見識を持つ弘徽殿の大后で、その結果彼女は、自分の息子である新帝＝朱雀帝以上の権力を持つ。

考えようによっては、男＝夫というものの限界によらずに、「自分の能力に見合った、女性なるものの限界を越えた位置を確保した」と言われるような、日本の歴史には珍しい「自立した女性」がこの弘徽殿の大后なんですが、どうしてこの彼女が「敵役」であらねばならないのでしょうか？

これは、今という時代に源氏物語を読む場合、「新しい謎」として浮上してくるようなものだと思われるのですが、如何でしょうか？

座談会

物語の論理・〈性〉の論理（前篇）

三田村雅子
河添房江
松井健児
橋本治

光源氏の語り

河添　『窯変源氏物語』というと、判で押したように光源氏の一人称語りと言われますけれども、ここには二つのレベルの問題があるように思うんですね。一つは語り手を女から光源氏という男にジェンダーチェンジした点、もう一つは、最近完成された桃尻語訳の『枕草子』が、現代の女子高生風の話し言葉の文体であるとすると、『窯変』は書き言葉をとっているということですね。書き言葉によって、『源氏物語』の行間の含みとか余韻とか、リズムっていったものを華麗に再生された訳ですけれど、この、書き言葉と話し言葉という文体の相違が、男と女の性差の問題ともクロスして、ちょうど原作の『源氏物語』と『枕草子』の異質性みたいなものを照らし出していただいた訳です。光源氏という語り手の性の転換と、桃尻語訳から書き言葉への文体の転換というのは、発想としては光源氏の語り手というのが先行して、その後に書き言葉という発想が出てきたのですか。

橋本 書き言葉が先ですね。

河添 そうですか。

橋本 はじめは、『源氏物語』をやるっていうんじゃなくって、現代の作者だったら現代で『源氏物語』をやった方がいいんじゃないか——みたいなことを考えていたんですよね。いつまでも王朝の過去に入っているよりも、そのエッセンスをもって現代に来た方がいいとかっていうふうに考えて。でも、それをやっても現代で『源氏物語』は成り立たない訳ですよ。あれは、女が動いてしまったら成り立たない世界だから。で、どうしようかと考えて、結局、自分が光源氏になってしまって華麗なことをやれれば、それが『源氏』だなと。そういうことも面白いかもしれないなと思って、それと同時に、やっぱり女の問題をここら辺で一つ片付けておいた方がいいかなっていうのがあって。実ははじめから、雲隠から後は紫式部の一人称っていうか、紫式部の改めて書き始める『源氏物語』という構想にしようと思って。結局、光源氏は紫式部の中にいた一つの劇中劇、仮構のような存在であるというふうにしたかったんですよね。

松井　その自分が光源氏になってしまうということと、書き言葉の選択というのはどうつながるんですか。

橋本　光源氏の一人称を選んじゃったのは、自分が男だからやりやすいっていうのもあるんですけども、『徒然草』をやった時にそうだったんですけれども、もうあんまり話し言葉系の文章を書きたくなかったんですよ。カチッとした文章書きたくて（笑）。でも、古典の大和言葉系のものっていうのは、話し言葉じゃないと訳せないところがいくらでもある訳ですよ。つまり、明治になって言文一致で、近代語というものを作って、そこから、日本語というものはそういうものだという頭がこっちにもあるから、それ以前の言葉も近代語で解釈しようとするんだけれど、でも、それ以前の言葉は、今の感覚でいえば話し言葉に近いものだから、どうしても大和言葉系のものは話言葉になっちゃう。でも、もうそれがいやだったんですよ。だから、光源氏を千年前にいる近代人にしてしまえば、文体も変わるだろうってのがあって。あの文体はね英文直訳体なんですよ。だからもう主語が異様に多いんですよ。「私は」「私は」「私は」という主語があって、動詞があって、センテンスが短くて、ただ時たま異様に長いセンテンスがボンと入るみたいにして、その、短いものと長いものの繰り返しで一つのリズムができていかないかなと。

三田村　行替えなんかも本当多いですよね。

橋本　はい。多いです、多いです。まだ少ないんですけれど本当は。和歌と和歌の間にはやっぱり一行ずつあけるべきだったなと。

河添　『窯変』では男の視点にパラダイムチェンジしたから、女の語り手っていう『源氏物語』の建前で語れなかった公的世界ってものが、華麗に端正に掘り起こされていきますよね。『源氏物語』がこんなにも拡がりと奥行きを隠しもっていたのかと、源氏研究者でさえも慄然とするわけです。それでさっきちょっとお話で出て来た宇治十帖のことですけれども、紫式部の語り手は最初から構想なさったってことなんですけれど、光源氏という語り手からもう一回紫式部という女、正確にいうと老女に転換するんですよね。それを『源氏供養』では、一方では物語を成り立たせているような男の視点で述べられて、それがさらに紫式部という個を持った女の視点で崩されていく、男女の視点の二重性が、事物描写の重層性を生んでいるとおっしゃっているんですけれど、文体としては具体的にどういう選択だったんですか、宇治十帖は。書き言葉でもないし話し言葉でも……。

宇治十帖の語り

橋本　雲隠までは、原文より敬語が少ないんです。つまり、光源氏は身分の高い人だから、よっぽどの人相手じゃないと敬語を使わないですむから、そこのところが整理されるんですね。ところが、死んだ後は原文より敬語が多いんです。丁寧という敬語がやたら入るんで——「ございます」の文体にしちゃったもんで、一体彼女は誰に対してオブリゲーションで「ございます」を言っているんだっていうことになったら、「言いたくない自分の秘密をばらす時の煙幕としての丁寧」っていうのがあって、それですごく丁寧なんですよ。原文以上に丁寧なんです。だから、しんどいのは書いてるうちにあまりにも「ございます」の息が長いもんだから、何を書こうとしてるのかわからなくなっちゃうぐらいのところがあって——宿木・東屋・浮舟、あすこら辺かな。はっきりしたのは、文章がきれいになればなるほどいやらしいという……。それは、浮舟がなぜ最終的に拒んだかということに重なるんですね。彼女は自分自身の中にあるセクシャリティみたいなのを匂宮に触発されて発見されてしまって、それをもって生きるということ自体がすごく生きづらいんであって、だから——というふうにしか僕は解釈できないんですよ。それでいくと、彼女が感じてしまったセクシュアリティ——という言葉さえもまだ品があって——彼女は自分の中に好色な面を見てしまった。他人を拒まざるをえないようなものを自分の中に発見してしまう――それくらいセクシュアリティというのは当人にとって生々しいものだから、その生々しさを感じさせせながら、それをどれだけきれいに書くかなんですよ。どれだけきれいに間接的に書いて、読む人が「なんていやらしいことが書いてあるんだろう」っていうふうに思ってもらえりゃ正解だと思って。そのためには「ございます」の丁寧が必須なんですよ。丁寧というのは、語り手と聞き手の間に距離を置くということで、その距離が広がれば広がるほど「語られないこと」というものが行間に浮かび上がってくる。セクシャリティというのは、そういう行間の匂いだと思うんで。

松井　たしかに宇治十帖は、性愛の問題がぐっとせりだしてきますよね。その点、光源氏の方は、権力の問題とからんでしまって、それこそが中心的な問題っていうふうには見えにくいですね。

橋本　それともう一つは、紫式部の書いた光源氏が本当に男なんだろうかっていう疑問があるんですね。光源氏って宝塚の男役のようなものかもしれない。紫式部という女の人が発想したんだからなおさらっていうのがあってね。そうすると、やっぱり女の中にも〝男であるような自分〟と〝女であるような自分〟との二つがあって、紫式部は、はじめ〝男であるような自分〟として、光源氏を発想したんじゃないか。でも源氏の物語を書いていくうちに、〝男になりたがっている自分〟の他にもう一人、〝女であるような自分〟が明らかにいる。だから一遍光源氏を殺しちゃって、それで改めて宇治十帖かなって思ったんですよ。だから「男から女へ」というのは、「女の中の男から女としての女へ」って変わり方でもあるんだけど、それはちょっとわかりにくいから、私の光源氏は完全な〝男〟にする。その代り、その後の文体は、完全な——過剰なまでの女にするっていう、そういう対比を出したんです。

三田村　雲隠のところでちょっといってますよね、「行い澄まして男であろうとする私へ襲いかかる、形にならぬ私の中の女」、あれはすごいですね。

松井　そうすると、やはり『源氏物語』の文章というのは、いろいろな自己矛盾を含みながらも、文体の使い分けをかなりしているということですね。

橋本　ただ、その文体をどうするかっていうのは、現代の『窯変源氏物語』の作者である私の問題であって、紫式部の問題ではないんですよね。紫式部ははじめからある意味で一貫して、まぁ微妙に変わるところはあるけれども、一貫した彼女の文体で書いていると思うんで。

三田村　ただ、やっぱり『紫式部日記』の文体だって思いますね。その丁寧体が多いのはね。だから『紫式部日記』的に書かれた時に宇治十帖がいきいきしてくるかっていうところなんですね問題は。

橋本　いやぁ、でもそこら辺はね、俺は好き好きだというふうにしました。

三田村　私はもしかしたら谷崎潤一郎のあのすごい丁寧体っていうか、あれの一つのパロディを志してらしたのかなって感じてて。

橋本　パロディっていうんだったら、女自身のためらいに対するパロディのようなものだと思ってます。

三田村　宇治十帖をそういうふうに丁寧体で書くっていうのは、やっぱり身を引いているから丁寧体ですよね。何ていうか、語り手が物語場面に……。

橋本　語り手が身を引いているかどうかはわかんないですよ。俺は宇治十帖になったら語り手はもうぐっと……。原文の紫式部の方は宇治十帖になったらもうのめり込むように入り込んで、入り込みながら、舌なめずりしつつ、ちょっと引いて、読者をじらしてるみたいなところが多分にあって。女が女のことを書く時になった時の入り込み方、ある意味で、薫・匂宮の突き放し方みたいなものは、もう彼女が存分にやってるっていうのがあるけど、こっちは逆に引く訳ですよ。

河添　男が主人公だから。

橋本　丁寧にしんにゅうをかけるぐらいのことをしないで、冷静なる第三者の目になれば、強引にバサッバサッと切っちゃうでしょ。薫はとってもつまらない男だったとかさ。

松井　宇治十帖の方が、書きたいことがはっきりしていた……。

橋本　僕はその……、男から女へっていうよりもね、雲隠ぐらいまでの段で、紫式部が「世の中に対してものを言う時の礼儀」みたいなものを全部積み重ねていった。そしてその後は、「自分のことを言うだけだ」ぐらいになったんじゃないかなと思うんですよ。そうじゃないと改めてね、宇治の八の宮とかああいうものを引っ張りだしてこない。やっぱりね、ものを書く側の人間からすると、自分が外に向かってものを言うってことは、どっか怖い訳ですよ。でも、書いていくうちに読み手の支持が生まれて、書き手の姿勢も高まって——でも、高まって、振り返ってみると、果たして私のあのスタートっていうのは、私のやりたかったスタートラインなのか、どうなんだろうかっていうのがある訳ですよ。

三田村　作家としてはね。

橋本　まず最初に次善の策からスタートしてしまったという悔いがあれば、「ここまで来てしまったのだったら本来に戻ろう」という気にもなるんじゃないかと。だから、『源氏』の桐壺のはじまり方と、あと帚木・空蟬・夕顔のはじまり方と、若紫・末摘花のはじまり方の、はじまり方に関する錯綜みたいなのが、雲隠から後ももう一回はじまってるんですね。匂宮であって、竹河であって、紅梅であってっていう、あれがやっぱり改めてはじめるっていうことなんじゃないかと。だから紅梅の——ある意味でレズビアンの宮の君がいて、それから若君と匂宮のホモセクシャルみたいな関係があって、さらには按察の大納言も源氏とそういう関係があったんではないかっていうようなことと、それとはまったく無関係な傍観者として、しっかり者の真木柱という母がいる。今まであんまり表に出て来なかったようなセックスがらみのかなり複雑でグチャグチャな部分が、ボンと投げ出されて、じゃあそれがどうなるかっていうと、それがまたスパッと断ち切られているっていうところがね、ある意味で彼女のオブリゲーションじゃないかなっていう気はするんです。

同性愛

河添　それでは『源氏物語』のセクシャリティという大問題に移りたいのですが、たしかに『窯変』の紅梅で、同性愛の関係がいろいろ掘り起こされてきますよね。かつての弁の少将と光源氏、今の匂宮と紅梅の若君の関係みたいな。でも、橋本さんは、薫と匂宮の二人の関係については、同性愛的な欲望を持ってないと……。

橋本　僕、あの二人仲悪いと思いますよ。

河添　そういうふうにおっしゃってますよね、二人は慕い合ってないと。ところが、源氏研究の側ではむしろ宇治十帖の薫と匂宮は、自分たちは意識してないんだけれども、結局同性愛的な欲望を持っている、そういうふうにいわれていて。

松井　神田龍身さんの分身論ですよね（『物語文学、その解体』）。薫と匂宮は同じ女性に好意が向っているというより、実は無意識のうちに互いの欲望を模倣し合っているにすぎないんだっていう。

橋本　いや、意識してないんだったら、持たないと思うし、意識しないけど持ってるんだったら、「半分意識しながら持っている」ですよ。潜在的な同性愛は源氏と頭中将の方じゃないですか。だって頭中将は明らかに源氏を慕ってますよ。末摘花や源典侍みたいな源氏の女の後を追っかけている訳だし、若菜下の巻の「住吉詣で」で源氏が昔を偲ぶ時に、明石で会った女の、すぐ側の車に乗ってる女のことを思い出さないで、明石までわざわざやって来た、当時の宰相の中将のことを思い出すっていうことの方が、不思議ですよ。ところが、薫と匂宮っていうのは、自分が関係を持った女を隠そうとするじゃないですか、相手に対して。独占しようとして、共有しようとはしないでしょ。源氏が生きてる時代の男たちって、みんな女を共有したがっているんですよ。

河添　二人の男の間で一人の女性を共有するって、よくおっしゃってますね。それが同性愛の代わりになっている。中年になって光源氏がはじめて同性愛に目覚めていくとおっしゃっていますけれど。

橋本　それよりもね、光源氏って同性愛者になる必然性が全くないんですよね。愛される対象にはなったとしても、別に自分は男に愛される必要ないし。それだったら帝に愛されればいい訳で、ある意味で帝というものを、桐壺院に対する父恋、あるいは冷泉帝に対しての、上位概念に対する成り立たない恋愛みたいなものの方が、僕は大きいと思うんですよね。ただ、源氏が死んで、源氏と強くつながっている帝がいなくなって、そういう上位概念がなくなっちゃった後に男たちはどうなるかっていったら、互いに愛し合うこともできず索漠としていて、女たちは自分の成熟の中でさすらっていくしかないみたいなことになるんじゃないか。

河添　光源氏の場合は、自分が上位の者、例えば冷泉帝とか桐壺院とか朱雀院にどう愛されるかという問題と、それから光源氏自身が上位の者として男たちの欲望の標的になる。そういう両方向の問題がある訳なんですけども、光源氏の意識としては同性愛は、要するにヘテロのバリエーションでしかないみたいな。『源氏物語』の正篇では、異性愛の関係が同性愛を抑圧する構造にあるのでは。

橋本　もうちょっと複雑だとは思うんですけどもね。

河添　書かれ方としては……。

橋本　『源氏物語』の中の男の同性愛ってのは、あんまりはっきりしないものだと思った方がいいと思いますよ。女の同性愛の方がもっと濃厚に後半になって流れてくるとみられるし、宇治の大君と中君の関係は、姉妹の同性愛的感情に近いものがある。

三田村　髪の毛を繕う場面がずいぶん繰り返し出て来ますね。

橋本　やっぱり、大君が薫を拒むのは、「私は中の君の方が好きなんだから」っていう感じでしかないような気するし……。それでね、これはお伺いしたいんですけど、「女にて見ん」っていうのは、平安時代の中ではどれくらいポピュラーな発想なんですか。

河添　『うつほ物語』に一例出てきますよね。でも物語であれだけ頻繁に使ったのは『源氏』がはじめてじゃないですか。『源氏供養』でも「女にて見奉らまほし」に注目されてますけれども、『源氏物語』の研究では、本来これは、皇族とかその血筋を持つ人たちの美だといわれてたんです。冷泉帝とか光源氏とか朱雀院とか。でも、『窯変』や『源氏供養』ですごいと思ったのは、この表現の持ってるあぶなさ、つまり同性を性愛の土俵に乗せて、恋愛の対象と幻想するあやうさを指摘されたのが新鮮でした。「女にて」は、異性愛的な同性愛の衝動とそれが反実仮想のままに封じられる表現なわけです。これまでは平安の美の基準は女性的な美だから「女にて見奉らまほし」が最高の美と解釈されるのが主流で、それを性愛の角度で切ったのは『窯変』がはじめてなんじゃないでしょうか。そのことで光源氏が〈女〉以上の存在に、つまりアンドロギュヌスに越境していることが明らかになっていく。最近書いたことですが、近代以前では男性が両性的であるのは恥辱ではなく、優位の性の特権なんですね。

橋本 でも、それはね、僕も瀬戸内（寂聴）さんに言われて気がついたんですよ。朱雀院が源氏を「女にて見む」はわかるけども、あの人は「女にて見られたい」ですよ、すごいですねぇって仰言るから、ああなるほどと思って。それでいったら、今度は光源氏が成人した夕霧を「女にて見む」になっちゃってるから、これはもう皇族の美ではないですよね。だから、「女として見る」以外に見方がないものだから、親しさの表現は全部そうなっちゃうんだと思うんですよね。だって、「見る」はほとんどもう「関係持つ」でしょう。男同士はふだん会っているから「見てる」ってことは意識しないけど、女相手だったら「わざわざ見る」ということに濃厚な意味が込められてくる。だから、うっかり男が美しい同性を見てしまったということになってしまったら、そこは危険な感情でしょ。「彼を見ている内にドキッとした。これでもしも彼が女だったら、この感情の落ち着き先ははっきりするのに」っていう、そういう傾きかかった感情が「女にて見ん」だと思うんですけどね。あのね、これも多分あんまり言われてないのかもしれないと思うんですけど、『源氏物語』って院政時代の男たちの先取りのような気がするんですよ、とっても。

三田村 ええ、それは感じます。

院政期体制

橋本　今まで『源氏』ってのは母恋の物語だって言われてたけど、どう考えてもこれは母恋というようななまやさしいものではなかろうがっていうのがあって。帝とか上皇が権力を持ってしまって、その彼である男のセクシャリティが問題になって世の中がただれるようになっていく――それが紫式部以前の時代の話ですよ。彼女は、過去にそういうものを設定した。でも彼女の生きていた、摂関家の時代というのは、帝なり上皇なりのセクシャリティは、舅である藤原氏に全部握られちゃってる訳だから、あんまり〝男〟じゃない訳ですよ。彼女はそれがいやだから、あえて男権的なものを過去にはめ込んだ。それが院政の時代の先取りになってしまったんじゃないかなって思うところがあるんですね。院政の時代ってのは、公然と同性愛が出て来ちゃう時代だけれども、摂関政治の時代はまだそれが出てこないでしょう。

河添　そうですね。娘を後宮に入れて権力を握るというヘテロ主導の政治機構で同性愛に価値がない。『春記』とか『古事談』とか、男色の記録も摂関期の黄昏でないと出てきませんし。摂関時代の男色は、黙認されたにせよ、秘すべき趣味であり、ネガティブな価値しかないですね。

橋本　マザコンの時代というか、母親の影にあえぐ男の子の性欲がまだ自分でどうともならなくて——それが同性愛に行っちゃうのか近親相姦に行っちゃうのかロリコンに行っちゃうのかわかんないけれども——ただ、母親の傘の下でおとなしく行儀正しく雅びを演じていて、その上に舅というのが重しとしてドンと控えいるみたいになっていた。その重しがポンポンと取れた瞬間に院政時代がやって来た。院政時代は男の欲望が野放しになる時代で、藤原氏の摂関時代は、妻の一族が勢力を持つ時代でしょう。

三田村　そうですね、母権制で。

橋本　でも、母の一族が勢力を持つっていう訳じゃない。

三田村　母の一族も勢力を持つ……。

橋本　母の一族が勢力を持つことに変わりはないけど、でも、それ以前に妻の一族が勢力を持つじゃないですか、それは何故かというと、妻の上に力のある舅がいるから。ところが、院政の時代になっちゃうと、乳母の一族が勢力持つじゃないですか。乳母の方が今の感覚でいけば、ずぅーっと〝母親〟に近いものがあるでしょ。院政の時代の方がずっと現代に近いんじゃないかなって。妻の一族が勢力を持つっていうのは、今ではあんまりなくて、船場の女系家族とかっていう特殊な文化圏なんだけれども、その女系が、果たして〝妻〟によっているのか〝母〟によっているのかということもあるでしょう。我々は院政から後の〝男の時代の常識〟で物事を考えているから、「妻が男より強いはずはない。男より強い女は母だ」という考え方を無意識にしちゃうけれども、摂関時代に強いのは、母じゃないですね。強い権力者は、母の父であり妻の父ですね。母になったから強くなったんじゃない。舅が強くて、若い男はその強い男と縁組することによって、強い男の力をもらう仕組みになっている。妻が強いんでもないし、母が強いんでもない。舅となるべき男が強くて、しかし男同士にはなんの接点もないから、強い男の娘が若い男の妻になるという形を取るしかない。東三条院は、〝強い母〟の最初のような気もするけど、紫式部が『源氏物語』を書いた時代は、舅を頂点とする妻の一族の時代だと思いますね。

河添　そうですね。主要人物は最終的に妻の一族に押し切られているところがありますね。

松井　桐壺帝と弘徽殿女御の関係のような。

橋本　『ひらがな日本美術史』で院政のことをやってて、平治物語の時代の系図を作ってみたんですよ。そうすると、院政のはじまる白河天皇の親父ぐらいまでは、藤原氏の系図と天皇家の系図が平行線を追っているようにぴたっと重なるんですよ。ところが、三条天皇の后である藤原氏の娘が女子を生んでしまったことによって、状況がガラッと変わってしまう。生まれたのが男子なら、そこに藤原氏の娘をくっつけることによって妻の一族は安泰でいられるけれども、藤原氏の后から生まれた娘の禎子は内親王になって、戸籍上は天皇家の娘になっちゃう訳でしょ。舅である藤原道長の頭の中では、〝自分の孫〟かもしれないけれども、この内親王になった娘はもう藤原氏とは縁の切れたものになって、後朱雀天皇と禎子内親王のカップルは、道長の孫同士であるにもかかわらず、この二人の間に生まれた後三条天皇は、もう藤原氏とは関係のない純粋天皇家の男子になる訳ですよね。藤原氏との縁が切れた後三条天皇が登場することによって、藤原氏と天皇家の系図がもう平行線を作ることはなくなった。主導権が舅の藤原氏から、本来なら〝婿〟であるべき天皇の方に移った段階で、もう系図はグチャグチャに乱れちゃいますね。系図の形の変化を見てるだけで、天皇・上皇主導型の時代への変化は分かりますね。

三田村 天皇家の娘たちが本当に大事になって……。女院や一品宮が次々あらわれていきますね。

橋本 そうなんですよ。

三田村 天皇家の同族結婚ばっかりが増えてきて、まったく藤原氏とは違うんですよね。

橋本 『源氏物語』の系図はどっちかっていうと、摂関家型の系図じゃなくて院政型の系図に近いんですよ。

河添 光源氏を中心として考えれば、そうですね。光源氏の対抗勢力はみな藤原的なやり方ですね。

橋本　だから、三代続いて后が藤原から出ていないっていうのは、時代に対するアンチテーゼですね。

河添　そうですよね。アンチテーゼというよりも先取りになってしまっている訳ですね。院政体制っていうのは摂関的なヘテロ的な関係をとると、摂関の方に権力が行くから、上皇はそういう体制にならないように姻戚関係とか、家臣たちとの関係を作って、その中に同性愛による身体の支配ももちろん含まれてきますしね。そういう時、確かに『源氏物語』がモデルになったんじゃないでしょうか。

松井　光源氏の六条院経営もそんな感じがしますよね。上皇御所みたいなものだし。冷泉帝との関係や、婿にはなれなかったけれど、螢宮との関係もそれらしい雰囲気で読めますよね。

橋本　ヘテロ体制を核として婿と舅が同性愛関係に近いような感情を交わし会うっていうところで、『源氏物語』の男同士の同性愛性みたいなのはあるんじゃないかなって気はするんですね。実は俺、『窯変』はじめる時に、今の役者で誰が一番源氏に近いかなって考えたんですよ。まぁ玉三郎だろうと。女より女のことをよく知っている男が源氏だろうと思って。そう思いながらそれとは全然別に、フッと閃いちゃったのは、山岸涼子さんの『日出処の天子』なんですよ。あれは山岸さんの『源氏物語』なんじゃないかと思って。

禁断の恋があって、幼児期からはじまってっていう。

三田村　罪を与えているっていうのがね、聖徳太子には罪がないのに唯一結論としては罪の要素をあそこに付加したっていうのは、まさに『源氏物語』的な主人公でなければ実は主人公になりえないっていう物語の力学を……。

河添　同性愛が核になるし（笑）。

三田村　視点人物があって。

橋本　ただ、それがなんていうんだろう、女性のエロスが男の肉体を借りて男同士で同性愛を演じているようなところがあって。だからある意味で妖しく美しいんだけれども、男から見てそれが生々しい話かなってことになるとね、微妙にクエッションな部分もあるんですよ。

松井　わかります。ちょっと美しすぎるというか。

河添　でも、室町時代までのものってだいたいそうじゃないですか。少年愛で、女のような少年を愛するみたいな形で。

橋本　『稚児の草子』ってのがすごかった。

河添　あれはもうそこから出た時代ですよ。鎌倉まではおっしゃる通りですね。

橋本　だからある意味で、女の人が自分の肉体を使ってエロス演じるよりも男の肉体使ってエロス演じさせた方が、美しく、なおかつ遊ぶようなことができるっていう感覚があるんじゃないかなっていう気はするんですよ、『源氏物語』の中にね。だから、『源氏』で男の同性愛のことをつっつくよりも、最後の方になって濃厚に出て来る女の中にある同性愛性の方が重要なんじゃないかなっていう気はするんですけど。やっぱり今まで男の研究者がやってるから、女の中に眠っている同性愛性みたいなことにはあんまり気がつかないのかなというところもあるんですけど。

女性性、男性性

河添　先程光源氏をイメージする時玉三郎っておっしゃって、女以上に女を知っているっていうことをおっしゃったんですけども、『窯変』でも、美しさもそうですけれども、女性の文化にも全部光源氏が君臨してるというか、『源氏物語』の世界ですと、その時代ならば、女文化を身に付けた男性は、理想の貴族、理想の天皇像な訳で、当たり前のように説明抜きにして語られているんです。それを『窯変』ではきちんと説明していて、例えば、梅枝の巻で女性にしか伝えられない薫香作りの「承和の法」を光源氏が知っているのは何故かって書いてらっしゃいますよね。

橋本　何故かの答えはあれしかないんですよ。

河添　桐壺帝の後宮にいた女御から、男でない少年時代に伝授されたんだって種明かしをしている。そういうところが素晴しいと思うし、現代的な発想でもあるという気はするんです。

橋本　でもそれ現代的な発想っていうよりも古代的な発想じゃないですか。だって、子供は男じゃないっていう発想を、現代人はしないですもん。

河添　でも、ちゃんと説明していくところが現代の読者に非常に親切ですね。その辺で三田村さんいかがですか。

三田村　『源氏物語』の伝授の法則で一番面白いのは、「盗む」ということこそ本当の伝授だという考え方があるとですね。「承和の法」でも、女たちだけが伝えるはずのものを光源氏が盗み取っている。逆に女君たちの側から言うと、光源氏の音楽の技をどこかで、知らないうちに盗み取っている。女楽でそれぞれの技能が披露された時に、正式な伝授を受けた女三宮の琴（きん）より、はるかに紫上の和琴がまさっていますね。男／女というジェンダーの枠を越えて、盗み取ったものこそ本当に値うちのあるものだという主張がありますね。河添さんが最近の論文で『源氏物語』の「女手」の用例はすべて光源氏という男性の手によるものだと指摘したことも、性と性役割の逆説的な関係を語っていると思います。本来の性に安住することなく、盗み取る行為こそに定型化された「文化」の洗練があると『源氏物語』は考えているようです。

橋本　それで──困ったことに、原文にあったのか『窯変』で自分が作ったのか分かんなくなっちゃってるところもあるんですが、源氏が六条の御息所と関わり持った時に、彼女の文の水茎があまりにも美しいのでそれに魅かれてっていうのは原文にあったんでしたっけ。

河添　あります。梅枝の巻の中で出てきます。最初の関わりじゃなく後になって出てくるんです。

橋本　つまり、「女文字の美しさをマスターするのは当時の文化にとっては必須である」っていう入り方を、源氏はする訳でしょ。でも、中にはそういう入り方をしない男だっている訳じゃないですか、鬚黒は違うでしょう。でも、源氏という人は女文化の持っている一般性をマスターしなくちゃいけないっていうことを早い時期にやってしまった人間だから、普通の武骨な男とは明らかに違うところがあるんですよね。彼は少年時代に後宮の女たちの中にいたから、その文化のリアリティーみたいなものを肌で知っているっていうところはあるだろうし。殿上童という形で、帝と一緒に女たちの御簾の中に入って行って、最高級の女たちの生活に触れて、親しんでる訳でしょ。そこら辺の生い立ちの濃厚さっていうのは違うと思いますよ。

河添　しかも桐壺帝の側にいたから、桐壺帝みずから、音楽とか女文化に関することを帝王学みたいにして教えちゃうんですね、光源氏だけに。

橋本　やっぱりそういう素質があるから、「この人は一遍やれば呑み込みがよくてなんでも分かる」になっちゃうのは当然だろうと思うんですよ。女の文化に対するとまどいがない訳だし。

松井　なにか性を転換する時に、一つのパワーを生み出すっていうことですか。

橋本　というよりも、もっとノーマルな……、ノーマルなっていうかな、職人技の世界なんですけど――歌舞伎の役者ってみんな若い時に女形やらなくちゃいけないんですよ。それやらないと体に色気が出ないから。つまり、舞台に立つ役者っていうのは、お客さんに対して色気がなくちゃいけない。それは、立ち役だろうと敵役だろうとみんな必須な訳ですよ。そういう意味で、光源氏には人に見られるために必須の色気が備わっている。だから、同じ舞を舞うんでも、頭中将と光源氏の間の差はあって、頭中将は男の世界で男として育てられた人、光源氏は女のいる世界でその文化をエッセンスとして吸収し育ててしまった男っていう微妙な差はあるんだと思います。

松井　ええ確かにそういう形で光源氏は女性の側面をも見せるわけですが、その中間的なものっていうか、なにかその動きのような気がするんです。女性として見てまさに女性そのもの、ある時に見ると男性そのものっていう、その間の揺れの大きさとか激しさみたいなものがすごくこう、それこそ不意打ち的に魅力的なんじゃないかって気はするんですけれど。

橋本　その不意打ち的なところは、『窯変』で結構意図的に作っちゃったところもあるんですけど、王朝文体の中だと、ちょっとその変わり目が分かりにくいところがあるんですね。男と女が同じように下ぶくれの引き目鉤鼻で、溶けるようによりそっているっていう世界とはちょっと違う、女のように優雅な男が突然ナイフをきらめかせるようなことをやりたかったんですけど。でね、逆に言ってしまえば、あの時代でなんでもできる男だったら、俺、光源氏は男を犯してると思うんですよ。つまり、「私の言うこと聞け」って言う代わりに、相手を肉体的に征服しちゃうというね。彼は美しいんだから、犯される側にもそう抵抗感ないだろうし、ある意味で女文化も全部取っちゃっている訳だから、男犯しちゃってもいい訳なんだけど、それをしないのは、彼がすごくまじめな人だからなんですよ。すっごくまじめで、その一点で男の中の男なんですよ。融通が効かないぐらいに。女みたいな美男なんだけど、なんか芯が強くって、何でこいつはこんなに男っぽいんだっていうような人もいるんだけど、そういう人ってすごい不器用で、俺は多分光源氏はそっちのタイプの人だと思いますよ。

松井　基本的にすごくまじめなんですよね。それでいてそのまじめさが、たんなる誠実さっていうんじゃなくて、例えば近江君のことを相手側にしゃべらせるときにみせる狡猾さとか、あるとき急に反転しますよね。どうしてこんなに暴力的なんだろうって思うところもありますし。それで今、光源氏という男性の両性性というか、その男性性のことなんですけれど、『源氏物語』の中に出て来る女性が男性的な側面をぱっと見せるという感じはないですか。双方が越境し合っているところ。

橋本　弘徽殿の大后ですか。

松井　はい、弘徽殿の大后などはまさにその典型だと思います。ただそういうトータルな造型でなくても、例えば夕顔の巻で女の物の怪が出て来た時に「おのが」っていう男性言葉で語り、はじめて男性と対等の口をきくようなっていうのは、それは女がそのまま女じゃないんだけれど、なにか他の媒介項に一つ身をずらすことによって、自分の中に抑圧されているものを、ぶつけるような、そういう要素要素っていうのはあるような気はするんです。

橋本　ただね、六条御息所の物の怪でいうと、彼女が物の怪になることによって取っ払われるのは慎みだけだと思うんですよ。「行っちゃいけないけどもう来ちゃっている」という事実がありさえすれば、抑えていた恨み言も言ってしまえるっていうのがあって。物の怪になっても、光源氏をとり殺そうっていうことはできなくて、「悔しいからこっちにやって参りました、口惜しゅうございます」っていう。霊媒関係の人に言わせると、やっぱり死霊より生霊の方が強いんですって。俺は六条の御息所の死霊よりも、若菜になったら朱雀院の方がずっと怖いと思いますよ。死んだ人より生きてる人の方がこわい。夜中に墨染めの衣のまんまでね、何も知らせがないのにすぅーっとやって来ちゃうって、あれは六条の御息所よりもずーっと怖いですよ。このおっさんはどっかでずーっと女三の宮と源氏のことを透視でもするように見張ってたんじゃないかみたいなね。あの物の怪のような現われ方って怖いですよ。

三田村　物の怪じゃないけどね。

橋本　だって、紫式部って坊主のことあんましよく書いてないでしょ。

三田村　まるで、夜居の僧都みたいなもんですね。脇にいつもいて、何か口を出さないけれど、実はじっと見てるみたいな、物語全体を透視しているみたいな感じで。

橋本　「出家してしまうぐらいに執着の強いものなんだから、怖い」っていうふうに、冷泉帝のところで言わせちゃっている。そういう怖い生臭さみたいなのが、あの若菜に出て来る朱雀院にあるんですよね。僕はそう思ったんですけど。六条の御息所の死霊よりも、生霊のような、現物の世を捨ててしまうだけの執着を持った僧形の朱雀院の方がずーっと怖いんだろうと。

三田村 物の怪の問題もあるし、そうですね。

河添 死霊が憑坐につくという若菜の出方はわりとありふれてますよね。生霊事件っていうのは、『源氏物語』以前に女の生霊は主題化されてなかったから、あそこは本当に原作のオリジナルだと思いますね。芥子の香で霊の出現を悟らせるとか、憑坐を使わないで葵の上がそのまま憑坐になってしゃべってしまうとか。

橋本 今まで恨みっていうのは社会的な政治的な恨みだけだったってことなんですね。あそこに来て個人的な恨みっていうのが出て来て、政治だけじゃなく個人というものもあるっていう、その口の開き方が多分『源氏物語』の一番すごいところなんだろうと思いますけど。

松井 記録類の方でも『権記』や『小右記』に出てくる物の怪は死霊ばかりで、しかもとり憑かれる側の話ばかりだっていう調査がありますね。

三田村 物の怪っていうものを物語方法として使ったのはやはり『源氏』が最初ですよね。

橋本 だから僕は、それと対比させちゃうんですよね――弘徽殿の大后という政治の権化を女にしちゃったっていうところをね。ある意味で、当時でいけば舅の右大臣が一番のボスであってしかるべきなんだけれども、右大臣はバックに行っちゃって、弘徽殿の大后が前に出てきて中国の故事を引きずり出して、朱雀帝に説教するってところからはじまって、女に政治を任せてしまうっていうあのすごさが、やっぱし紫式部の何か時代認識のようなものだと思うんですけどね。

松井　時代認識というと。

橋本　わからないです。そうとしか言いようがない。女の認識って言ってしまうと女に対する悪口みたいな……。つまり、愛されない女ですよ。愛されないことを前提にして、政治の実権を握っている。正式な妻にはなれないが、母后という形で后にはなれるっていう、そういうバーター条件は全部呑み込んじゃうっていう。あれは、東三条院に対するパロディみたいなものじゃないですか。だって弘徽殿の大后のポジションは、明らかに東三条院でしょ。

三田村　そうですね、うん。

橋本　で、書かれ方でいけば藤壺の女御は最初の女院な訳だから、これも東三条院のポジションではあるんだけれども、東三条院のポジションを藤壺に与えていながら、でも実像は弘徽殿の女御にあるっていうあの複雑怪奇さっていうのはちょっとないのかなと思うんですけど。やっぱり、藤壺っていう人は紫式部の中で確固として女の理想像になっちゃったんだと思うんですよね、どっかで。だから準太上天皇にしてってていう。だって、女院の最初は東三条院でしょう。そうすると、ポジションとして藤壺は東三条院のモデルになってることにしかならないけれども、でも、死ぬ前の日に天変地異が起こってっていうのは推古天皇と同じじゃないですか。推古天皇が死ぬのが三月で、その上旬に天変地異が起こって、日本で最初の日食もある訳だから。明らかに紫式部は藤壺の死のところに推古天皇を持って来ちゃってる。最初の女帝になぞらえるというややこしいやり方をして、藤壺を、東三条院とは別の自分だけの偶像性としてきちんと書いているんじゃないかなっていう気はするんです。

河添　藤壺の死のところは確か研究者でも『日本書紀』に后が亡くなる時の……。

三田村　葬送儀礼の誄（しのびごと）みたいなものとそっくりだっていうのはよく言われますね。薨卒伝とかそういう后が亡くなった時の記録っていうのが『六国史』にあるんですけども、それと文体がよく似ていて、非常に荘重に展開される。

河添　そのギャップですよね。

三田村　それをもどいている、表面的に世間の人々は賢い立派な后が亡くなられて、世の中こんなになったみたいに暗くなったみたいに周りがいっていることと、光源氏が個として誰にも言えないでおし隠していることがコントラストをなしている、そこら辺のギャップのおもしろさが……。

河添　ありますね。あとで藤壺が夢に出てきてはじめてそこで女になるみたいな。それまでは后として描かれていて。

橋本　「藤壺の死の前に天変地異があった」って書かれてて、それを読んで、「天変地異の代表は日食だろう、藤壺の死の前に日食があったなら、光源氏みたいな人は、絶対に〝我朝のはじめは〟っていうことをやるだろう」と思って、日本で日食の最初って何だろうって百科事典を調べたんですよ。そうしたら推古女帝の時にって書いてあったから、それで『日本書紀』で月日を合わせていったら、三月の初めになるから、あぁこりゃそうかっていう単純なもって行き方なんですけどね。

三田村　あれは冷泉帝に対するさとしかもしれない訳でしょ。

橋本　ある意味でね。

三田村　藤壺に対するものなのかどうかってのはね、ちょうどその花山天皇が退位した時にやはり月がおかしくなって、ああ退位したんだって安倍晴明かなんかが占ってそのまま退位したっていうのがありますね。そういう天変地異みたいなものの意味も、一義的に何か一つの意味に結びついてるのかどうか。推古女帝にも結び付いているかもしれませんけれど、他の意味も、同時に浮かび上がるみたいに実は書かれていて、作者がこれが解答とか正解とかって形で指し示していないようなところのおもしろさがあるのかもしれない。

橋本　うん、それは小説家の一番ずるいやり方ですね。ただね、藤壺と推古女帝と東三条院を関連づけて考えちゃうのは、弘徽殿の大后っていう問題が僕にとってはすごく大きいんですよ。源氏をめぐる女たちの話をして、弘徽殿の大后だけは女として扱われないじゃないですか。敵役として扱われるっていうのはある訳だけど、その敵役が女であって、「男に愛されてしまった子供」である光源氏対「男に愛されない女」の正夫人みたいな弘徽殿というあの対比がね、僕にとってはすごくおもしろいんですよ。だから、男なるジェンダー——別の意味では「小さな美」というようなものに対比する、即物的観念である〝女〟というようなもの——、その置き方がおもしろいなぁと。

（下巻　後篇へ続く）

（「源氏研究」第一号　特集「王朝文化と性」一九九六年四月）

三田村雅子（みたむら・まさこ）フェリス女学院大学名誉教授。著書に『記憶の中の源氏物語』（蓮如賞受賞）『源氏物語　天皇になれなかった皇子の物語』他。

河添房江（かわぞえ・ふさえ）東京学芸大学名誉教授。『源氏物語と東アジア世界』『唐物の文化史』『源氏物語越境論』『紫式部と王朝文化のモノを読み解く』他。

松井健児（まつい・けんじ）駒澤大学教授。著書に『源氏物語の生活世界』（紫式部学術賞受賞）、『源氏物語に語られた風景』他。

初出　婦人公論　一九九一年三月号〜九四年二月号

源氏供養　上巻
単行本　一九九三年一〇月
文庫　一九九六年一一月
源氏供養　下巻
単行本　一九九四年四月
文庫　一九九六年一二月
すべて中央公論社刊

編集付記
本書は中公文庫『源氏供養』（その一〜その二十二）を底本とし、巻末に新たに座談会「物語の論理・〈性〉の論理」（前篇）を収録した新版である。

中公文庫

源氏供養（上）
——新版

1996年11月18日　初版発行
2024年１月25日　改版発行

著　者　橋本　治

発行者　安部順一

発行所　中央公論新社
〒100-8152　東京都千代田区大手町1-7-1
電話　販売 03-5299-1730　編集 03-5299-1890
URL https://www.chuko.co.jp/

ＤＴＰ　嵐下英治
印　刷　三晃印刷
製　本　小泉製本

Published by CHUOKORON-SHINSHA, INC.
Printed in Japan　ISBN978-4-12-207473-6 C1195

中公文庫既刊より

各書目の下段の数字はISBNコードです。978 - 4 - 12が省略してあります。

は-31-4
窯変 源氏物語1
橋本 治
千年の時の窯で色を変え、光源氏が一人称で語り始めた——原作の行間に秘められた心理的葛藤を読み込み壮大な人間ドラマを構築した画期的現代語訳の誕生。
202474-8

は-31-5
窯変 源氏物語2
橋本 治
平和な時代に人はどれだけ残酷な涙を流すことが出来るのか。最も古い近代恋愛小説の古典をこの時代に再現してみたい。（著者・以下同）（若紫／末摘花／紅葉賀）
202475-5

は-31-6
窯変 源氏物語3
橋本 治
光源氏という危険な男の美しくも残酷な、孤独な遍歴ドラマを今の時代に流行らないようなものばかり集めて華麗にやってみようと思った。（花宴／葵／賢木）
202498-4

は-31-7
窯変 源氏物語4
橋本 治
源氏はJ・フィリップ、葵の上はR・シュナイダー……フランスの心理小説と似通った部分があるから、配役はフランス人で構想。（花散里／須磨／明石／澪標）
202499-1

は-31-8
窯変 源氏物語5
橋本 治
横文字由来の片仮名言葉を使わず心理ドラマを書くのは辛い作業だ。でもこれが今一番新鮮な日本語ではないかと自負している。（蓬生／関屋／絵合／松風／薄雲）
202521-9

は-31-9
窯変 源氏物語6
橋本 治
源氏物語の心理描写は全部和歌にあり、それを外すと何もわからなくなる。だから和歌も訳したし当時の歌謡も別な形で訳している。（朝顔／乙女／玉鬘／初音）
202522-6

は-31-10
窯変 源氏物語7
橋本 治
源氏物語をただの王朝美学の話ではなく、人間の物語にしたかった。『赤と黒』のスタンダールでやろうと思った。（胡蝶／螢／常夏／篝火／野分／行幸／藤袴）
202566-0

は-31-11
窯変 源氏物語8
橋本治
口絵はモノクロ写真。50年代ヴォーグの雰囲気でいきたかった。エロチックで、透明度がありイメージ通りの出来上がりだ。（真木柱／梅枝／藤裏葉／若菜上）
202588-2

は-31-12
窯変 源氏物語9
橋本治
執筆中は光源氏が僕の右手の所にいて、それをコントロールする僕がいるという感じ。だから源氏物語を書いている万年筆で他のものは書けない。（若菜下／柏木）
202609-4

は-31-13
窯変 源氏物語10
橋本治
日本語の美文はどうしても七五調になるが、平安朝のものはどこか破調が必要。七五調になる前の際どい美しさ。（横笛／鈴虫／夕霧／御法／幻）
202630-8

は-31-14
窯変 源氏物語11
橋本治
女の作った物語に閉じ込められた男と、男の作った時代に閉じ込められた女――光源氏と紫式部。虚は実となり実は虚を紡ぐ。（雲隠／匂宮／紅梅／竹河／橋姫）
202652-0

は-31-15
窯変 源氏物語12
橋本治
平安朝の美人の条件は、身分が高いこと。後ろ楯がしっかりしていること。教養が高いこと。だから顔の造形は美人の第一要素にはならない。（椎本／総角／早蕨）
202674-2

は-31-16
窯変 源氏物語13
橋本治
僕には古典をわかり易くという発想はない。原典が要求するものしか書かない。古典に対する変な扱いを取り除きたい、それだけのこと。（寄生／東屋／浮舟一）
202700-8

は-31-17
窯変 源氏物語14
橋本治
美しく豊かなことばで紡ぎ出される、源氏のひとり語り。現代語訳だけで終わらない奥行きと深さをもって構築された「橋本源氏」遂に完結。（浮舟二／蜻蛉／手習／夢浮橋）
202721-3

は-31-38
お春
橋本治
夢のような愚かさを書いてみたい――橋本治が谷崎潤一郎『刺青』をオマージュして紡いだ、愚かしく妖しい少女の物語。〈巻末付録〉橋本治「愚かと悪魔の間」
206768-4

各書目の下段の数字はＩＳＢＮコードです。978-4-12が省略してあります。

は-31-39
黄金夜界　橋本　治
許婚者に裏切られ、一夜にして全てを失った東大生・貫一。孤独な心を満たすものは、愛か、金か、それとも——。橋本治、衝撃の遺作。〈解説〉橋爪大三郎
207249-7

た-30-19
潤一郎訳　源氏物語　巻一　谷崎潤一郎
文豪谷崎の流麗完璧な現代語訳による日本の誇る古典。日本画壇の巨匠14人による挿画入り絵巻。本巻は「桐壺」より「花散里」までを収録。〈解説〉池田彌三郎
201825-9

た-30-20
潤一郎訳　源氏物語　巻二　谷崎潤一郎
文豪谷崎の流麗完璧な現代語訳による日本の誇る古典。日本画壇の巨匠14人による挿画入り。本巻は「須磨」より「胡蝶」までを収録。〈解説〉池田彌三郎
201826-6

た-30-21
潤一郎訳　源氏物語　巻三　谷崎潤一郎
文豪谷崎の流麗完璧な現代語訳による日本の誇る古典。日本画壇の巨匠14人による挿画入り絵巻。本巻は「螢」より「若菜」までを収録。〈解説〉池田彌三郎
201834-1

た-30-22
潤一郎訳　源氏物語　巻四　谷崎潤一郎
文豪谷崎の流麗完璧な現代語訳による日本の誇る古典。日本画壇の巨匠14人による挿画入り絵巻。本巻は「柏木」より「総角」までを収録。〈解説〉池田彌三郎
201841-9

た-30-23
潤一郎訳　源氏物語　巻五　谷崎潤一郎
文豪谷崎の流麗完璧な現代語訳による日本の誇る古典。日本画壇の巨匠14人による挿画入り絵巻。本巻は「早蕨」から「夢浮橋」までを収録。〈解説〉池田彌三郎
201848-8

す-3-32
散華　紫式部の生涯(上)　杉本苑子
藤原氏の一門ながら無欲恬淡な漢学者の娘として生まれた小市。人々の浮き沈みを見つめ、自らの生きる道を模索していく。紫式部の生の軌跡をたどる歴史大作。
207416-3

す-3-33
散華　紫式部の生涯(下)　杉本苑子
三年にも満たぬ結婚生活、華やかな宮仕えでも癒されぬ心の渇き。凄絶な権力抗争を見すえつつ『源氏物語』を完成させた30代から晩年を描く。〈解説〉山本淳子
207417-0

お-10-3
光る源氏の物語（上）
大野　晋
丸谷才一
当代随一の国語学者と小説家が、全巻を縦横無尽に読み解き丁々発止と意見を闘わせた、斬新で画期的な『源氏論』。読者を難解な大古典から恋愛小説の世界へ。
202123-5

お-10-4
光る源氏の物語（下）
大野　晋
丸谷才一
『源氏』は何故に世界に誇りうる傑作たり得たのか。詳細な文体分析により紫式部の深い能力を論証する。『源氏』解釈の最高の指南書。〈解説〉瀬戸内寂聴
202133-4

キ-3-27
日本文学史　古代・中世篇一
ドナルド・キーン
土屋政雄訳
シリーズ全体の序文、人間的でなまめかしい『古事記』、奈良時代と平安時代前期の漢文学、そして最古にして最高の歌集『万葉集』の世界を語り尽くす。
205752-4

キ-3-28
日本文学史　古代・中世篇二
ドナルド・キーン
土屋政雄訳
『万葉集』から『古今集』へ。平安時代後期の文学は、ひらがなで記された『土佐日記』の影響のもと、『蜻蛉日記』など宮廷女性の日記文学が牽引する。
205775-3

キ-3-29
日本文学史　古代・中世篇三
ドナルド・キーン
土屋政雄訳
王朝文学は『枕草子』や日本文学の最高傑作『源氏物語』を生み出す。一方、説話文学の最高峰『今昔物語』には、貴族と庶民両方の日常世界がひろがる。
205797-5

キ-3-30
日本文学史　古代・中世篇四
ドナルド・キーン
土屋政雄訳
武士の時代が到来し、悲劇的素材を巧みに扱い日本の民族叙事詩となった『平家物語』。宮廷和歌の最後を飾る『新古今集』で世の無常を歌った西行の活躍。
205823-1

キ-3-31
日本文学史　古代・中世篇五
ドナルド・キーン
土屋政雄訳
鎌倉時代、世代を超えた名随筆『徒然草』の誕生。劇的な軍記物語『曽我物語』や『義経記』における悲劇性と、室町時代に宮廷で流行した連歌について。
205842-2

キ-3-32
日本文学史　古代・中世篇六
ドナルド・キーン
土屋政雄訳
室町から安土桃山時代。僧侶や武士の描いた日記や、五山文学とよばれた漢詩文をはじめ、能・狂言や御伽草子など、後世にまで伝わる豊饒な文学世界を描く。
205868-2

各書目の下段の数字はISBNコードです。978－4－12が省略してあります。

S-14-1
マンガ日本の古典1 古事記　石ノ森章太郎
イザナキ・イザナミの国生み、天の石屋戸、八俣の大蛇、因幡の素兎、海幸彦と山幸彦――。昔話としてなじみの深い神話、寓話をビジュアルに再現する。
203450-1

S-14-3
マンガ日本の古典3 源氏物語（上）　長谷川法世
さまざまな女性との恋愛を通して、類い稀なる美しさと才能を発揮してゆく光源氏の青春時代――。正確な考証を礎に大胆な解釈を試みる平成版源氏絵巻。
203469-3

S-14-4
マンガ日本の古典4 源氏物語（中）　長谷川法世
流離の地、須磨・明石からの帰京にはじまり、政界の中枢にのぼりつめる三十九歳の春まで――。絵巻の伝統技法を取り入れて描く光源氏の栄耀栄華。
203470-9

S-14-5
マンガ日本の古典5 源氏物語（下）　長谷川法世
年もわが世も尽きぬ――。柏木と女三の宮の密通、薫の誕生、はかなく息絶える紫の上。消え行くものと生れ出づるものが激しく交差する光源氏の最晩年。
203489-1

S-14-6
マンガ日本の古典6 和泉式部日記　いがらしゆみこ
恋多き女と噂された平安の歌人和泉式部。死別した恋人の弟宮、敦道親王との愛と苦悩の日々を綴った日記文学の傑作を、四季の移ろいも鮮やかに描く。
203508-9

S-14-7
マンガ日本の古典7 堤中納言物語　坂田靖子
平安びとの円熟したウイットとユーモアをうかがわせる日本最古の短篇物語集。「虫めづる姫君」「はいずみ」他、シンプルなタッチで軽妙に描く十篇。
203527-0

S-14-8
マンガ日本の古典8 今昔物語（上）　水木しげる
呪術・幻術が渦巻き、霊鬼・異類が跳梁した平安時代の闇を語る日本最大の説話集。妖怪マンガの第一人者が、あなたを不可思議の世界へといざなう。
203543-0

S-14-9
マンガ日本の古典9 今昔物語（下）　水木しげる
「今ハ昔……」で始まる一千余話から二十二話を厳選。芥川の小説『藪の中』『鼻』や映画、劇画にも多く取り上げられた、面白うてやがて恐ろしき物語。
203562-1